論壇 18

大陸台商轉型升級
策略、案例與前瞻

The Upgrading and Transitions of Taiwanese Businesses in China:
Business Strategies, Case Studies, and Outlook

陳德昇 主編

編者序

產官學界共同協助台商轉型升級

　　由於近年國際經濟情勢仍詭譎不定，以及大陸經濟成長趨緩，因此如何評估台商當前面臨的機遇與挑戰，便成為當前重要且值得關注的議題。這本「大陸台商轉型升級:策略、案例與前瞻」專書，即是2012年兩岸產官學界，共同研討台商轉型升級議題的成果。期盼這一努力，能為台商大陸未來發展尋求永續經營之道。

　　本書主要特色是產官學界參與和對話。其中包括：經濟部政策官員的論述、第一線台商現身說法，以及學者的分析與解讀。我們期許產官學對話與務實探討，最終能貢獻台商經營績效與市場競爭力提升。此外，針對當前台商轉型升級面對嚴峻挑戰，兩岸執政當局應以更積極與專業的作為，提供政策支持、技術提升、公平競爭、環境改善與法制保障。對台商而言，亦須無時無刻都要做轉型升級的策略思考與準備，才能在激烈市場競爭中立於不敗之地。

　　必須特別感謝東莞台商協會謝慶源會長，對本次研討會的支持。謝會長平日不僅關照當地台商權益，亦多方為台商轉型升級奔走，素為台商所肯定與敬重。最後，必須感謝政治大學東亞所蕭依汝同學之編輯與原作者之校正，以及印刻出版社協助出版。

陳德昇

2013／09／15

台商轉型升級策略思考與前瞻

江丙坤

（前海基會董事長）

　　大家好，很高興回到海基會這個熟悉環境和大家見面，高興的原因是已經很久沒有進到這個辦公廳了，其實算起來是一個禮拜。第二個也很高興，當時我們建這個大樓的時候，也是希望台商能夠利用，這邊看到很多台商朋友回到這裡，心裡真是很高興。第三個是看到很多老朋友等等。我想今天這個課程可能是大家是最關心的課題，所以感謝陳德昇教授能就這個課題來辦一個研討會，讓各位都有機會來了解將來你們如何來轉型升級。

　　我常常認為，企業的轉型升級，跟國家經濟的結構調整是同一個事情，因為只有企業的轉型升級國家的競爭力才可以提升，所以如何幫助不只是台灣的台商，還有大陸的台商能夠順利轉型升級對我們國家經濟，對大陸經濟是很重要的。所以政府，包括台灣的政府、大陸的政府應該是好好合作，來幫助在大陸的台商，讓他們能夠順利轉型。

　　我常常說現在大陸的台商面臨內在和外在的一個重要的挑戰，從外在來說，我想過去包括過去1997年亞洲金融風暴、2008年美國引起的金融海嘯，還有這兩年歐債所引起的這些問題，都衝擊我們的台商。為什麼會衝擊台商，基本上台灣的經濟發展，是一個加工貿易的型態，過去我們在經濟發展過程中，仰賴日本、美國的資金，特別是日本的技術，在台灣進行

投資，我們的企業家，當時都是利用日本的技術，大概百分之六十五技術都是來自日本，在這個情況下，台商最主要是從日本進口機器、零組件來台灣加工，然後從台灣出口到美國，所以變成日本、台灣、美國這個三角形。而這過程中一定發生對日本大量入超及對美國的大量出超，所以當時美國對我們的壓力很大，我們對日本的壓力也很大，但是日本說你們自日進口加工外銷的零組件，是幫助你們爭取對外的出超。但美國當然不同，一直要求我們不但要開放市場，最後的結果就是要求台幣升值，也因此1987年蔣經國總統做了三件事情，第一件事情就是解除戒嚴、開放黨禁推動台灣民主；第二件事情他讓老兵回大陸探親，第三件事情推動國際化。結果我看1988、1989年台幣升值百分之三十五，台灣的加工貿易主要是靠薄利的發展，所以一比四十跟一比二十六，讓很多在台灣的企業無法生存，就跟著老兵先到廣東，然後從廣東第二波再到江蘇，所以我們在大陸的八萬八千件的投資案有三分之一是在廣東，金額兩千多億有三分之一是在江蘇。那台商到大陸為什麼只要在沿海，台商在大陸還是做加工外銷，我們是從日本進口原料然後做成零組件，出口到廣東、江蘇然後透過當地的勞力，做成產品外銷到歐美，所以美國發生問題，台商首當其衝，這是一個外在的因素。

　　內在的因素，大家離開台灣到大陸去已經20年以上，我常說20年前在台灣發生的種種，現在發生在中國大陸，包括工資因為經濟成長而上升，中國大陸過去20年，平均經濟成長率超過百分之十是世界第一名。人均所得提升快，工資上漲也很快，每個地方的基本工資，都調升很快，而且不只調升，這裡面還有將近百分之三十至四十的附加稅和保險，讓台商的成本越來越多，當工資增加之後，過去大家都願意加班，現在越來越不想加班，所以勞力短缺。其次，當然是人民幣的升值。此外，包括對勞工權益與環境的保護。我想20年前大家在台灣發生的問題，現在通通在中國大陸發生，所以大家都所面臨的內外在困難，都是在這個時候發生，所以台商

格外辛苦，就是要尋找如何轉型升級。

　　過去我們在台灣，像我在經濟部的時候，那時候我們中小企業處長，就是現在的施顏祥部長。他就提出一個中小企業八個輔導體系，第一就是幫助台灣的中小企業來進行創新研發。第二，就像今天的外貿協會幫助廠商對外行銷，其他還有人才的培育，融資等八大體系。其實同樣一個理由，今天大陸台商也需要八大體系來進行輔導，那問題是台灣的這個八大體系都是經濟部隸屬的財團法人，應對的客人很多，主要的對象還是台灣的台商，因為在台灣的台商能夠轉型升級對台灣經濟絕對是重要的一件事情。

　　我一直關心的是大陸的台商轉型升級，而這個工作不只是我們要來做，最重要的是當地政府，也必須要面對整個大陸的結構調整，也要採取相關的輔導措施，不只是幫助台灣去的台商，也要幫助當地的企業。因為這些企業能不能轉型升級，對中國大陸的經濟發展是相當重要，所以在這個時候，當然是要需要經濟部成立台商服務中心。雖然海基會本來就有台商服務中心，當時我們的分工，海基會負責台商權益問題，經濟部負責台商的轉型升級，所以經濟部過去也經常組團到大陸去，主要是透過介紹各台灣財團法人幫助大陸台商。

　　另一方面，我也曉得大陸各級政府也在採取很多相關的措施，這點可能是將來在各地的台商投資協會應該跟當地政府密切合作，要求當地政府提供資源來幫助台商。但對台資企業來說，轉型升級還是要靠自己，因為這個是跟你的企業能不能永續發展有關。因此我也看到這幾年來大陸台商應變的措施，有些人選擇就地升級，包括推動自動化，開發新產品，在過程當中，我們的工研院應該可以提供這方面協助；另一方面，有些人還是選擇轉移陣地，東南亞是一個機會，但是看來看去大陸還有很多地方比東南亞還好，過去當然有些人跑到越南，尤其是越南的北部。越南是我們最早開發的一個地方，1991年我就率團訪問越南，所以現在越南變成台商去

最多的地方。最近我也聽說開始有人重視菲律賓，因為過去菲律賓我們的投資很少，只有20幾億，比起越南的150幾億差很多，過去台商的比較怕治安問題，不過新的政府有些改善，我也聽說有人到印尼，因為印尼政府也開始積極發展經濟，但是問題還是他的公共設施的問題。所以回過頭來看，我也看到大陸台商現在是由南而北，由東而中而西，我今年5月份到過天津，然後從天津坐20分鐘的高鐵到河北省的滄州，那時候廣州台協的程豐原會長，他就乾脆把廣州台協的成員帶到滄州去。滄州沒有台商，當地提供免費低價土地，讓台商能夠轉移到勞力比較充足、工資比較低的地方。我也看到台企聯也到安徽銅陵，成立台灣工業園。最近我去了遼寧，陳政高省長跟我說去年二月份他到台灣來之後，他就決定在每一個地級市成立台灣工業園。我曾參觀鐵嶺的台灣工業園，鐵嶺也是地大物博，但是也沒台商，所以也成立了台灣工業園，吸引我們廣東省的台商，這種狀況其實目前都在進行。

　　我也看到另外一個方式，那就是從加工外銷變成內銷，當然很多人現在包括郭山輝會長，都在推動內銷，問題是加工外銷只要賣斷，後面就解決了，你自己不用傷腦筋。現在你自己要去調查市場，最重要的還是要品牌，還要通路，沒有品牌有通路也沒有用，像寶成，我上次去南京的時候去看了工廠，他說我有通路，沒有品牌，他必須要從NIKE買回來掛在自己通路上。他自己不敢做品牌，一做NIKE要抽單，所以做內銷很辛苦，一定要品牌、要通路。現在像郭會長他自己集合台商的力量，大家來建構品牌，建構通路，這是一個必須的過程，當然這條路必須要走，因為大陸將來一定是變成最重要的市場。

　　有些人開始做服務業，因為服務業是台商現在的一個選擇。從製造業變成服務業是一個很重大的轉型，當然服務業在ECFA裡面有個早收清單我們也拿到十項，這裡面譬如說醫院，過去是規定所有外國人進去都要合資，現在變成台商可以獨資，在上海已經有醫院獨資成立，醫院絕對是將

來大陸需要的產業。因為人口老化，再加上國民所得提升，有錢人越來越多，他們越來越重視健康，很多人跑到台灣來開刀、來治療、來做健康檢查，我想健康醫療絕對是將來大家的一個好機會。最近我到南通，南通希望我們去投資電影院，有一塊地很適合，但目前外國人包括台商不能投資電影院，因為他們參加WTO的時候，並沒有承諾外國人可以投資，因為我們是WTO的會員，我們也是算不能比照他們本國人。這種情況下，我們經濟部正在進行的ECFA的後續議題叫做服務貿易協議，服務貿易協議裡面要把這些項目提出來。換句話說，大陸的台商必須要做的事，你想投資，但是現在依照規定不能投資的項目，一定要提出來讓海基會，讓經濟部將來在談判的時候，要把這些項目列進去，最好是無條件的列進去，而不要說一定要合資一定要什麼。假如能夠做到這樣，當然我們必須同樣的條件，你既然要求人家開放，我們自己也要開放。換句話說，我們將來要求大陸開放電影院的投資，我們自己也要開放，讓陸資也能進來，如此才能夠對等，所以這個服務貿易協議談判現在正在進行，我相信假如說今年之內能完成，那是最好。服務貿易跟一般關稅減讓不一樣，其實他不必一步到位，像香港的CEPA，後來是採取好幾次的補充協議，所以將來把大家要的先簽署，讓大家及早能相互投資，將來有需要再用補充協議的方式來逐漸增加，其實服務貿易對台商的轉型升級是相當重要的。

　　總之，以中國大陸經濟發展，他的行政效率及公共設施，大家都看得很清楚，比起其他國家它的公共設施是比較完善的，行政效率是比較高的，所以可以有效推動轉型升級。另外，大陸尤其是內陸、北部應該仍然有很多的商機讓大家共同來開發，但是我說過，經濟其實是持續不斷的結構調整，經濟對企業來說也是不會停止轉型升級，對於一個企業來說，你要看整個大趨勢，你要看科技的發展方向，要看整個市場的變遷。要一不小心，連柯達（Kodak）那麼大的公司都可以倒閉，連日本最知名的Sony甚至於最近的Panasonic都會遭遇到瓶頸，所以對企業來說每天都是一個

挑戰。絕對不是因為說今天20年了，大家才有點挑戰，我想這點請大家銘記在心。

　　我到大陸也常常關心台灣的權益，那麼今天投保協議簽署之後，至少比過去海基會努力以外，還有更多的保障，但是回過頭來還是要靠自己。投資的時候一定要做好準備，包括熟悉法律，了解行政手續、了解相關的社會習慣，避免發生差錯，而且當你在選擇夥伴的時候，當然要特別小心，因為大陸過去經歷文化大革命，人的心跟我們有很多的不同，所以我常跟大家說，到中國大陸投資一定要了解大陸的環境。

　　我常說的是，大陸是經濟成長很快速，但是是一個人治的社會，所以對很多的外商、台商來說，到處是機會，到處是陷阱，到處是好人，下面就不能隨便講了。我只能說你有遇人不淑的機會，當你碰到這種人你會痛苦萬分，尤其最近簽署「投保協議」之後，我們收到好多信，有些是從牢獄裡面寫來的，有些是控訴他被騙的經過，看到這個信我自己心裡也很難過。大家必須要怎麼做，投資之前要熟讀法律了解環境，同時要正派、要合法經營。而且這樣還不夠，還是要小心翼翼的，然後當你在經營過程當中，要妥善照顧自己的勞工，然後經營有成後要回饋當地社會，來提升台商地位。現在大陸有127個台資企業協會，全世界有六大洲，都有台商協會，還有世界台商總會。前幾天在台灣的舉行大會下面一共加起來有168個地方台資企業協會，所以大陸跟世界台商加起來有295個台資企業協會，我想這是相當龐大的組織。這過程當中，大家可以互相聯絡、互相幫忙，建構網路，你出口我進口，用這個方式來擴大台商的轉型升級也是一個辦法。

　　總之，今天陳教授在這裡安排研討會，我只邀請我跟大家報告心得，也希望大家能夠好好經營，共同為兩岸和平做出貢獻。

落實台商轉型升級，強化經濟動能

林中森

（海基會董事長）

今天我們在這裡辦大陸台商轉型升級學術研討會，辦理的時機跟選定的議題是當前最重要的。昨天，我在花蓮跟我們幾百位台商的會長座談，幾乎每一個會長，包括謝會長都非常關切大陸台商奮鬥幾十年來面臨到的是工資上漲、國際景氣的低迷、原物料價的上漲，面臨到的是產業要怎麼樣的創新和突破，更面臨到的是假使不能突破瓶頸的話，要如何去轉型都是非常重要的課題。

現在全球，大家都知道因為歐債的危機，到目前為止沒有完全的解決。所以各個大陸台商都是一樣，那歐洲以外，美國也是復甦緩慢，日本之前因為釣魚台的關係跟中國大陸跟我們台灣之間，大家有很多爭議。幾個貿易夥伴都面臨難題，所以大家面臨到訂單取得不易的問題。就如同江董事長一再強調，我們的企業，或是任何一個國家的企業，都是他們的衣食父母，只要企業沒有投資你就沒有廠房、你就沒有就業機會，你就沒有稅收，你就沒有將來提升民生經濟促進發展的動能。我們台商協會下面都有上千家奮鬥幾十年有成就的台商，這些台商不僅是維繫我們中國大陸經濟發展很重要的動力，也是全球經濟發展非常重要的支撐，一定要幫助他們轉型升級，能夠持續來發揮他們的動能。

對任何一個國家，對國際、對大陸也好，對我們台灣也好，我想這都是非常大的助益。現在大陸我們看到很大的商機，因為他正在大手筆地推

動國家重大的經濟建設，我們看到他13億人口的薪資上漲，大家的消費能力的內需是非常大。我們也看到，民間的投資非常需要資金，他無窮的商機，需要很多的資金。在政府方面，在各界能給他們一些輔導，希望我們海基會扮演一個非常重要的功能，就是經濟部跟我們台企聯與台商協會，大家組成一個專案輔導小組，然後去到每一個需要我們診斷的企業，幫他診斷，而且要即時診斷、立即診斷，診斷出來以後我們來給他開藥方。這個藥方開出來以後來讓他健康，這個企業不但健康，還可以讓他馬上有非常充沛的活力，這樣我們就能從低迷的國際景氣振興，訂單就能源源而來。

　　我們很快就會成立一個專門小組，就如同金融海嘯時，杜次長也應該很清楚我當時在行政院秘書長任內我們就成立一個診斷小組。你只要提出請求，我三天之內，到你公司診斷，就好像救火隊一樣，你打119馬上救火隊就來。當然這些輔導轉型升級不僅對大陸台商有挹注，我想很多都是通案的研討，不但大陸台商可以用，我想我們今天經過專家學者，用我們的智慧結晶，做成的結論，我相信不只大陸台商會受益很大，我們台灣的企業，也可以從這裡面觸類旁通。

　　今天所做出來的結論，不只成為我們大陸台商很重要的能量，也能成為我們政府將來施政很重要的參考，也是作為全球企業，大家要轉型升級都非常有助益的。我相信，只要大家共同努力，對全球經濟的成長，對我們兩岸景氣的復甦，都有非常重大的貢獻。在這邊感謝大家願意參與這樣一個研討會，也願意把你的專業，把你的智慧，來提供給我們這個所有的產業界及政府的參考，我們要表示由衷的敬佩跟感謝，也要利用這個機會特別來拜託大家，持續來幫助我們國家，幫助我們社會，幫助我們人民，祝福大會圓滿成功。

政府強化台商轉型升級輔導

杜紫軍

（經濟部次長）

當前大陸整個主客觀環境改變，大陸台商在中國大陸轉型有他的迫切性。講的口語化一點，以現在這個內外在環境來講，如果在大陸不能轉型升級，恐怕只能轉移。轉移就是轉到其他相對工資比較低廉，環境保護要求比較低的國家去生產，所以轉型升級是勢在必行。

要跟各位報告的，就是上個月我也受台企聯的邀請，特別到南通去跟台商就如何轉型跟升級的部分也提供了一些看法，上次台企聯在南通辦的二三論壇，他是希望從第二產業有機會能到第三產業發展。其實二也可以深耕，往下紮根，二可以轉到三，三也可以繼續的來發展。簡單來說，如果你持續的要做製造業，那你一定也要在你的技術開發，以及產品開發上要有你的特色，要有你的競爭力，當然你也可以從製造業，加強你服務價值鏈的延伸，就我們講的製造業可以走服務化，加強你服務業的延伸，也會產生很多新的商機。那如果你本來就在服務業工作的時候，你就要藉由科技的導入，或著是國際的市場開發，來增加你的競爭力，特別是在傳統產業的部分，希望傳統產業能夠與他的特色化，包括你運用科技的加值和美學的加值，讓你的傳統產業能夠有機會比別人更強。設計跟品牌都是美學加值的一環，科技加值導入科技應用ICT的結合，這些都是可以考慮的方法。

我想今天有非常多的學者專家會跟各位分享。從策略的角度，其實策

略跟想法,只有要專家的指導不大困難,但是怎麼樣來運用,是要看經營者,所以今天主辦單位也安排一些個案跟各位分享。我們常常講,如果有好的典範,我們可以學習,更容易能夠誘發各位未來在轉型升級方面的一些想法,我覺得這樣的安排是非常好的。希望藉由今天的討論,能夠讓所有的台商有機會去思考,自己如何做轉型。

在轉型的升級過程中,需要有一些教練來幫助大家一起來做轉型升級,在旁邊隨時得提醒你,什麼地方要注意,那這個部分就是董事長剛剛提到的,包括海基會跟經濟部我們會來協助各位。我們經濟部在從去年開始,在我們投資業務處成立了台商服務中心,去年我們也開始由投資業務處,邀請經濟部也有許多財團法人,包括生產力中心、資策會、工研院、中衛中心、紡織綜合研究所等單位,都可以來做後各位的教練,來跟各位一起來做轉型升級的工作,大家一起相互學習,一起進步。不過,我要跟各位報告,讓大家了解,大陸幅員廣大台商分布非常多,所以沒有辦法在短時間到每個地方都去拜訪,我們經濟部會持續地來針對大陸台商的部分提供協助,我們未來會密切來跟海基會合作,昨天又有台商代表在花蓮表示說政府的資源要做一些整合,我想這是一個非常好的想法。

預祝各位藉由今天的研討會,藉由專家跟這個轉型成功的一些企業的指導,大家能夠得到一些想法和創意,對未來轉型升級這條路能夠走的更順利。

協力合作落實台商轉型升級

謝慶源

（東莞台商協會會長）

三年前，在我就任東莞台協會長一職之時，時任國台辦王毅主任在致辭中就表示，東莞台商協會是天下第一台商會，人多、事多、麻煩也多。

東莞是較多台商聚集的城市之一，在摸索如何協助台商轉型升級的道路上，東莞台協身負重任。東莞台商以中小企業為主，且具傳統產業眾多的特色，積極爭取兩岸政府相關的政策扶持。如連續成功舉辦四屆的東莞台灣名品博覽會，協助東莞台企搭建內銷平台，佈建內銷通路；匯整台灣專業的輔導機構，包括有生產力中心、電電公會、中衛發展中心等台灣優秀的輔導專家，搭建診斷與輔導平台，為台企轉型升級把脈問診，對症下藥；成立大麥客，彙集有自主品牌的台企，用集體打品牌的方式，把東莞精品推銷至全大陸；成立富全物流，在物流方面協助會員企業節約物流成本，減少貨物在香港一日遊，並運用保稅倉出口轉內銷等一系列有利於東莞台企轉型升級的平台。

除了就地轉型升級外，回台投資也是台商另一個重要的出路。台灣的科技、創意等都能夠給企業帶來許多產品的新嘗試，但是在回台投資的道路上也不是一路平坦，存在各種問題。希望透過今天的論壇，台灣的專家學者為我們這些台企解答、指導，更好地發展企業。

最後衷心地祝願論壇圓滿成功，謝謝！

主題演講

台商轉型升級背景與因應策略思考

葉春榮
（台企聯轉型升級委員會主任委員）

　　2007年10月27日，我在東莞台協就職演說時提出「產業轉型升級」六個字，那時候大陸還沒有人在公開場合正式呼籲，並提出產業轉型升級。針對5年前所提出的產業轉型升級口號，已在今年被正式列入「十二五」計畫了，這一點我非常高興。慶幸當時有眼光與遠見將協會會務重心及目標，放在推動台商轉型升級方面。

　　確定了東莞台協的會務方針之後，如何著手推動台商產業轉型升級，就成了當務之急。到底要怎麼推動？如何爭取政府資源？政府是否支持？能否成功？說真的，當初提出「產業轉型升級」口號時，心裡一點底都沒有。一路走來可以說是「摸著石頭過河」，三年會長期間，幾乎大多數的時間都花在奔波兩岸，整合兩岸政府資源及爭取政策的扶持上，很慶幸的一路走來有協會會務幹部的全力支持，以及許多人的幫忙，才有今天的初步成果。

　　今天的演講主題是「台商轉型升級背景與因應策略思考」，我主要從東莞台商產業轉型升級的狀況來做報告。

一、　台商轉型升級的背景說明

　　台商一向是「逐水草而居」的「遊牧民族」，哪邊成本低就往那邊

跑。台商在東莞經過20多年的發展，已到了關鍵的拐點。台商也在思考，究竟是就地修練轉型，還是繼續「遊牧式」地尋求向成本更低的地方轉移。

面對金融風暴、歐債危機及美國經濟下滑等外在環境的壓力，以及缺工的影響，東莞台商初期也考慮往國外轉移或往內陸轉移，但大多數台商仍猶疑不決或沒有踏出第一步。關鍵在於東莞台商大都屬於配套供應鏈的一環，並非上游企業，一旦外移將面臨供應鏈無法配套整合的問題。

此外，轉移過去的企業，亦不是想像中的順暢，包括內地當地政府的心態及觀念、當地的人脈及關係、政府的支持、缺工問題等仍存在，整體成本並沒有降低，以上各項因素制約了東莞台商大批外移的念頭。

剛剛杜次長講的很對，台商如果在大陸經營不下去了，要轉到哪裡投資呢？我想大家和我一樣，從印尼、越南到緬甸，通通考察過了，實在講，真的沒有勇氣再跨到那裏去投資製造業了。往內陸移也是很艱難的，並不是到偏遠省分投資就能解決缺工跟工資的問題，事實上還是不能解決的。

此時，如果政府不及時幫助台商升級轉型，很多企業可能向別的國家或地區轉移出去，對東莞產業鏈乃至對大陸的投資都可能受到影響，最終會使東莞出現產業空心化。

於是我呼籲東莞台商「就地修練」，「轉型不轉行」，並透過協會積極與東莞市政府溝通，爭取協助東莞台商就地轉型升級，同時也爭取臺灣政府的資源。政府與協會一拍即合，各出一些力量，共創雙贏，為東莞經濟的穩定，也為企業的永續經營奠定堅實的基礎。

二、 兩岸政府對台商產業轉型升級的扶持

海基會江董事長（前任）及林董事長（現任）都講過，企業是我們的衣食父母，企業和政府是密不可分的。但是在這麼艱難的時候，我們的政

府，從政策上沒有給企業大力支持，只有口頭鼓勵而已，沒有實質動作。當然這也不能完全怪我們政府，因為我們有一個無能的政府，還有一個扯後腿的在野黨，弄得台商很慘。

　　為什麼我要講這段話呢？雖然產業轉型升級最重要的是要靠企業自己，但產業轉型升級沒有政策搭配，企業不可能做得好。比如講，現在大陸那邊有很多轉型升級優惠政策，來鼓勵企業產業轉型升級，而我們台灣還一直在爭論哪個企業享受太多，付出太少，這樣子企業怎麼做得好呢？

　　再講一個簡單的例子，是與我們的經濟部有關，經濟部對台商產業轉型升級及對台商的輔導，都是嘴巴叫一叫，沒有實質意義，為什麼呢？從江董事長時代就一直講要協助台商，怎樣提升台商的生產能力，解決台商的困難，但是到目前立法院還是不同意經濟部底下的財團法人去協助台商，因為這些財團法人有用到國家的預算，去大陸就表示是幫助共產黨，那是不行的；同樣的，共產黨那邊也是一樣，台灣財團法人去大陸，也是不能掛牌的；兩邊都一直喊要幫忙台商，但結果都是嘴巴叫一叫，沒有實質的動作，所以我希望林董事長來了，還有次長您也新上任了，能不能把該案提上去。企業轉型升級要有好的輔導老師，我們經濟部底下的財團法人，是很寶貴的資產，也有很多好的老師，如何讓他們能大大方方，不用偷偷摸摸地去教台商，我想這個是很重要的。

　　於是，我頻繁的到經濟部拜訪，我建議經濟部陳科長，能不能夠把這十二個財團法人集中起來跟東莞台商協會合作，以集體的力量去大陸協助台商，這樣才能發揮力量，如果這些財團法人個別去大陸被大陸個個擊破的話，以後我們一點價值都沒有。我拜訪了經濟部好幾次，同時與這些財團法人的董事長、執行長通通拜訪三次以上，最後才形成了12個單位一起到大陸與東莞台商協會合作，也因為此一創新的舉措，才讓台商在2008年最艱難的時候，有機會真正開始推動產業轉型升級。

　　除了爭取台灣政府的資源，如何向大陸政府要政策，更是關係到轉型

升級的成敗。東莞市政府出台「1＋26」政策體系，即1個指導意見加上26個具體政策，市政府共拿出6個「10億元」來支撐這個政策體系，包括10億元產業轉型升級專項資金，10億元中小企業和加工貿易企業融資專項資金等等。2012年東莞市出台「1＋10」加工貿易轉型升級政策體系，以扶持境內的1.1萬家加工貿易企業儘快實現轉型升級目標。

東莞市政府通過東莞市加工貿易轉型升級專項資金為參與評估、輔導的企業提供資助。對參加診斷的企業給予80%的資助，即每家40,000元人民幣；對參加輔導的企業給予50%資助，最高資助額為每家30萬元人民幣。

今天陳教授很有眼光，找我們東莞台協謝會長來合作舉辦此一座談會，東莞不敢說產業轉型是做得最有成就的，但我敢講全中國做產業轉型升級，看得到，摸得到的，大概只有東莞。當然在座有很多的會長，下午還有一場東莞與昆山的比較，但如果拿數字來看及比較的話，東莞真的是做到，看得到，還摸得到，這對協會推動產業轉型升級是很不容易的事情。

講產業轉型升級，不管我講得好不好，我還是有一點資格講的。以上我講的都是在推動產業轉型升級奔波兩岸過程中所發生的事實。從開始做到現在有一點點的成就，並不是我一個人的功勞，要感謝的人很多。

三、 大陸台商推動產業轉型升級的情況

目前大陸台商真正做產業轉型升級的大概有20%，準備進行的約有30%，仍在觀望的約有50%，為什麼？因為產業轉型升級若沒有政策扶持，是很難推動的。

為什麼有這麼多的台商在觀望呢？因為現在大陸投資環境非常艱難，大家已經沒有信心了。台商到底在觀望什麼呢？主要考慮我要不要留下，我該不該轉型？還是乾脆結束打包回家？

產業轉型升級推動起來很辛苦，但花了很多錢不一定會有效果，這就是為什麼有一半的台商在觀望的原因。因此台商真的要做產業轉型升級，一定要考慮：第一，老闆有沒有決心，像前面講的那些困難，你到底有沒有決心克服，你還要不要繼續經營下去。第二，產業轉型升級做下去有沒有人才。第三，更重要的是，有沒有好的政策。

四、 東莞台商推動轉型升級的策略及作法

（一）東莞台商推動轉型升級的策略

產業轉型升級要評估其可行性，能不能操作，比如：宏碁以前併Nokia也是轉型，但如果轉型後宏碁無法控制Nokia，你就要評估要不要轉，轉了之後會衍生哪些無法控制的問題。轉型講起來很容易，但能否做到，是很大的問題。

我公司岳豐科技在2006年時也在做轉型，當時我正在併購一家美國公司，以協助岳豐轉型成通路的可行性，但我看到有些前輩在轉型時受到很大的挫折，因此我就特別請會計師事務所來協助做評估，評估轉型的可行性與可操作性。當初我請的會計事務所非常貴，評估費用快要一百萬美金。我認為「買貴沒關係，但買錯我會倒閉」，因此我認為可行性一定要評估，事後證明這個評估是對的，而且很重要，確保轉型後能夠執行。

轉型成銷售通路公司，最重要的是在簽約時要綁好條件以確保可執行性。例如：一年內主管跑掉你要賠我多少錢，一年內我業績掉下來多少你要賠我多少錢，這樣人就不會被挖掉。如果他把重要的幹部都帶走，我就不能執行了，我就要倒閉了，能不能持續，這些都要慎重去思考。我花兩千五百萬美金買的美國公司，我只派一個財務長去，到現在我認為還執行的不錯。

接下來轉型要思考戰場在哪裡？要什麼樣的戰場，自己要去考慮。我

舉個例子，大麥客為什麼會布局在東莞？很多人跟我講，如果將大麥客開到北京、上海，可能第一年就賺錢了，但事實上並不是那麼簡單，因為我的人脈在東莞，如果我開在北京、上海，那大麥客一定開不起來。

大麥客的型態有點類似Costco，為什麼Costco不去大陸開店呢？因為大陸法令讓他不敢去開。大麥客開在東莞，難處就是購買力和人潮不夠，但好處就是東莞市政府政策全力配合，所以布局和戰略要考慮這些准入的問題。

傳統產業轉型升級有很多的風險，比如說企業自己內部的問題、股東不合、方向走錯等。過去台商到大陸投資是一家獨大，現在台商面臨大陸企業的競爭是非常激烈的。我碰到很多大陸老闆，尤其是我同業，問他們從哪家出來的，很多是20多年前台商企業的幹部，現在都比他原來的老闆開的廠要大，很多都開賓士，為什麼？因為他們有膽識，他們敢借錢，他們什麼都敢做，而我們不敢啊。全世界沒有一個國家像大陸一樣，首富年年換，因為他們敢。台灣有句話說，穿皮鞋的怕穿草鞋的，穿了皮鞋膽子就變小了，傳產升級能不能做並不是問題，重要的是敢不敢去做。

比如講大麥客，現在大家都知道我設立大麥客，萬一大麥客不成功或倒掉，那怎麼辦？我就很沒面子，屆時連皮鞋都沒得穿了。為什麼要做大麥客呢？做大麥客就是為了台商轉型升級，幫台商外銷轉內銷。大麥客現在已經受到政府的重視，從地方到省到中央，很多的政策扶持我們。東莞書記說大麥客是東莞的品牌，透過政府的力量，一年舉辦四到五次把全國零售商請到東莞來和大麥客對接，把台商的產品推到全中國去，現在已經來過一次，效果很好。

要做大麥客之前，我們也不曉得台灣產品適不適合賣到東莞去，也不知道他們有沒有能力買台灣產品，所以我先辦了第一屆的台博會，試試看台灣產品能否受到歡迎，他們能否來採購，結果非常成功。第一屆四天來了32萬人，簽了20幾億人民幣。我卸任後，第二、第三屆都是謝會長辦

的，同樣每一屆都超過這樣的成績，證明台商外銷轉內銷是有機會的。第一次台博會有「貿協」幫我們，第二、第三都是我們東莞台協自己辦的，謝會長自己負責，全中國地級市大概只有東莞能辦得起這樣的活動。

（二）東莞台商推動轉型升級的作法

當初廣東省提出「騰籠換鳥」及「集體遷移」政策。當地地方政府很緊張，因為轉移後地方怎麼辦呢？但地方政府又不敢講，於是我就提出「就地修練」，和「轉型不轉行」的口號，這等於衝到中央的政策，但我們的地方政府很高興，他不敢講的我幫他講出來。

東莞產業轉型的做法分兩部分，升級的部分請經濟部底下的十二個財團法人，從生產、技術、管理、研發整套幫企業進行輔導，以提升產品的價值及競爭力。轉型的部分主要是採取「抱團取暖」的作法，協助企業外銷轉內銷，幫助企業自創品牌。「抱團取暖」的意思就是，單獨一家企業要做轉型會很困難，你怎麼轉，轉型是要錢、要人的，沒錢、沒人是很困難，如果大家一起投資錢就有了。因此東莞台協成立一個轉型平台——大麥客。大麥客是東莞台商協會，透過大家集資的力量來投資的，由台商協會的會員投資，在大陸叫做「抱團取暖」。

「抱團取暖」有哪些好處呢？在座的七、八成都知道大麥客，為什麼？因為他是以東莞台商協會集資的力量來做的，現在已經成為兩岸轉型升級的一個典範。我們江董事長、林董事長和高副董事長都去過了。大陸原國台辦主任王毅也來過，原廣東省委書記汪洋也來過，商務部蔣又平副部長也來過了，為什麼他們來看大麥客？開個商場怎麼可以圖利台商協會？因為台商協會做的是集體轉型的力量，所以他們可以來看。

2012年9月30號，汪洋到大麥客，我給他講台商做通路有多麼困難，聽了以後他把我麥克風搶去，他和東莞和廣東省21個市長書記講，你們看看，你們要謝謝大麥客，我每次聽你們簡報資料那麼厚，我哪有時間看，

人家簡單扼要，我的困難在哪裡？我要怎麼解決？

　　到現在大麥客沒有花錢去買廣告，但是你上網查，一查就可以查到，名氣搞得很大，這就是集體「抱團取暖」的好處。

　　同樣的，iPhone要發表新機，全世界媒體都去報導，假如我岳豐科技要發表新機，來一次我給你五萬塊還沒人來呢？為什麼？因為你沒有吸引力嘛。大陸是最講究品牌的一個國家，連殺豬的也要買個LV，假的也好，如果你沒有品牌，東西根本賣不出去。

目 錄

（一）貴賓致詞

（二）主題演講

（三）學術論文、案例分享、調研報告

學術論文

案例分享

調研報告

作者簡介（按姓氏筆畫排列）

呂鴻德

國立台灣大學商學博士，現任中原大學企業管理學系教授、中原大學全球台商研究中心主任。主要研究專長：行銷管理、策略行銷。

江永雄

高雄私立大榮高工電子科畢業，現任皇冠企業集團董事長、中華海峽兩岸經濟貿易促進會理事長。主要專長：協助兩岸企業交流、建立兩岸企業合作平台。

吳文宗

中國文化大學中國大陸所碩士，現任三之三文化事業公司董事長。主要專長：幼教經營與管理。

林江

暨南大學企業管理系工業經濟博士，現任廣州中山大學嶺南學院財政稅務系主任、教授、博士生導師。主要研究專長：財稅理論與政策、區域經濟與金融、兩岸經貿關係。

林瑞華

國立政治大學東亞研究所博士，現任上海財經大學公共經濟與管理學院助理教授。主要研究專長：台商研究、移民研究、比較政治經濟。

洪明洲

美國伊利諾大學香濱校區企管博士，現任中國文化大學國際企業系教授、亞洲管理經典研究中心總顧問。主要研究專長：戰略管理、產業分

析。

封小雲

南開大學經濟所碩士，現任廣州暨南大學經濟學院教授。主要研究專長：區域經濟、珠三角經濟與港澳經濟。

翁海穎

中國人民大學經濟學博士，現任香港理工大學公共政策研究所研究員。主要研究專長：國際貿易、區域發展、兩岸三地經貿關係。

耿曙

美國德州大學政府系博士，現任上海財經大學公共經濟與管理學院副教授。主要研究專長：比較政治經濟、兩岸政治經濟、台商研究。

陳德昇

國立政治大學東亞研究所博士，現任政治大學國際關係研究中心研究員。主要研究專長：中共政治、地方政府與治理、兩岸政經關係。

黃健群

國立政治大學東亞研究所博士，現任中華民國全國工業總會大陸事務組副組長。主要研究專長：大陸地方政府與治理、兩岸經貿關係。

許淑幸

國立台灣大學國家發展研究所碩士，現任政治大學東亞所博士候選人。主要研究專長：台商研究、兩岸關係。

葉春榮

　　現任台企聯轉型升級委員會主任委員、岳豐科技股份有限公司董事長。主要專長：企業經營與管理。

張寶誠

　　國立交通大學科技管理研究所博士，現任財團法人中國生產力中心總經理。主要研究專長：產業政策規劃、科技管理、策略規劃。

劉勇平

　　廣州中山大學嶺南學院財稅系財政學專業博士研究生。主要研究專長：財稅理論與政策、兩岸經貿關係。

劉孟俊

　　澳洲Monash大學經濟學博士，現任中華經濟研究院第一研究所研究員兼經濟展望中心主任。主要研究專長：國濟經濟、中國科研體制與高科技產業、國際貿易投資。

鍾富國

　　英國華威大學（University of Warwick）財務碩士，現任中華經濟研究院第一研究所分析師。主要研究專長：中國金融體系、中國企業研究。

羅懷家

　　中國政法大學經濟法學博士，現任台灣區電機電子工業同業公會副秘書長。主要研究專長：產業經濟、兩岸經貿、資通訊產業競爭與趨勢。

背景、運作與前瞻

台商佈局中國大陸轉型升級策略思維
—珠三角、長三角、環渤海經濟區之比較

呂鴻德
（中原大學企業管理學系教授）

羅懷家
（台灣區電機電子工業同業公會副秘書長）

摘要

　　「企業經營唯一不變的就是變，唯一確定的就是不確定」。台商佈局中國大陸已逾二十載，隨著中國大陸經濟結構調整，過去勞動力豐沛及低廉成本優勢已不復存在，加之，全球經濟成長放緩、新產業政策衝擊、製造業成本高漲、缺工、缺水、缺電等因素，中國大陸投資環境已非同日而語，使得台商面臨前所未有的經營壓力。

　　為求生存，台商有識之士先行或不得不跟隨中國大陸變革腳步而進行轉型升級，企圖尋找企業再次成長的第二曲線，本研究除歸納台商佈局中國大陸三階段發展歷程與轉型升級五大動因外，更針對台商在中國大陸密集佈局之「珠三角」、「長三角」、「環渤海」三大經濟區進行轉型升級策略之研究，並以：(1)轉型升級壓力；(2)轉型升級障礙；(3)轉型升級策略；(4)轉型升級需求；(5)轉型升級成功關鍵因素；(6)轉型升級效益六大主題進行統計分析，俾利台商進行企業創新及轉型策略擬定，找尋企業可持續發展的策略方向。

關鍵字：轉型升級策略、第二曲線理論、成功關鍵因素、轉型升級效益、轉型升級障礙

壹、緒論

　　Peter Drucker曾言：「每個組織為了存活及成功，都得將蛻變作為變革的媒介。在變動劇烈時代下，無法駕馭變革，只能走在變革之前，視變革為機會」，台商於中國大陸過去的成功理念可能會成為日後失敗的主因，唯有不斷自我檢視、借鏡歷史，突破改革以因應環境轉變，才能創造新成功曲線。2012年2月28日，《工商時報》[1] 以〈世界工廠不保──製造業在中國大陸求生術〉一文提及：「『剩』者為王，誰能『剩』下來，誰就有機會」，顯示中國大陸經商環境劇烈轉變，經濟快速發展與社會環境日漸改善，經貿環境轉變更牽動著台商成功模式的存亡，過去的佈局模式、成功因素、策略方向已不能代表現階段與未來的成功模式，唯有適應大環境的改變而轉變者，方能破繭而出，再造成長第二曲線。

一、轉型升級理論基礎：第二曲線

　　「第二曲線」理論由管理思想大師 Ian Morrison[2] 於1996年出版之《第二曲線》（*The Second Curve*）一書所提出，「第一曲線」為企業既有的傳統核心業務，大多長期良好經營，並具有相當的市場佔有率；「第二曲線」則為企業受到外在環境轉變的影響，企業調整或修正傳統核心業務改革之際，所進入的新型業務階段。在全球快速變遷的外在環境下，企業在既有舊消費型態與固有產業結構邁入穩定型態，佔有產業利基與優勢之際，若不未雨綢繆尋求再次變革以取得新利基與新優勢來源，將被新的外在環境所淘汰。換言之，所有成功的「第一曲線」，在剛出現之際都曾是企業上一波的「第二曲線」，因此企業永續成長的關鍵在於：固守第一曲

---

[1] 范榮靖，「世界工廠不保──製造業在中國大陸求生術」，工商時報，2012年2月28日。

[2] Ian Morrison，第二曲線：企業永續成長的未來學，*The Second Curve: managing the velocity of change*，台北市：商業週刊，1997年4月。

線的同時，應積極開創企業的第二曲線，其是個持續輪迴的交替歷程。

　　激發企業第二曲線的因素，大多來自於：(1)新科技：創造更好、更快、更便宜之結果，促成產業根本的轉變；(2)新消費者：需求無所不包、無所不在，迫使市場商品與消費型態產生革命式的改變；(3)新市場：新消費市場出現，亦形成新競爭戰場，改變原有市場既有的平衡點。這三項因素皆會改變企業既有的經營環境，Ian Morrison（1996）更表示：「當你知道該走向何處時，往往已經沒機會了，但更嚴重的是，若一直沿舊有的路走下去，更將失去通往未來的新道路」，道出在現階段做未來決策時所面臨兩難的困境。然而，實施第二曲線時通常面向未知的新未來，因此發展第二曲線，並不全然是企業的美麗新世界，但是企業依舊不得不於嶄新的戰場上背水一戰，以通往光明的未來大道。

二、台商佈局中國大陸歷程：台商3.0

　　由於台灣土地與市場狹小、資源有限，加上全球化驅動下，台商往外尋求更適發展機會，其中又以中國大陸為台商投資與聚集之大國。台商深耕中國大陸已有20餘年，茲將台商在20年以來歷經中國大陸經營之轉變分為三大第二曲線時期分述如下：

（一）台商1.0（1989-1999）：求發展逐利潤

　　中國大陸於1989年發佈台商投資中國大陸投資優惠新措施，給予台商特別優惠待遇。由於台灣面臨工資成本及土地價格上升，並於國內產業結構調整之際，對於中國大陸原料、勞動力與土地等三廉的生產優勢，以及中國大陸提出開放台商投資與提供優惠政策，成功吸引台商轉移進軍中國大陸佈局，開創台商在中國大陸事業的新版圖。而赴中國大陸多以中小企業為主，並因地緣關係及相關開放政策，集聚於珠江三角洲與長江三角洲兩大經濟區域，專注投資發展傳統勞動密集型製造產業，藉由中國大陸低

廉成本極力發展台灣轉移的夕陽傳統產業,並以勞動密集製造業下游為主要投資產業,形成兩岸產業分工形式。不僅為台商謀得發展新契機、追逐更大利潤,更帶動中國大陸經濟蓬勃發展。

(二)台商2.0(2000-2010):求規模逐升級

台商於中國大陸發展進入21世紀初,投資佈局進入新的快速成長階段,中國大陸於2001年加入世界貿易組織(WTO),對外資進入全面開放階段,促進來自全球各國投資活動日益熱絡。隨著主管機關陸續准許筆電(NB)赴大陸投資設廠,台商轉移投資數量大幅增加,大型企業紛紛跟進佈局發展,產業與集聚規模更日漸擴大,又台商於中國大陸已奠定良好的工業發展基礎,面對中國大陸經濟快速成長,產業發展更從勞動密集型產業,升級為資本與技術密集型產業,以因應市場成長的轉變而升級,但仍以製造代工出口為主,另全球上、中、下游廠商陸續跟進前往中國大陸發展,形成完整的產業鏈,供應在地化降低兩岸產業分工關係模式,同時更擴大深耕於中國大陸東部沿海地帶,並有往內陸發展擴大發展之趨勢,共創中國大陸與台商雙贏經濟成長。

(三)台商3.0(2011起):求轉型逐先機

2011年為兩岸關係更緊密的一年,兩岸於2010年簽訂《兩岸經濟合作架構協議》(ECFA),大幅拉近兩岸關係發展,又2011年為中國大陸「十二五」規劃發展元年,因此2011年起為台商關鍵佈局中國大陸的新契機。而中國大陸「十二五」規劃明確顯示,將從過去的「中國大陸出口」,轉向兼具「內銷中國大陸」,並由龐大內需市場帶動品牌發展崛起,同時調整產業結構,推動「退二進三」。即由服務業及金融業取代舊有的高耗能與高污染的製造業,並往中西部開拓內需市場。顯示中國大陸市場環境正大幅度轉變,品牌、服務貿易、綠色企業與市場往中西部內陸

發展，為中國大陸勢必轉型發展的趨勢，亦為台商不得不跟進轉型的方向，台商唯有產業轉型及佈局轉移因應趨勢，才能掌握中國大陸下一波發展先機。

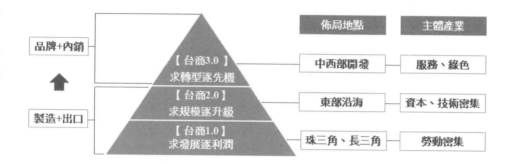

圖1　台商於中國大陸經營蛻變3.0示意圖

三、中國大陸台商轉型升級新動因

《遠見雜誌》（2012）[3]指出：「台商於中國大陸面臨『不轉型是等死，轉不好是找死』之困境」，道出台商於中國大陸面臨不得不轉型之挑戰困境，而為探究台商需轉型再造第二曲線之動因，深入探究歸納為：「綠色環保抬頭」、「政策環境推移」、「經營困境叢生」、「品牌知名度低」、「產品競爭壓力」等五大新動因。

（一）動因一：綠色環保抬頭

Greenspirit Strategies Ltd. 創辦人Patrick Moore（2011）[4]指出：「企業針對永續經營方面，已邁向從『要不要』（whether），轉變成該『如

---

[3] 范榮靖，「服務是出路，製造業急轉型」，遠見雜誌，第309期，2012年3月。

[4] 中央社，「APP亞洲漿紙實踐綠色承諾　開創永續生機」，2011年6月16日。

何』（how）做的綠色競爭時代」，道出綠色環保已是全球企業面對未來
及追求永續發展的共同之路。全球氣候變遷、生態破壞、環境污染與資源
大幅耗減，全球面臨永續生存危機，綠色環保意識成為全球追求永續發展
的共識與生存關鍵，企業間掀起綠色環保風暴，全球政府無不力推綠色環
保的執行，企業將環保議題視為企業社會責任重要的一環，更視綠色為企
業成長新轉機。根據 Intertek 集團消費性產品執行副總裁姚建雄（2011）[5]
表示：「環境保護及永續發展，已成為全球企業首重兩大課題。企業唯有
走向綠色，將綠色內化為真正的企業價值，企業才能永續發展，因此綠色
是企業助力，絕非阻力」，綠色環保為勢必發展之趨勢，台商唯有透過綠
色環保途徑，才能使企業可持續發展。

（二）動因二：政策環境推移

　　北京清華大學經濟管理學院教授魏杰（2011）[6]表示：「轉變成長方
式為中國大陸『十二五』規劃期間重要內容，將帶動兩岸企業往更高層次
調整，兩岸企業也將形成新融合型態，對兩岸企業皆是巨大機遇」，道出
中國大陸經濟成長模式將有所轉型。中國大陸於「十二五」規劃中，視
「保增長、擴內需、調結構」為三大發展主軸，有別於以往追求快速經
濟發展之單一目標，力求同時追求經濟成長與財富均衡，成長動力逐漸
由外銷轉往內需，發展重心更由沿海地區轉至中西部等內陸地區，產業
力求升級並極力發展第三產業，並視七大戰略性新興產業為經濟成長動
力，顯示台商於中國大陸投資環境在政策推移下已有所轉變。據中國大陸
人民大學區域與城市經濟研究所所長孫久文（2012）[7]表示：「中國大陸

5　中央社，「『驗證』，超乎你想像的綠色競爭力」，2011年11月21日。

6　李仲維，「大陸十二五規劃，魏杰在台深入解讀」，中評社，2011年3月15日。

7　王穎春、喻思孌，「西部大開發十二五規劃獲批，破解交通水利雙瓶頸」，中國證券報，
2012年2月21日。

『十二五』規劃政策方向引導企業轉型，但具體投資需企業自身完成」，道出台商於中國大陸面臨政策推移經貿環境轉變，台商唯有把握新形勢並抓住新機遇，以新模式謀求新發展，再創台商於中國大陸新第二曲線。

（三）動因三：經營困境叢生

宏仁集團總裁王文洋（2012）[8]指出：「台商在中國大陸經營挑戰升高，且台商在中國大陸角色越趨輕微，不被重視，享有的優惠日益越少，生意逐漸不好做」，道出台商於中國大陸經商面臨生存困境。台商早期赴中國大陸投資之拉力，為中國大陸的廉價勞工、土地等因素，而中國大陸利潤因素隨經濟崛起正逐漸消逝。據台灣工業總會理事長許勝雄（2011）[9]表示：「台商在中國大陸面臨缺水、缺電、缺土地、缺人才、缺資金、缺訂單、缺油料、缺原料、缺通路及缺前景等『十缺』的經營環境。預估到2015年，中國大陸工資將翻漲一倍，因此台商極需升級轉型」，面對中國大陸經商環境劇烈之變化，台商於中國大陸生存倍受挑戰。由此可知，台商於中國大陸的利潤模式已不再適用，進行調整、升級、轉型成為台商勢不容緩的發展關鍵。

（四）動因四：品牌知名度低

隨中國大陸經濟快速發展，消費能力提升，由世界工廠轉為世界市場，對品牌追求趨勢亦逐漸上揚。加上對名牌的旺盛熱情，正在催生一個快速成長的奢侈品市場，世界各大品牌無不加快進駐中國大陸市場的腳步，顯見中國大陸是品牌不容錯過的巨大市場。然而，台灣品牌在世界知名度仍有待加強，台灣品牌相較於美國、日本與韓國等國，在品牌百強排

8　唐佩君，「大陸台商挑戰升高」，中央社，2012年3月18日。

9　林茂仁，「明年台商面臨『十缺』困境」，經濟日報，2011年12月1日。

名中的份額可謂是微乎其微，顯見台商於中國大陸需極力發展品牌，而據宏碁集團創辦人施振榮（2012）[10] 表示：「過去都是華人崇拜西方品牌，但隨著中國大陸經濟壯大，華人品牌將引領世界風騷，21世紀就是華人的世紀」。顯示品牌於中國大陸將是未來發展關鍵要素之一，台商於中國大陸需轉型升級，藉由品牌創造優勢，再創第二曲線，讓企業品牌能屹立不搖甚至百年不墜。

（五）動因五：產品競爭壓力

中國大陸同時為台、韓第一大市場，因產品區隔性小，台、韓產品在中國大陸市場相互激烈競爭，韓國企業較台灣企業擁有更多資金、更大規模企業、更好技術與更多知名品牌，使韓國產品在中國大陸逐漸抬頭，對台商造成莫大競爭壓力。韓國政府於2005年提出「2015前瞻計畫」，極力拓展新興亞洲市場，在技術與成本方面持續加強，加重品牌與在地化行銷深耕佈局，並期許於2015年達到產品及品牌價值能超越日本之目標。據商業發展研究院（2012）[11] 指出：「針對中國大陸五大城市之消費者對產品國家形象知覺定位調查，結果顯示韓國家電產品形象與日本形象差距正逐年接近，而韓國美妝產品形象已十分接近日本」，顯見韓國產品競爭力提升。韓國企業為台商於中國大陸主要競爭對手之一，除產品重疊性高之外，韓國產品更擁有品質、品牌、形象、技術等優勢，是台商極需突破甚至超越。

---

[10] 韓化宇，「華人品牌將引領21世紀」，旺報，2012年3月18日。

[11] 財團法人商業發展研究院，中國大陸五大城市消費者對產品之國家形象知覺定位。

貳、中國大陸三大經濟區台商轉型升級策略調查分析

　　本研究針對珠三角、長三角、環渤海之台商進行「中國大陸台商轉型升級策略調查」問卷調查，共回收540份有效問卷，針對台商所面臨的：(1)轉型升級壓力；(2)轉型升級障礙；(3)轉型升級策略；(4)轉型升級需求；(5)轉型升級成功關鍵因素；(6)轉型升級效益進行統計分析，並針對中國大陸珠三角、長三角、環渤海三大經濟區，其中珠三角以東莞為代表；長三角以昆山為代表；環渤海則以京津為代表進行分析。

一、中國大陸三大經濟區台商面臨轉型升級壓力分析

　　在轉型升級壓力中「土地取得投資強度問題」、「缺電限電問題」、「缺工引發勞資關係緊張」、「土地使用用途限制」、「土地取得價格高漲」、「水資源污染問題嚴重」與「勞動合同法」等七項壓力，對三大經濟區而言具有顯著差異。由於珠三角是中國大陸最早開放外資進入的地區，為追求低成本的勞動密集型台資企業大舉西進到珠三角一帶，而處於開發中的中國大陸為了招商引資，降低許多企業審核標準，來者不拒，加上地方官員祭出諸多投資優惠政策，使得大批台商紛紛落腳於珠三角區域。但是，當初中國大陸積極招商的企業，多數是現在不被歡迎的「二高一資」（高污染、高耗能、資源性）企業。因此，這類型的廠商被迫遷移，影響甚鉅。當前，珠三角地區為求產業升級，執行中央政策最徹底，因此珠三角地區的台商首當其衝地受到強烈打擊。

表1　中國大陸三大經濟區台商面臨轉型升級壓力分析

序號	轉型升級壓力	❶珠三角 N=156		❷長三角 N=228		❸環渤海 N=148		F值	P值
01	土地取得價格高漲	3.27	13	2.92	14	2.88	13	4.370**	0.013
02	土地使用用途限制	3.29	12	2.93	13	2.80	14	6.679***	0.001
03	土地取得投資強度問題	3.33	11	3.01	11	2.72	15	9.060***	0.000
04	缺電限電問題	3.59	05	3.01	12	2.89	12	12.906***	0.000
05	水資源污染問題嚴重	3.20	15	2.91	15	2.96	10	2.954*	0.054
06	環保意識高漲台商投資受限	3.23	14	3.22	09	3.32	06	0.278	0.757
07	初級勞動力成本增加	3.51	06	3.38	06	3.19	08	2.244	0.108
08	勞動合同法	3.49	07	3.26	08	3.15	09	2.600*	0.076
09	缺工引發勞資關係緊張	3.46	10	3.22	10	2.91	11	6.688***	0.001
10	政府宏觀調控採取從緊貨幣政策	3.49	08	3.27	07	3.30	07	1.562	0.211
11	利潤匯出收取費用造成成本增加	3.49	09	3.51	05	3.46	05	0.053	0.948
12	原物料價格高漲	3.89	02	3.72	03	3.73	03	0.884	0.414
13	台商企業所得稅優惠紛紛期滿	3.67	04	3.68	04	3.59	04	0.200	0.819
14	出口退稅政策減少台商出口優惠	3.77	03	3.93	01	3.85	02	0.734	0.481
15	人民幣持續升值出口型企業利潤下滑	4.06	01	3.93	02	4.01	01	0.523	0.593
	台商面臨轉型升級壓力整體構面	3.52	01	3.33	02	3.25	03	-	-

資料來源：本研究整理。

說明：【*代表P<0.1；**代表P<0.05；***代表P<0.01】

註：各經濟區排名中，第一欄表示對該問項之評價，分數越大表示影響程度越大；第二欄表示該問項在該經濟區影響程度之縱向排名。

二、中國大陸三大經濟區台商面臨轉型升級障礙分析

　　在轉型升級過程中所面臨的障礙，以珠三角區域台商受到的影響最為深遠。而轉型升級障礙中「台資企業勞資糾紛頻仍」、「人治色彩濃厚法治不夠健全」、「查稅頻仍造成經濟困擾」、「台商企業經營利潤不易匯出」、「台幹或員工人身安全保障受到威脅」與「地方保護主義盛行徒增台商成本」，在三大經濟區之間，具有顯著差異。其中又以「台資企業勞資糾紛頻仍」項目之差異最為顯著（P=0.002），可見珠三角的罷工潮讓台商苦不堪言。根據台北經營管理研究院（2011）[12]出版《2011大陸台商白皮書──台商意見調查與分析》報告指出：「2011年台商發生勞資糾紛比例為57%，高於2010年調查的44%」，顯示勞動問題已成為台商經營首要面臨問題。而若就三大經濟區轉型升級障礙排名而言，「政策變動沒有考量台商利益」皆排名第一位，根據台北經營管理研究院（2011）指出台商在中國大陸普遍遇到的投資問題排名依序為：(1)不可控制成本過高（57%）；(2)政策變動太快難以掌握（42%）；(3)勞動爭議多（37%）；(4)保護主義盛行（20%）；(5)前後任官執法不一（17%）。從前五名即可發現，中國大陸政策延續性與承諾度成為台商目前遇到的最大障礙，由本研究調查亦顯示，台商希望中國大陸政府在推動重要的政策之際，能夠設置「緩衝時段」，以利企業預應事先規劃，而非無預警的政策變動，讓企業無所適從。

---

[12] 台北經營管理研究院，2011大陸台商白皮書──台商意見調查與分析，2011年12月。

表2 中國大陸三大經濟區台商面臨轉型升級障礙分析

序號	轉型升級障礙	❶珠三角 N=156		❷長三角 N=228		❸環渤海 N=148		F值	P值
01	中高級專業人才缺乏	3.18	12	3.16	08	3.03	10	0.803	0.449
02	台資企業陸幹離職跳槽或成立公司	3.20	10	3.07	11	3.14	09	0.686	0.505
03	企業週轉資金籌措困難	3.28	08	3.08	10	3.28	08	1.972	0.141
04	社會整體治安惡化	3.41	04	3.29	06	3.35	06	0.459	0.632
05	台幹或員工人身安全保障受到威脅	3.56	02	3.38	03	3.68	03	2.441*	0.089
06	台資企業勞資糾紛頻仍	3.24	09	3.13	09	2.80	14	6.428***	0.002
07	貸款難以收回所導致信任危機	3.07	13	2.91	13	2.89	12	1.183	0.308
08	人治色彩濃厚法治不夠健全	3.00	15	2.76	14	2.71	15	3.198**	0.042
09	查稅頻仍造成經濟困擾	3.06	14	2.75	15	2.88	13	3.264**	0.040
10	對內資外資政策不公平待遇	3.19	11	2.96	12	2.98	11	1.938	0.146
11	地方保護主義盛行徒增台商成本	3.48	03	3.36	04	3.53	04	1.134*	0.323
12	企業經營額外交際費用及其他費用	3.41	05	3.30	05	3.41	05	0.532	0.588
13	台商企業派遣人員適應困難	3.35	06	3.24	07	3.35	07	0.471	0.625
14	台商企業經營利潤不易匯出	3.34	07	3.43	02	3.72	02	3.975**	0.020
15	政策變動沒有考量台商利益	3.69	01	3.78	01	3.96	01	1.725	0.180
	台商面臨轉型升級障礙整體構面	3.30	01	3.17	03	3.25	02	-	-

資料來源：本研究整理。

說明：【*代表P<0.1；**代表P<0.05；***代表P<0.01】

註：各經濟區排名中，第一欄表示對該問項之評價，分數越大表示影響程度越大；第二欄表示該問項在該經濟區影響程度之縱向排名。

三、中國大陸三大經濟區台商面臨轉型升級策略

　　從三大經濟區的台商在轉型升級策略之緊迫程度來分析，轉型升級策略中，「管理幹部本土化的轉型」、「台商企業經營團隊的轉型」與「產品品質提升的轉型」，在不同經濟區之緊迫性存在顯著差異。「台商企業經營團隊的轉型」在三大經濟區中都是排名第一，表示三大經濟區專業經理人之需求都是最為急迫的。另外，珠三角招商策略已從過去的「招商引資」、「招商選資」、「騰籠換鳥」，到現在「梯度轉移」的策略途徑，顯示「二高一資」的產業已不再受歡迎。因此，珠三角的台商目前較緊迫需要執行的是「產品品質提升的轉型」、「營運模式調整轉型」及「產品線結構調整的轉型」。而長三角是屬於較為穩定的投資環境，因此轉型升級之迫切程度較其他二個區域來得低。

　　整體而言，雖然環渤海經濟區的轉型升級壓力，不比珠三角與長三角來得嚴重，但是對於轉型升級策略執行最為緊迫，可能有以下三點原因：(1)受訪企業對於轉型的緊急程度之認知有所不同；(2)環渤海經濟區之台商企業可能是經過幾番波折才從珠三角或長三角遷移過來，因此企業本身對於策略執行比較積極與迫切；(3)珠三角的產業結構若要做轉型升級必然是非常吃力，因此可能會放棄企業轉型升級，也放棄整個工廠，直接撤離中國大陸。

　　另外，值得注意的地方是「投資國別的轉型」之緊迫性，在三大經濟區的排名都是落在後半段，這表示即使中國大陸投資環境雖日漸惡化，但台商仍然希望能夠就地轉型或遷移到內陸，較不思考遷移到其他國家。主要乃是考量語言溝通障礙、文化背景差異、投資風險等因素，例如之前很熱門的越南，已出現比中國大陸更嚴重的罷工事件，進而降低台商轉移佈局之意願。

表3　中國大陸三大經濟區台商面臨轉型升級策略

序號	轉型升級策略	❶珠三角 N=156		❷長三角 N=228		❸環渤海 N=148		F值	P值
01	投資國別的轉型	2.97	07	3.03	06	3.13	06	0.598	0.551
02	投資地理區位的轉型	2.84	10	2.89	07	3.02	08	0.935	0.394
03	經營導向的轉型	2.95	08	2.88	09	2.84	10	0.388	0.679
04	投資產業領域的轉型	2.94	09	2.76	10	2.95	09	1.576	0.209
05	產業業態的轉型	3.12	06	2.89	08	3.08	07	1.850	0.159
06	營運模式調整轉型	3.64	03	3.51	04	3.74	05	1.507	0.223
07	產品線結構調整的轉型	3.59	05	3.44	05	3.76	03	2.725*	0.067
08	產品品質提升的轉型	3.78	02	3.63	02	3.76	04	0.833	0.436
09	管理幹部本土化的轉型	3.64	04	3.56	03	3.94	02	3.925**	0.021
10	台商企業經營團隊的轉型	4.00	01	3.79	01	4.12	01	2.997*	0.051
	台商面臨轉型升級策略整體構面	3.35	02	3.24	03	3.43	01	-	-

資料來源：本研究整理。

說明：【*代表P<0.1；**代表P<0.05；***代表P<0.01】

註：各經濟區排名中，第一欄表示對該問項之評價，分數越大表示緊迫程度越大；第二欄表示該問項在該經濟區緊迫程度之縱向排名。

四、中國大陸三大經濟區台商面臨轉型升級需求

　　如表4所示，由於珠三角地區所承受轉型升級的壓力比長三角、環渤海來得大，因此在轉型升級過程中所需要的協助亦較其他二個經濟區域來得多。從顯著性來看，三大經濟區對於轉型升級的需求沒有明顯差異，都屬於中高程度需求，因為轉型升級過程中，若能得到更多元的協助，必能使轉型升級更為順利且易成功。而從三大經濟區面臨轉型升級需求前三名可發現，「形成共同物流」與「產業共同銷售及建立銷售賣場」排名位居前列，早期台商在東莞、昆山投資，大多屬中小企業，以各自經營發展為主，但隨著中國大陸結構調整，台商「單打獨鬥」時代已經過去，取而代之的則是共同合作、共享資源的「整合平台」模式，根據全國台企聯副會

長陳柏光（2012）[13]指出：「抱團發展是打造一個通用的商業平台，將台商資源、資金和能力整合起來，透過『聚攏效應』將市場規模做大，以協助台商轉型升級」，顯示台商應整合優勢，互助合作，才能避免陷入經營困境。

表4　中國大陸三大經濟區台商面臨轉型升級需求

序號	轉型升級需求	❶珠三角 N=156		❷長三角 N=228		❸環渤海 N=148		F值	P值
01	當地銀行融資信貸服務	3.47	06	3.48	06	3.47	06	0.009	0.991
02	相關研發機構協助進行技術升級轉型輔導	3.38	08	3.35	07	3.22	07	0.923	0.398
03	相關產業協會進行產業整合轉型升級輔導	3.27	10	3.22	09	3.04	09	1.368	0.256
04	相關培訓機構進行台幹及陸幹教育訓練輔導	3.31	09	3.21	10	3.04	10	1.895	0.152
05	相關輔導機構進行經營管理提升輔導	3.47	07	3.34	08	3.18	08	1.929	0.147
06	相關政府機構協助全球佈局建議與輔導	3.70	05	3.58	04	3.51	05	1.056	0.349
07	相關政府部門提供台商回台投資相關之資訊與輔導	3.73	04	3.57	05	3.83	02	1.860	0.157
08	經貿部門協助台商拓展國際市場相關之資訊與輔導	3.88	02	3.66	03	3.80	04	1.419	0.244
09	大陸台商之間進行產業共同銷售及建立銷售賣場	3.87	03	3.73	02	3.82	03	0.616	0.541
10	大陸台商之間形成共同物流	3.98	01	3.97	01	4.14	01	1.047	0.352
	台商面臨轉型升級需求整體構面	3.61	01	3.52	02	3.51	03	-	-

資料來源：本研究整理。

說明：【*代表P<0.1；**代表P<0.05；***代表P<0.01】

註：各經濟區排名中，第一欄表示對該問項之評價，分數越大表示需求程度越大；第二欄表示該問項在該經濟區需求程度之縱向排名。

---

[13] 宋丁儀，「助台商二轉三，台企聯建平台」，旺報，2012年9月2日。

五、中國大陸三大經濟區台商面臨轉型升級成功關鍵因素

　　進一步分析三大經濟區的台商在轉型升級時的成功關鍵因素上，「高階主管的轉型決策」是三大經濟區域台商轉型成功最主要的關鍵因素，如表5所示。環渤海是繼珠三角與長三角之後才逐漸形成的經濟區，包含北京及天津兩大直轄市，位於東北亞經濟圈的中心地帶，地理位置十分優越，加上海陸空交通發達便捷，環渤海地區擁有40多個港口，構成了中國最為密集的港口群。因此在這樣渾然天成的優勢下，加強國際市場接軌並加強國際化人才及團隊建立，是環渤海地區最重要的轉型升級關鍵因素。

　　而珠三角地區以傳統製造業為主，因此與長三角及環渤海相比，珠三角會比較著重於企業本身的資源和能耐，以及台商之間共同合作系統上面，如「規範企業內部管理制度」、「提升管理人員整體素質」、「加強國際化人才及團隊建設」與「建立共同研發與創新聯盟」。

表5　中國大陸三大經濟區台商面臨轉型升級關鍵成功因素

序號	轉型升級關鍵成功因素	❶珠三角 N=156		❷長三角 N=228		❸環渤海 N=148		F值	P值
01	加強與國際市場接軌	3.45	07	3.60	06	3.60	06	0.818	0.442
02	進行非核心業務策略外包	3.32	09	3.32	08	3.33	07	0.004	0.996
03	建立台商區域大賣場	3.28	10	3.17	09	3.04	09	1.591	0.205
04	建立聯合採購制度	3.42	08	3.17	10	3.02	10	4.670***	0.010
05	加強資本運作及融資能力	3.60	06	3.45	07	3.30	08	2.266	0.105
06	建立共同研發與創新聯盟	3.64	05	3.62	05	3.63	05	0.021	0.979
07	提升管理人員整體素質	4.01	02	3.78	03	3.74	04	2.293	0.103
08	規範企業內部管理制度	3.94	04	3.75	04	3.85	03	1.137	0.322
09	加強國際化人才及團隊建設	4.01	03	3.85	02	4.13	02	2.367*	0.095
10	高階主管的轉型決策	4.12	01	4.03	01	4.37	01	3.769**	0.024

轉型升級關鍵 成功因素	❶珠三角 N=156		❷長三角 N=228		❸環渤海 N=148		F值	P值
台商面臨轉型升級關鍵成功因素整體構面	3.68	01	3.57	03	3.60	02	-	-

資料來源：本研究整理。

說明：【*代表P<0.1；**代表P<0.05；***代表P<0.01】

註：各經濟區排名中，第一欄表示對該問項之評價，分數越大表示重要性程度越大；第二欄
　　表示該問項在該經濟區重要程度之縱向排名。

六、中國大陸三大經濟區台商面臨轉型升級效益

　　從表6所示，由於珠三角地區的產業結構是以傳統製造業為主，因此很明顯地，珠三角地區的台商比長三角與環渤海更期望獲得的效益為「降低經營成本」、「提高獲利能力」、「提升市場佔有率」與「降低經營風險」。根據北京清華大學台資企業研究中心（2012）[14]調查指出：「隨著中國大陸勞動力、土地成本持續上漲，有二成以上的台商陷入經營困境，高達50%的廣東台商五年內可能面臨倒閉危機」；根據東莞台商協會會長謝慶源（2012）[15]亦表示：「除勞動力成本大漲外，目前台商亦面臨訂單少、價格低、原物料成本上升等因素，營運情況相較2008年全球金融風暴時也好不到哪去，估計2012年下半年經營狀況亦不樂觀。」此皆顯示台商面臨最大的挑戰的還是成本的問題，但近期東莞台商協會、台灣區電機電子工業同業公會、中國生產力中心等單位，均積極協助台商進行轉型升級，除緩解成本上升壓力外，亦協助台商提高獲利能力，避免台商陷入倒閉困境。

　　統計分析顯示，環渤海經濟區的台商比珠三角與長三角的台商更期望獲得「擴大企業經營規模」與「企業永續經營基業長青」之效益。由於環

---

[14] 高嘉和、簡明葳，「半數廣東台商五年內掀倒閉潮」，自由時報，2012年7月17日。

[15] 自由時報，「半數廣東台商五年內掀倒閉潮」。

渤海經濟區是後起之秀，該地區的台商體制較珠三角與長三角更為健全，因此目前最期望的是可以延伸觸角，擴大市場份額。

表6 中國大陸三大經濟區台商面臨轉型升級效益

序號	轉型升級效益	❶珠三角 N=156		❷長三角 N=228		❸環渤海 N=148		F值	P值
01	降低經營成本	3.29	10	3.09	10	2.60	10	11.501***	0.000
02	降低經營風險	3.31	09	3.28	08	2.95	08	4.223**	0.015
03	提高獲利能力	3.45	08	3.28	09	2.95	09	6.679***	0.001
04	提升市場佔有率	3.54	07	3.29	07	3.08	07	5.390***	0.005
05	改善經營體制	3.59	06	3.66	04	3.38	06	2.587*	0.077
06	擴大企業經營規模	3.71	05	3.59	06	3.75	04	0.804	0.449
07	集團經營整合綜效	3.84	04	3.60	05	3.58	05	1.880	0.154
08	全球價值鏈分工佈局	3.93	03	3.78	03	3.92	03	0.832	0.436
09	提升產品附加價值	4.08	02	4.01	02	4.06	02	0.135	0.874
10	企業永續經營基業長青	4.21	01	4.19	01	4.33	01	0.788	0.456
	台商面臨轉型升級效益構面	3.70	01	3.58	02	3.46	03	-	-

資料來源：本研究整理。

說明：【*代表P<0.1；**代表P<0.05；***代表P<0.01】

註：各經濟區排名中，第一欄表示對該問項之評價，分數越大表示期望獲得的程度越大；第二欄表示該問項在該經濟區中對於效益獲得的期望程度之縱向排名。

參、結論

逐鹿神州的台商，早期享受中國大陸人口紅利、低廉成本優勢，獲得高速成長，然而「最高處，往往就是懸崖邊」。中國大陸經濟發展使得投資環境進化改變，台商目前面臨前所未有的艱難挑戰，勞力密集產業和以接單代工製造為主的台商，部分已關門停產；部分思索從沿海遷移到內

地，甚至轉移到國外；部分台商也已先行轉型升級。但回歸根本，台商應在既有基礎上，運用企業在中國大陸佈局所累積的經驗與優勢，思考如何二次創業，像是提高產品附加價值，亦或是轉向服務業投資。

根據本次調查分析，可以看出沿海地區台商以珠三角台商面臨衝擊最大，長三角、環渤海依序次之。轉型升級障礙顯示，對總體經濟與大陸政策及專業人才都有不足及短缺，兩岸政府均有協助之必要，轉型策略與需求三地區大同小異，但轉型升級效益整體提高，且珠三角最高，依序為長三角及環渤海。顯然台商面對環境改變之產業轉型升級，壓力越大，通過者效益越高，但我們期望兩岸主管部門繼續給予並擴大支持。畢竟台商企業穩定成長，既帶動經濟成長、穩定就業，更促進兩岸穩定、和平與發展。

根據全國台企聯會長郭山輝（2012）[16]表示：「當前台商正面臨轉型升級關鍵時期，東莞台商在贛州打造產業園建立很好典範，期待更多台商升級轉型，搶進現代服務業、精緻農業與食品加工業市場」。而根據台灣區電機電子工業同業公會（2012）[17]指出：「在中國大陸投資風險不斷提升時，發展第二曲線更顯重要，希望台商能積極移轉新地區、創新價值鏈等佈局」。此外，龐大的內需市場，更是台商不能忽視的發展商機，根據富達投資顧問（2012）[18]指出：「隨著中國大陸中產階級的崛起、所得持續上漲，都將促進消費動能的增加，因此誰能提供中國大陸內需市場所需的物品，誰就有機會取得領先的機會」。中國大陸已從「世界工廠」蛻變成為「世界市場」，台商應把握城鎮化契機，加緊佈局內需市場，以搶佔先機，再創未來20年的經濟榮景。

---

[16] 中央日報，「贛台會揭幕歡迎台商二次創業」，2012年9月23日。

[17] 台灣區電機電子工業同業公會，「第二曲線繪商機」，台北市：商業週刊，2012年8月。

[18] 黃楓婷，「錢進中國，原物料轉內需消費」，聯合晚報，2012年3月17日。

大陸台商轉型升級：
政經背景與產官學互動

陳德昇

（政治大學國際關係研究中心研究員）

黃健群

（全國工業總會大陸組副組長）

摘要

　　30餘年來，大陸改革開放雖促成經濟高速增長，但卻造成國內外經濟生態環境的失衡。因此，中共期望透過調整加工貿易為主的製造業體質，以新型工業化帶動整體產業結構的優化。2003年中共提出「科學發展觀」概念，成為執政理念之一，也為大陸產業轉型升級提供論述基礎。對中共而言，所謂的產業轉型升級，就是一方面加速調整大陸產業結構；另一方面，針對長期扮演大陸經濟成長動能的加工出口貿易進行產業升級。

　　台商如何順應大陸投資環境之變遷，在轉型升級過程中，兩岸產官學界各行為主體扮演何種角色與功能，以及最終能否促成轉型升級與開拓內需市場之目標，應是關注的課題。事實上，台商大陸投資經營，將無可避免的涉及兩岸產官學互動，其中既有宏觀政策面之關照，亦有產業諮詢輔導與學界研發、評估參與之努力。台商大陸投資，在兩岸產官學互動下，能否產生良性關係與循環，將攸關企業經營績效與存續。

關鍵字：科學發展觀、大陸台商、加工貿易、轉型升級、台商輔導

壹、前言

　　自20世紀80年代開始，經濟全球化浪潮迅猛發展，產品、資本、技術，以及人力快速流動，自由化和國際化已經成為全球貿易的常態。在此一浪潮下，企業為尋求發展，跨國、跨地域的全球佈局，已經成為經濟全球化時代的常態。擁有廣大腹地、廉價勞動力、豐富資源及潛在市場的中國大陸，自1979年改革開放以來，即成為全球企業、資金競相湧入的地區。台商亦在此一背景下，於90年代形成大陸投資熱潮。然而，隨著大陸經濟的快速發展，中共開始意識到作為工業主體的加工貿易發展過程中，造成包括分配不均、環境污染、區域發展失衡等諸多問題，因此亟思產業發展策略的調整。

　　30多年來，中共推動經濟改革開放政策，已經使中國大陸變成世界上最大，且最有經濟活力的國家之一。然而，自2000年迄今，中國大陸面臨包括全球金融動盪、海外主要市場經濟衰退，以及若干持續攀升的社會不穩定等因素的挑戰。與此同時，與西方先進國家現代化進程面臨相同的問題，中共亦必須思考如何能夠在環境永續的前提下持續維持經濟成長？又要如何在維持經濟成長的同時，抑制能源的過度消耗，同時緩和國際日益重視的全球暖化問題。[1] 這些發展中的困境，都是中國大陸在高度經濟發展下所必須面對的挑戰。

　　由於希望改變大陸改革開放以來，經濟增長所造成的國內外環境的失衡，中共自「九五」計畫時期，即思考透過調整加工貿易為主的製造業體質，以新型工業化來帶動整個產業結構的優化。2003年中共「十六屆三中

---

[1] Ligang Song and Wang Thye Woo, "China's dilemmas in the 21st Century", in *China's Dilemma-Economic Growth, the Environment and Climate Change* (Washington, D.C.: Brookings Institution Press, 2008), pp.1-2.

全會」提出取代傳統發展觀的「科學發展觀」概念（參見表1），不僅成
為中共的執政理念之一，也為大陸產業轉型升級提供論述基礎。對中共而
言，所謂的產業轉型升級，就是一方面加速調整大陸產業結構；另一方
面，針對長期扮演大陸經濟成長動能的加工出口貿易進行產業升級。對台
商大陸投資而言，將無可避免面臨大陸投資環境之變遷，以及政府執行轉
型升級政策之影響。台商如何順應此一經濟發展路徑，兩岸產官學界各行
為主體扮演何種角色與功能，最終能否實現轉型升級與開拓內需市場之目
標，應是當前值得關注與思考的課題。

表1　中共推動產業轉型升級的歷程

時間	會議文件	說明
1990年12月	第十三屆七中全會〈中共中央關於制定國民經濟和社會發展十年規劃和「八五」計畫的建議〉	1990-2000年經濟建設的重點在於「調整產業結構，加強農業、基礎工業和基礎設施的建設，改組改造加工工業，不斷促進產業結構合理化」。
1995年9月	十四屆五中全會「中共中央關於制定第九個五年計畫和2010年遠景目標的建議」	1995年到2010年經濟建設要「切實轉變經濟增長方式」，在優化產業結構部分則是「著力加強第一產業，調整和提高第二產業，積極發展第三產業」。
2000年10月	中共十五屆五中全會「中共中央關於制定國民經濟和社會發展第十個五年計畫的建議」	大陸經濟要持續快速健康發展，必須以提高經濟效益為中心，並應加快工業改組改造和結構優化升級。
2003年10月	中共十六屆三中全會「中共中央關於完善社會主義市場經濟體制若干問題的決定」	提出科學發展觀，同時也強調「引導加工貿易轉型升級」。
2005年10月	中共十六屆五中通過「中共中央關於制定國民經濟和社會發展第十一個五年規劃的建議」	「全面貫徹落實科學發展觀」、「調整優化產業結構」。

時間	會議文件	說明
2007年10月	十七大工作報告	1.強調「加快轉變外貿增長方式」。 2.強調以質取勝、調整進出口結構、促進加工貿易轉型升級等產業政策方向。 3.希望透過外資的利用，推動產業的自主創新、產業升級及區域平衡發展。 4.隨著大陸經濟高速增長，在國際社會中必須承擔著越來越多的責任，特別是對溫室氣體排放標準的提高（所謂的節能減排），使得大陸產業結構必須調整，高污染、高耗源產業必須遷移，或必須進行技術的提升。
2011年3月	全國「人大」會議通過「國民經濟和社會發展第十二個五年規劃」	強調「十二五」（2011-2015年）是全面建設小康社會的關鍵時期，是深化改革開放、加快轉變經濟發展方式的攻堅時期。
2011年11月	大陸商務部等六個部門頒布《關於促進加工貿易轉型升級的指導意見》	要將大陸這個「世界工廠」轉型進行技術升級，由原來的「代加工」轉型為「代設計、代加工」一體化，這是大陸有關加工貿易轉型升級首次出台的國家級政策，除為大陸的加工貿易轉型升級提出更為完整的方向之外，也為中共產業轉型升級政策的落實，推進了重要的一步。

資料來源：本研究整理。

貳、中共發展論述的改變：從傳統發展觀到科學發展觀

中共推動產業轉型升級，在論述上最重要的是由「經濟人」向「社會人」論述的轉變。換言之，就是「唯經濟成長」到「平衡發展」的改變。

　　中共自1978年「十一屆三中全會」後，推動改革開放的發展政策，其內涵是「唯經濟成長」的發展觀。這種「唯經濟成長」的傳統發展觀，源自於二次世界大戰結束後至20世紀60年代時期的西方，其內在蘊涵的邏輯，是認為經濟增長能夠實現生活水準的提高、平等的擴大和社會的進步。換言之，傳統發展觀是純粹「經濟人」的思維。傳統發展觀將經濟增長和累積財富作為社會發展的目的，並認為「社會如何快速有效發展」、「如何增加社會物質財富」才是國家／個人應該思考的問題。然而，依循著傳統發展觀，國家／個人將無止盡的追求經濟成長，同時為求成長而忽視經濟增長的品質、生態的保護及資源的耗竭。這種非理性、高投入、低產出；高生產、低效益；高排放、低回收的發展方式，持續下去將會造成包括資源危機、生態危機、環境危機及日益嚴重的人的異化、物化等問題，[2] 甚至到最後導致經濟發展成本的增加，致使國家經濟「有增長無發展」。

　　中共推動改革開放以來，以經濟增長作為施政的主軸，透過吸引外資、發展加工出口貿易，造就高速經濟成長及世界第二的經濟總量，但在中共「讓一部分人、一部分地區先富起來」政策下，造成中國大陸日益嚴重的沿海／內陸、城市／鄉村等發展和收入的差距，許多隱而未顯的社會矛盾，使得中共賴以統治的合法性出現危機。因此，中共透過對改革開放以來中國大陸經濟成長動能的傳統發展觀的反思，建構「科學發展觀」論述，以作為修正中國大陸經濟發展過程中造成的社會失衡。

　　中共「十六屆三中全會」提出「科學發展觀」，取代了傳統的發展觀，並於2007年「十七大」將「科學發展觀」納入黨章，與毛澤東思想、鄧小平理論及「三個代表」並列。自此，科學發展觀不但成為中共執政理

---

[2] 張榮、張素蘭，「科學發展觀對傳統發展觀的超越」，綿陽師範學院學報（四川省綿陽市），第30卷第9期，2011年9月，頁105-106。

念之一,對中共來說,亦成為社會主義現代化建設的思想指導。對中共來說,被納入黨章的中共領導人思想,即被視為中共意識型態組成部分,理論上是由馬克思主義基本原理原則與中國實際相結合,並因應不同現實情況所建構。也就是說,中共科學發展觀的提出,象徵其意識到傳統發展觀雖造成的社會失衡,因此無論是從經濟或政治層面,中共都有調整思維、改變舊有發展方式的必要性與壓力。

　　中共一向強調「理論先行」,科學發展觀之所以提出,是為了有別僅強調經濟增長,看重GDP等指標的傳統發展觀。中共「十七大」後推動的產業轉型升級,事實上就是為了實踐科學發展觀。因此,透過對科學發展觀「發展」、「以人為本」、「全面協調可持續」、「統籌兼顧」等重要概念的梳理,不但可了解中共產業轉型升級內在邏輯,進而掌握中共相關政策的推動方向。

　　對中共而言,科學發展觀最重要的概念就是「發展」。中共強調,科學發展觀的「發展」概念,延續了毛澤東解放生產力、鄧小平理論「發展才是硬道理」、江澤民「把發展作為黨執政興國的第一要務」等有關的「發展」概念。中共之所以強調科學發展觀繼承自歷代領導的思想體系,一方面為新的發展觀提供意識型態的合法辯護基礎;另一方面,則是再強調新的發展觀「以經濟建設為中心」的發展思維並不能因此而改變。中共認為,21世紀中葉之前中國大陸仍處在「社會主義初級階段」,因此在建設社會主義現代化過程中,仍必須依靠不斷的發展。因此,要解決大陸經濟發展過程中造成的社會矛盾,乃至於維持社會穩定、提高國家競爭力,甚至是鞏固共產黨的執政地位、建設小康社會、提高民眾物質文化水平等等,都必須靠「不斷的發展」。[3] 也就是說,對中共來說,作為一個威權

---

[3] 劉德偉、陳克惠主編,科學發展觀黨建理論研究(北京:人民出版社,2009年8月),頁59-60。

政體，經濟成長仍是共產黨賴以維持統治權的最重要基礎，因此科學發展觀仍必須延續傳統發展觀的思維。但和過去不同的是，科學發展觀必須在傳統發展觀的基礎上體現「新傳統主義」（neo-traditionalism）路線，必須透過找回毛澤東時期社會公平的理念，在發展與公平兩個價值之間找到平衡點。[4]

為了回應「如何發展」及「解決分配不均」，中共透過科學發展觀「全面協調可持續」及「統籌兼顧」等概念，指出其與傳統發展觀不同的經濟發展戰略方向。中共強調，過去中國大陸只重視經濟建設，但更應重視的是社會、政治、文化等各層面的「全面」發展；與此同時，城鄉、區域及貧富之間應彼此支援「協調」，更重要的是，不能為經濟的增長而犧牲環境，經濟增長必須建立在「可持續」的基礎上。[5]至於「統籌兼顧」，即是以宏觀調控、適時適當干預的方式，在社會利益調整過程中調和各方面的矛盾，[6]具體的說，即是國家／政府在發展的基礎上，透過宏觀調控協調統籌資源，以調合城市／鄉村、沿海／內陸、國內發展／對外開放彼此間落差，促使中國大陸能夠在穩定中發展。

總之，依循「以GDP為中心」的傳統發展觀，雖然促使中國大陸經濟快速成長，但卻造成了包括城鄉、區域、分配、生態環境等各方面的社會矛盾。事實上，大陸經濟發展過程中的諸多失衡現象若無法解決，將影響政權的穩定，甚至衝擊中共作為唯一執政黨的合法性。因此，中共提出科

---

[4] 趙建民，「科學發展觀與胡錦濤路線」，展望與探索月刊（台北），第5卷第12期（民國96年12月），頁44。

[5] 在「全面」發展部分，中共近年來不斷強調除了經濟發展之外，中國大陸還應該進行政治改革、社會改革，更應該強化文化建設；而「協調」這個概念，最顯而易見的就是中共的「對口支援」政策，也就是經濟實力較強的省份地區對經濟實力較弱的省份地區實施援助的一種政策性行為；「可持續」概念的具體落實，可由2007年以來大陸政府頒佈的各項針對「兩高一資」企業的環保法規來觀察，此部分後文會再提到。

[6] 張啟富、舒蘇平，「樹立科學發展觀，推動經濟社會和人的全面發展」，頁15-16。

學發展觀來取代傳統發展觀，其主要目的是要解決大陸經濟快速發展過程中所帶來的危機。若以更高的戰略層次來看，中共科學發展觀的提出，意味中國大陸經濟發展將由改革開放時期的體制轉軌型、20世紀90年代以來的高速增長型，轉變到現在的科學發展型。

參、推動產業轉型升級的戰略意圖

中共「十一五」時期推動以加工貿易為主的產業轉型升級，並以科學發展觀作為產業轉型升級的理論基礎。在經濟戰略層面，中共主要目的是為改變大陸加工貿易在全球價值鏈低端的位置，不再扮演以能源損耗及環境污染來成就GDP的「世界工廠」；在政治戰略層面，中共則期望藉由產業體質的調整，為中國大陸的崛起提供一個堅實的物質基礎，成為真正的強國。

一、大陸長期推動加工貿易衍生的問題

歸納來看，改革開放以來大陸經濟之所以高速成長，主要依賴投資趨動和外貿導向，但也造成了以下幾個問題：（一）產業整體競爭力不足。由於大陸各地方政府「重數量、輕品質」的招商引資政策，引進過多勞動密集型簡單加工行業，使得大陸加工貿易長期停留在「主要原材料和技術設備的加工生產」階段，造成大陸加工貿易產業結構，仍集中在傳統勞動密集型產品和中低技術工序；（二）受外資企業發展影響。長期以來大陸加工貿易的主體是外資企業，所以產業關聯和技術外溢效應有限，使得大陸加工貿易受外資企業自身發展戰略影響；（三）缺乏自主研發能力。大陸加工貿易多依賴外資企業跨國公司，大陸企業在生產過程中多從事貼牌生產，而較少掌握核心專利和開發品牌，也就是說無法掌握附加價值較高的研發和行銷兩端；（四）大陸企業產品缺乏競爭優勢。由於品質不穩

定、國際營銷管道不通暢，再加上研發環節多在海外等因素，大陸企業產品較缺乏競爭優勢，且由於原材料和零組件多向海外採購，因而削弱其在加工貿易中的國內配套能力；（五）區域發展不平衡。中共基本上是「由東向西，由南向北」開放外來企業投資大陸，因此造成加工貿易區域發展的不平衡。[7]此外，由於大陸加工貿易長期作為代工的利潤不高，出口企業只能增加出口數量來維持利潤，然而持續以出口為導向的產業政策，則導致了與其他國家的貿易摩擦及傾銷訴訟，甚至面臨貿易保護主義。[8]

　　總而言之，中共長期發展加工出口貿易，視其為「承接國際產業轉移、參與國際分工的重要途徑」，但由於加工貿易准入門檻過低、產品附加價值低，再加上出口多為高能耗、高污染和資源性產品等因素，以及2008年全球金融海嘯後大陸加工貿易發展面臨資源短缺、出口持續下降、經營成本上升、環境資源壓力加大、國際競爭日益激烈等多重壓力，因此推動以加工貿易為主的產業轉型升級，成為中共「重要而緊迫」的戰略任務。[9]

　　對中共來說，推動產業轉型升級，在經濟戰略上的意涵，就是要改變中國大陸「世界工廠」的角色，讓中國大陸製造業脫離全球產業價值鏈低端的位置，並不再以犧牲勞工權益、耗損資源環境來成就GDP，讓「中國製造」成為「中國創造」。然而，這個經濟戰略目標必須透過減少工業耗能，與環境污染的綠色發展道路，以及提升全球產業價值鏈地位等方式來達成。換言之，強調自主創新研發與綠色發展，將是中共推動產業轉型升

---

[7]　徐冬青，「關於我國加工貿易轉型升級的思考」，學海（江蘇省南京市），2004年第6期，2004年12月，頁102-103。

[8]　大陸商務部產業損害調查局《全球貿易摩擦報告（2011）》指出，自1995年以來，截至2010年，中國大陸已連續16年成為全球貿易調查的首位，並自2006年以來連續五年成為全球反補貼措施的「重災國」。

[9]　「2011商務形勢系列述評之五：遵循規律　穩中求進　推動加工貿易轉型升級」（2012年1月5日）。

級政策的核心意涵。

二、中共推動以綠色發展為主軸的經濟發展道路

　　中國大陸經濟快速發展下，發展過多資本與資源高度密集性的產業，導致中國大陸的經濟成長高度仰賴環境資源。[10]「中國製造」的產品雖然包括勞力密集度高的玩具、紡織品及附加價值高的高科技電腦與通訊產品，但是中國大陸仍被歸類為低收入、非核心創新者的國家，而當西方學者在談及中國大陸產業競爭性時，多認為其整體產業水準遠落後於西方先進國家。[11] 因此，對中共來說，以耗損資源、破壞環境、犧牲勞工權益等「以GDP為中心」的傳統發展觀不再適合中國大陸。換言之，傳統發展觀雖使得中國大陸經濟快速成長，但隱而未顯的經濟損失，卻逐漸影響多年來的經濟發展成果。

　　隨著環境問題的惡化，中共近幾年制定經濟政策時都將對環境的保護同時納入思考，[12] 大陸學者曾指出，中國大陸所面臨的基本問題是「要綠色GDP還是要黑色GDP」，GDP可以理解為國內生產總值（Gross Domestic Product），也可以理解為國內污染總量（Gross Domestic Pollution）。綠色發展道路和黑色發展道路是兩條不同的發展模式，而中國大陸歷經了60年工業化，不能重走工業化國家的老路，要實現綠色發

---

[10] Justin Yifu Lin, "Rebalancing equity and efficiency for sustained growth", in *Dilemma-Economic Growth, the Environment and Climate Change* (Washington, D.C.: Brookings Institution Press, 2008), p.91.

[11] Richard Sanders and Yang Chen, "Crossing which river and feeling which stones? China's transition to the 'New Economy' ", in *Globalization, Competition and growth in China* (New York: Routledge, 2006), p.309.

[12] James Roumasset, Kimberly Burnett, and Hua Wang, "Environmental Resources and Economic Growth", in *China's Great Economic Transformation* (Cambridge: Cambridge University Press, 2008), p.281.

展，以創新來促成綠色中國。[13] 由此可知，環境污染造成的經濟損失、生存危機，已是中共思考經濟發展時不得不面對的問題，因此，中共推動加工貿易轉型升級、改變中國大陸「世界工廠」角色的第一步，即是走綠色發展道路，讓中國大陸經濟「可持續發展」。

三、強調創新研發提升在全球價值鏈的地位

在經濟全球化下建構的國際產業分工體系中，產業發展系統是由全球價值鏈上的各個參與者共同組成。然而，這樣的全球產業發展系統雖然可以提高各國產業結構之間的關聯度，但同時卻使得位於產業價值鏈低端的產業結構調整自主性受到衝擊，並增加該國經濟運行的風險及國家宏觀調控的難度。[14] 事實上，麥可波特（Michael E. Porter）的全球價值鏈理論（Global Value Chain）指出，高附加值的價值環節，其實就是全球價值鏈上的戰略環節，也是獲利最多的環節，而加工貿易處於全球價值鏈的價值生產階段，獲取的附加價值是價值鏈最低端的價值。大陸經濟學家郎咸平則認為，在目前的全球競爭格局下，大陸加工貿易卻只能佔據附加價值最低、最消耗資源、最破壞環境及剝削勞動者的製造環節。[15]

由於跨國公司通過整合產業鏈，把利潤最低的製造環節放到中國大陸等開發展國家，依靠產業價值鏈中最有價值的產品設計等環節來獲得最大的利潤。而當中國大陸等發展中國家的製造業被產業鏈其他環節擠壓而無法生存時，跨國公司再透過產業資本和金融資本收購這些製造業。基於這些理由，中共更積極期望透過加工貿易的轉型升級，強化全球產業鏈產品

---

[13] 胡鞍鋼，「當十幾億中國人一起創新」，華衷（Jonathan Watts）著，當十億中國人一起跳（台北：天下雜誌股份有限公司，2010年10月），頁7-8。

[14] 楊丹輝，「全球競爭格局變化與中國產業轉型升級」，國際貿易（北京），2011年第11期，2011年11月，頁13。

[15] 郎咸平，產業鏈陽謀I——一場沒有硝煙的戰爭（北京：東方出版社，2008年9月），頁2-6。

設計、原料採購、訂單處理、倉儲運輸、批發運營、終端銷售等具高附加價值的部分，改變已經失衡且缺陷的產業體系，走一條自主創新的路，以提升大陸加工貿易在全球價值鏈的地位，讓中國大陸的經濟成長不再依附於西方先進國家的剝削。

肆、台商轉型升級：兩岸產官學互動

　　無論是走綠色發展道路，亦或大陸加工貿易在全球價值鏈地位的提升，都是中共揚棄傳統發展觀並轉向科學發展觀的政策方向。中共在科學發展觀帶動下的經濟戰略，期望透過產業轉型升級讓中國大陸在發展的同時，能夠兼顧環境，並創造最大的附加價值，以解決區域／城鄉／收入等失衡問題，並使得「中國製造」提升為「中國創造」。如同部分樂觀的西方學者認為，在經過快速產業轉型升級之後，中國大陸透過與外資、出口及經濟成長的連動，成為一個強而有力的製造業大國。[16]

　　台商作為大陸外商投資的組成部分，除須因應大陸政經環境與市場轉型之變遷外，如何順應大陸轉型升級的發展與競合態勢，並規避歐美市場持續下滑與生產要素持續上揚之風險，進而取得大陸市場經營優勢與主導地位，顯然是台商經營大陸市場必須面對的重要課題。然而，無論是政策因素或環境因素，對大陸台商來說，台商轉型升級已是不可迴避的課題，且台商的轉型若分為「轉內銷、轉產業、轉地區、轉回台、轉國家」，那相對於其他種轉型，「轉內銷」無疑是台商目前最容易做的轉型，也是最常見的轉型類型。

　　事實上，自2010年開始，大陸中央及各省都全面實施擴大內需戰略。

---

[16] Kevin H. Zhang, "Is China the world factory?, in *China as the World Factory* (New York: Routledge, 2006), p.267.

許多城市更以戰略的角度將擴大內需作為經濟發展的主軸，同時頒佈相關的內銷扶持政策。擴大內需更成為中國大陸的熱點話題。然而，隨著大陸勞動合同法實施、出口退稅調整等一系列出口貿易加工政策調整，以外向型企業為主的台商產業帶來巨大的衝擊，再加上全球金融風暴影響，對企業的經營更是雪上加霜，台商產品銷路越發變得舉步維艱。轉內銷市場必將是未來外銷企業轉型升級的重要出路。拓展大陸內銷市場成為許多台商的選擇，台商如何為自己的產品打開大陸內銷市場成為最大的挑戰。不過，由於法規、市場、秩序、政策、法令及通路等種種現實因素的束縛，要能夠落實需很大的努力。面對原來就已競爭激烈的大陸內需市場，台商出口企業想要轉為內銷市場，難度頗高。台商在拓展大陸內需市場的過程中，普遍遇到「融資」、「行銷通路」、「品牌」、「智慧財產權」等問題，這些問題的解決，不但有賴兩岸現有機制與大陸政府協商，同時也需要我政府的輔導協助。

台商大陸投資經營，將無可避免得涉及兩岸產官學之互動，其中既有宏觀政策面之關照，亦有產業諮詢輔導與學界研發、評估參與之必要。畢竟，台資企業大陸投資不僅涉及政治與政策面向之連結，持續落實研發與生產力提升，亦是企業經營之重要議題。台商現階段推動之轉型升級，即為涉及兩岸產官學互動之具體案例（參見表2）。事實上，台商在兩岸產官學互動下，能否與多元網絡產生良性之互動關係，將攸關企業經營績效與存續。

表2　兩岸產官學界參與台商轉型升級

兩岸 產官學	台灣		大陸	
官方 （政府部門）	1.支持與協助、並提供有限輔導經費。 2.法令限制人才與技術應用產生局限。	中央	政策性支持。	
		地方	各地情況不一，以東莞、昆山較具代表性與積極性，提供輔導經費與相關服務。	
產業界 （產業諮詢）	1.企業治理團隊進駐與輔導。 2.包括中國生產力中心、電電公會、企業經理人協會受政府委託參與輔導。	參與產業諮詢人力與專業較不足，難兼顧台資企業發展。		
學界	1.部分參與企業輔導與評估。 2.欠缺相關學術論證。	1.部分企業委請大陸大專院校參與研發與市場開拓。 2.相關研究成果有限。		

資料來源：本研究整理。

　　基本而言，兩岸中央級政府皆對台商轉型升級給予政策性支持。不過大陸各級地方政府回應與政策作為則有差異性。這須視台商在當地的重要性與影響力而定。例如，昆山與東莞台商較多，影響力較大，地方政府較為重視。尤其是昆山與東莞地方政府撥付企業診斷與輔導經費，關照台商轉型升級最具代表性。不過，在大陸新一輪的產業轉型升級過程中，各級地方政府是否有中央國企介入地方投資，且其投資佔當地GDP比重多寡，皆有可能影響地方政府對台商角色之重視程度。目前看來，昆山與東莞台商比重仍高，加之中央國企在該地未有重大投資項目，因此尚不致產生對台資企業的排擠效應。基本而言，由於中共官方是政府主導型，具威權體制、政令貫徹之特質，因此對轉型升級之政策運作強度相對較高。不過，因為轉型升級政策之短期績效有限，因而此一政策是否真實列為地方政府之核心任務便有差異性。事實上，當前大陸地方政府領導仍是以自身利益

與前途做施政考量。因此，績效不易彰顯之政策易被推遲，甚或只是形式支持之口號性作為。

　　就台灣官方而言，在政策面雖支持台商轉型升級之努力，但是由於法令限制與官員保守性，而使得對台商轉型升級的協助較為間接與相對弱勢。換言之，儘管政府經貿官員多次赴陸參訪台商表達關心，但台商不乏對我政府官員形式參訪作為，且不能及時解決困難頗有微詞，[17] 走馬燈式參訪與欠缺資源投入之企業輔導，對企業經營困境之克服難有貢獻。尤其是兩岸關係條例與相關政策法規，對大陸台商輔導作為便有相當之限制性。例如，工業技術研究院之技術移轉便受法規限制；[18] 勞委會對培訓作為也因為大陸因素，而有相當保守的思考。換言之，政府部門若未能針對兩岸經貿情勢與台商轉型升級之需要，做策略性與前瞻性開放評估，以及鬆綁法令之作為，則在技術移轉與培訓作為局限下，便難落實台商轉型升級之努力。再進一步來說，雖然政府為協助海外台商營運佈局，已設置許多服務單位，例如海基會台商服務中心、經濟部「台商聯合服務中心」，但對大陸台商來說，這些服務單位的功能並無明顯的區別，因此國內產業界曾多次建議，政府應將輔導及服務台商的資源及平台做好分工及整合，了解及掌握台商的需求及問題，並就ECFA所形成的潛在商機，提供短期性支援服務平台，以及長期性資訊網絡及研發技術升級轉型方案，強化大陸台商優勢，進而迅速抓住新一波的機會。與此同時，由於大陸幅員廣大，台灣官方在進行所謂的大陸台商輔導過程中，並無法依產業別、地區

---

[17] 訪問大陸台商所獲之相關訊息。

[18] 依現行法規，業界科專成果在兩年內不能移轉到台灣以外地區生產，法人科專的成果，若要技轉到包括中國大陸在內的境外生產，需經專案審查。因此，在協助大陸台商技術升級的過程中，政策雖然准許工研院等享有科技專案補助的法人，可以對大陸台商進行技術移轉，但其基本精神仍為保障國內關鍵技術採個案審查。而受限於不同法人的科專計畫，其對大陸台商的技轉規定有所不同。

別、上下游供應鏈別等,事先對大陸台商現狀進行調查研究,透過事前的
了解與分析,擬定切確的輔導方向與策略;更由於受限於既有資源,讓所
謂的大陸台商輔導僅限於「診斷」層次,讓大陸台商具體面臨到的問題無
法得到解決。

此外,由於台商在大陸經商相較於當地企業,受到稅制、環評標準及
採購法上不公平的待遇,將影響台商爭取大陸「十二五規劃」中潛在的重
要商機,包含地方公共建設、綠能規劃、設備更新等。稅制上,大陸本地
廠商享有包稅制,台資企業雖然有「三免兩減半」優惠政策,但實際相比
仍有12%的差價。另在通關時,如台灣食品進入大陸須繳17%加值稅、5%
關稅,同時通關無標準程序,各省各市操作方式亦不同,導致台商無所適
從;環評方面,台資企業在環保政策上採取國家標準,對陸商卻較為寬
鬆;再者,大陸各省市的採購法研擬多年尚未公佈,影響外資企業市場進
入。因此,國內產業界多次呼籲,政府應藉由兩會協商機制,在兩岸平等
互惠的前提下,向中國大陸爭取台商在稅制、環評及地方採購等更為平等
的投資環境,以增加台商的競爭力。

在產學界方面,由於陸方對產業輔導,以及學界對台商研究參與本屬
有限,故與台商轉型升級互動較弱,甚而欠缺具專業性與代表性之研究成
果。不過,台灣產業界,尤其是企業經營輔導部門(如中國生產力中心、
台灣區電電公會)則在兩岸政府贊助下,推動企業轉型升級之檢測與治理
工作,期使台商及早脫離經營困境與自我提升。在企業輔導與轉型升級專
業方面,台灣專業團隊顯較陸方具經驗與實力,因而相關治理成果與實務
操作便較具績效。

不過,根據大陸台商的訪談資訊顯示,此波大陸經濟轉型與歐美經貿
變局衝擊相當劇烈。其程度甚而超越2008年金融海嘯之衝擊。[19] 因此,儘

---

[19] 東莞台商重要幹部之訪談。

管兩岸政府部門對企業推動輔導作為，但對企業永續經營實質貢獻恐仍有限。一方面，政府與產業諮詢輔導單位多停留參訪與病因診斷，而非在中長期永續經營或是融資面提供助益。因此，停留在表面性治理與有限資源之輔導作為，便難以發揮實質效果；另一方面，大陸整體經濟大環境惡化，加之內需市場不公平競爭，以及品牌經營與通路建構困難下，台商顯難在有限的輔導作為下脫胎換骨。此外，來自台灣各級輔導單位，固然有企業經營與管理專業，但其對大陸市場與消費之在地化理解和認知恐仍有不足，此亦將局限其輔導與治理之效果。

　　儘管如此，部分台資企業由於產業特性，較不受景氣波動影響，且較具規模競爭力與品牌優勢者，則對此波經濟挑戰與轉型升級並不表示擔心。反之，其企業成長與發展仍有較佳之表現。一位捷安特自行車高階經理人即曾表示：

　　　　「我們隨時都在思考轉型升級。不期待政府部門幫我們什麼，政府不要管太多，政府只要把週末加班的電力供應與好就行了。兩岸ECFA早收清單中，相關優惠與關稅利益也反映了。慶幸的是，韓國沒有具規模之自行車廠，否則若我們有歐美國際市場關稅差異競爭，壓力就大了！」[20]

　　推動轉型升級後，不必然可實現成長與獲利目標。根據訪談資料顯示，台商不乏有「轉型較難，升級較容易」，但亦有「轉型升級，談何容易！」之感慨和難處。此外，東莞轉型升級較具代表性之台資商品通路商──「大麥克」之經營雖頗具規模，但卻未見大型商場之人潮與氣

---

[20] 台中市大里區訪捷安特決策階層獲悉之意見。

勢，[21] 顯見大陸內需市場開拓與消費型態之掌握，仍非擅長製造業的台商所能有效應對。

伍、結語

　　中共發展觀的改變影響其產業政策。中共以「全面、協調、可持續」的「科學發展觀」精神，於「十一五」時期積極推動加工貿易轉型升級，無論是在產業結構調整、節能減排、區域平衡等方面都略見成效，但中國大陸並未因此發展出具有高增長性的核心產業。因此中共持續於「十二五」規劃中以「調結構、促轉型」作為產業政策基本方向。中共推動以加工貿易為主的產業轉型升級，在經濟戰略層面，主要是為了提升大陸加工貿易在全球價值鏈的地位，不只是扮演以能源損耗及環境污染來成就GDP的「世界工廠」；在政治戰略層面，中共則是期藉由產業體質的調整，進一步融入經濟全球化，扮演經濟大國而做準備。因此，在中國大陸市場經濟與發展策略已出現結構變遷背景下，台商大陸經營策略就必須順應趨勢前瞻佈局，才可能有生存空間。

---

[21] 大麥客（T-MARK）由東莞台商投資企業協會籌組，被視為台商從外銷轉型大陸內需市場的指標。據媒體報導，大麥客資本額3億港元，為中國大陸第一家取得全國「外資獨資」審批的通路商，而創始股東都是東莞台商會會員。大麥客第一家店開幕，備受兩岸政商界重視，目前岳豐科技為大麥客最大的股東，持股約10%。葉春榮表示，大麥客東莞店目前約3.1萬坪，營運模式採「會員制」，以提供會員高品質、低價位商品為主要營運模式，目前1、2樓共2.2萬坪，規劃為國內外食品、菸酒、生鮮、家飾、3C產品等賣場，3樓約9,000坪面積，則是規劃為「台博商貿中心」，展售台商名品（MIC）、台灣精品（MIT），協助大陸台商將優良商品拓展至大陸內需市場，並打造結合零售、批發以及進出口貿易的交易平台。葉春榮表示，大麥客預定引進4,000項國內外品牌產品，並以T-MARK作為自有品牌，目前已有40多種商品，「高品質」為首要要求，以奶粉為例，大麥客並取得紐西蘭牛初乳奶粉品牌中國代理權，雖然產品種類不像其他通路多，但必定是高品質產品。未來包括台灣農產品，也將可透過大麥客通路進入大陸內需市場。大麥客採會員制，企業會員年費300-350元人民幣，初期透過與大陸銀行合作，已經發出12萬張「聯名卡」，可享有三個月內免費進場優惠。

　　2008年全球金融海嘯的衝擊，歐美市場急遽萎縮，致使長期在大陸投資經營、以勞動力密集產業為主的加工出口台商和外資企業，受到重大衝擊。即使如此，中共仍未持續限制加工貿易發展，以淘汰勞動力密集產業的「騰籠換鳥」政策，推動產業轉型與升級。可以預見的是，隨著全球經濟情勢的快速轉變，中共勢必加大推動加工貿易轉型升級的力度，透過新技術、新產業改善製造業體質的同時，以城鎮化鼓勵消費、擴大內需，加大服務業在經濟增長中的比例。因此，對長期以出口為主的台商，包括技術如何提升、消費端改變如何因應，都將是全新的挑戰。此外，台商與陸商原本是「垂直分工」的合作夥伴，但隨著中共轉型升級政策之調整，以及本土企業崛起，台、陸商已由互補關係漸轉變為競爭態勢。加之，現階段中共挾資源、市場及人才優勢，建構之大陸市場競爭新形勢，將對台商永續經營形成實質壓力與挑戰。

　　就比較觀點而言，台商大陸投資過去主要挑戰是制度規範不佳，但生產要素條件良好，故造就台商大陸投資的第二春，並獲取超額利潤。不過，當前大陸生產要素條件持續惡化，若大陸制度規範改善有限，恐將使台商經營陷於更為困難之境地。依目前情勢觀察，歐美經貿環境短期難有明顯改善，大陸制度性保障與市場開放條件仍不佳，加之品牌與通路，以及規模效益未能發揮，則台商大陸投資與經營之挑戰勢必更為尖銳。更值得注意的是，近年來在台商及外企協助下，中國大陸高科技產品的出口比重逐漸上升，而大陸的產業升級與進口替代策略必然和台商發生直接競爭。作為產官學界與大陸台商之互動，即應有更積極之行動與前瞻務實之策略作為，以化解台商經營困境。例如：兩岸ECFA服務業與貨品貿易，即應有針對台商拓展內需市場經營精準之策略性評估與安排，以爭取台商最大利益與空間；全面總結商在大陸內需市場發展之優勢、機會、弱點與威脅，甚至「潛規則」運作，以及汲取香港CEPA之經驗與教訓，才有利於下一波台商大陸市場之經略與生存空間拓展。

參考書目

一、中文部分

「2011商務形勢系列述評之五：遵循規律 穩中求進 推動加工貿易轉型升級」（2012年1月
　　5日）。

「閩出台多項措施支持台企轉型升級加快發展」，黃埔，2012年02期，頁22。

丁飛飛，「中小製造企業面臨生死存亡 轉型壓力逼迫台生搭起內銷平台」，IT時代周刊，
　　2010年14期，頁46-47。

王榮平，「兩岸關係和平發展新形勢下的蘇台經貿合作」，兩岸關係，2012年02期，頁49-50。

台灣區電機電子工業同業公會，2012年中國大陸地區投資環境與風險調查，台北：商周編輯
　　顧問（2012）。

江迅，「台資進軍江蘇新突破」，亞洲週刊，25卷40期（2011.10.09）。

邱靜，「台商轉型三路徑」，管理@人，2010年08期，頁57-58。

南方朔，「台灣的經濟志氣小哉！」，中時雜誌，2012年08月30日。

胡石青，「大陸台商邁上轉型升級之路」，兩岸關係，2011年05期，頁33-34。

胡明，「兩岸關係和平發展新形勢下 昆台經貿進一步合作發展的空間選擇」，江蘇政協，
　　2010年02期，頁46-48。

胡鞍鋼，「當十幾億中國人一起創新」，華衷（Jonathan Watts）著，當十億中國人一起跳（台
　　北：天下雜誌股份有限公司，2010年10月），頁7-8。

郎咸平，產業鏈陽謀I──一場沒有硝煙的戰爭（北京：東方出版社，2008年9月），頁2-6。

徐冬青，「關於我國加工貿易轉型升級的思考」，學海（江蘇省南京市），2004年第6期，
　　2004年12月，頁102-103。

張榮、張素蘭，「科學發展觀對傳統發展觀的超越」，綿陽師範學院學報（四川省綿陽市），
　　第30卷第9期，2011年9月，頁105-106。

張啟富、舒蘇平，「樹立科學發展觀，推動經濟社會和人的全面發展」，頁15-16。

陳堅，「昆山台資企業轉型升級 走進『春天裡』」，中國檢驗檢疫，2011年第6期，頁51-

52。

陳筠，「站在新起點上的台企聯──專訪全國台企聯第二任會長郭山輝」，**兩岸關係**，2012年05期，頁22-23。

陶東亞，「台資企業在大陸新經濟環境下的轉型升級」，**企業導報**，2010年09期，頁20-21。

馮娜，「昆山台企求變」，**今日中國**（中文版），2011年11期，頁62-63。

楊丹輝，「全球競爭格局變化與中國產業轉型升級」，**國際貿易**（北京），2011年第11期，2011年11月，頁13。

趙建民，「科學發展觀與胡錦濤路線」，**展望與探索月刊**（台北），第5卷第12期（民國96年12月），頁44。

羅衛國、袁明仁，「東莞台資企業轉型升級的實踐與探索」，**廣東經濟**，2012年04期，頁47-51。

劉德偉、陳克惠主編，**科學發展觀黨建理論研究**（北京：人民出版社，2009年8月），頁59-60。

鍾良、陳靜，「『世界工廠』東莞的內憂外患」，**中國中小企業**，2012年06期，頁42-43。

龔鋒、劉繼雲，「轉型升級背景下的珠三角台商：困惑與出路」，**廣東經濟**，2010年06期，頁27-31。

二、英文部分

James Roumasset, Kimberly Burnett, & Hua Wang, "Environmental Resources and Economic Growth", in *China's Great Economic Transformation* (Cambridge: Cambridge University Press, 2008), p.281.

Justin Yifu Lin, "Rebalancing equity and efficiency for sustained growth", in *Dilemma-Economic Growth, the Environment and Climate Change* (Washington, D.C.: Brookings Institution Press, 2008), p.91.

Kevin H. Zhang, "Is China the world factory?, in *China as the World Factory* (New York: Routledge, 2006), p.267.

Ligang Song & Wang Thye Woo, "China's dilemmas in the 21st Century", in *China's Dilemma-*

Economic Growth, the Environment and Climate Change (Washington, D.C.: Brookings Institution Press, 2008), pp.1-2.

Richard Sanders & Yang Chen, "Crossing which river and feeling which stones? China's transition to the 'New Economy' ", in *Globalization, Competition and growth in China* (New York: Routledge, 2006), p.309.

金融海嘯後的廣東台商：
發展動向及轉型升級挑戰

翁海穎

（香港理工大學公共政策研究所研究員）

封小雲

（廣州暨南大學經濟學院教授）

摘要

　　「十一五規劃」起，台灣廠商在廣東面臨多重挑戰。有來自中國大陸政府的轉型升級壓力，人民幣升值和工資上漲的成本挑戰，國際市場萎縮的營商壓力，珠三角經濟放緩或落進「中等收入陷阱」的潛在陰影。台商因廣東土地資源不足和「騰籠換鳥」政策，2000年後較少遷入珠三角，形成傳統產業台商在廣東的產業鎖定。台商早年的「三來一補」投資形式，使其與珠三角地緣政治經濟綑綁在一起，影響轉型升級。

　　金融海嘯後，廣東省各級政府投放大量資源協助出口廠商轉型升級。台商採取設備升級以降低民工不足影響，參與政府資助的生產力輔導計劃來推動工藝流程升級，並希望利用拓展內銷實現市場轉型，但因產品設計、內外貿模式差異和融資等因素，尚未進入內銷體系。廣東台灣廠商的升級轉型暫未取得突破，包含企業因素，也涉及大陸市場環境、產業政策等事宜。台灣和台商應釐清自身發展方向，在兩岸的經貿合作定位，促成台灣投資在廣東和大陸的升級轉型。

關鍵字：廣東台商、產業升級、內銷市場、中等收入陷阱、路徑依賴

壹、緒論

中國大陸在2006年開展「十一五規劃」以來，中央政府以轉變經濟發展方式為主軸，冀以改變此前過於倚重國際市場的外向型增長模式。中央對國際經貿政策體系，尤其是加工貿易和傳統產業，推動大動作改變，如《勞動合同法》、《外商投資產業指導目錄》和兩稅合一等舉措。值此階段，廣東省政府既要回應中央政策轉向，也需照顧當地加工貿易廠商的訴求，推出大量扶持措施。港台政府亦提供資金配對，鼓勵公營機構跨境扶持位於廣東珠三角的屬下廠商。

2008年底金融海嘯是廣東港台出口加工廠商的轉捩點。國際市場萎縮從最根本的「市場」因素，動搖既有營商基礎，迫使廠商採取「升級」為主、「轉型」為輔的經營策略，以期渡過難關。

2009年以來，廣東政府夥同港台公營機構，支援珠三角港台廠商，在既有「製造升級」、「創新科技升級」基礎上，新增「市場轉型」內銷戰略。誠為改革開放以來，三地政府部門／公營機構與業界的首度協作之舉，手筆甚大。

本文以大陸政策變化、台灣企業行為兩大範疇出發，從宏觀、區域、微觀角度分析台商在金融海嘯後的發展動向及挑戰。理論方面，以「中等收入陷阱」（middle income trap）為主軸，探討中國大陸的政策導向、評估宏觀經濟走向。廣東乃台商最早進入中國大陸投資設廠的集聚地，產業特徵、產業發展模式較為特別。廣東政府和地方機構早年在招商引資過程中，採取不少探索性、非規範性舉措，為目下的產業調整帶來一定的歷史包袱，故以路徑倚賴（path dependence）理論探討區域發展動向。並以產業價值鏈的企業升級（upgrading）理論，分析台灣廠商的升級轉型活動。是次研究採取文獻綜述、實地調研、數據分析的研究方法，務求理論和實踐結合，以期對未來的政策制訂、企業經營作出回應。

貳、大陸經濟轉型和「中等收入陷阱」

一、大陸、珠三角在「十一五」期間的轉型發展

中國大陸部署「十一五規劃」時，以「轉變」作為經濟政策的指導思想。一是發展模式的轉換，希望內需市場和國際市場並舉發展。二是緩解國際經貿矛盾，更重要是減少因貿易順差帶來的龐大外匯儲備而對內部金融體系造成的壓力。中央政府希望在中長期內實現貿易平衡，為此選擇順差大戶的加工貿易部門為改革重點，以「兩高一低」、傳統產業為政策落腳點。為了儘快達成政策效果，中央採取多種政策結合齊下的方式，強勢推動加工貿易改革。在加工貿易領域，以出口退稅和外商投資產業指導為調整手段。就宏觀營商環境，利用《勞動合同法》、允許人民幣逐步升值，以成本上升倒逼企業升級。大陸為了平衡沿海、內陸的均衡區域發展佈局，並留下一定產業生存空間予加工貿易廠商，提供優惠措施來鼓勵沿海企業轉移產業至內陸地區。

2006至2008年間，中央推出的一連串轉型、轉移、轉變政策，出手快且多。地方政府同樣以「轉」為主題，推出不少措施，如廣東省的「雙轉移」、東莞市的「雙轉型」來達成「騰籠換鳥」的目標，致使港台加工貿易企業承受頗大壓力，叫苦連天。部份弱勢的港台廠家索性順勢結業，轉換業權予民企和內地居民（不少是曾長期為其工作的內地幹部）。此波政策調整風暴中，企業較多以「結業」或「轉讓」作為「轉型」選項。這顯然不是廣東地方政府樂見的結果，他們在執行中央政策時，往往留有餘地。

2008年底的金融海嘯，暫緩了中央的加工貿易調整舉措，且回調部份出口退稅。經濟衝擊最深時段，中央穩住人民幣與美元之間匯率。廣東政府基於本地利益，採取「保企業」策略。一方面引導資金予加工廠商渡

過難關,出現了東莞大手筆的六個十億基金。另有500億元的廣東「雙轉移」,鼓勵省內產業轉移,保留企業。珠三角更提出「省內轉移、在地轉型」。

然而,國際市場萎縮基本打消了珠三角港台廠商的擴張型產業轉移意願。輸入型通漲迫使珠三角不斷提高最低工資來保障民工福利水平,順帶影響勞動密集型的傳統產業。國際市場不景氣使廠商難以轉嫁新增成本予最終用戶,再加上珠三角的結構性、常態性民工短缺因素,廠商往往採取資本投入型的「設備升級」為經營策略。既減少用工量,又得以升級為名減緩來自大陸政府的轉型壓力。

產業轉移而言,雖有小部份台灣資訊電子廠商轉移製造活動至內陸省市,如四川和重慶。惟此是追逐優惠政策、當地廉價民工和內需市場而去,以規模企業為主。他們依然保留生產基地在長、珠三角,產業轉移實為擴廠活動,佈點大陸。很少珠三角的傳統產業出口廠商在「騰籠換鳥」壓力下,轉移產業至內陸地區。縱使傳產廠商在招商優惠吸引下轉移至中西部地區,某些廠商因內陸營商環境較珠三角更不規範、配套性不佳,日後重回珠三角。港台規模廠商較多思考跨國產業轉移,如東南亞或發展中國家,大陸的中西部地區不一定是他們的首選。廣東在粵北建立的「雙轉移」基地,遷入企業以內企為主,港台外企轉移項目不多。據調研,港台企業較多看中當地較穩定電力供應,礙於勞動力供應不足,產業轉移意願不高。

上述結果意味著大陸、廣東在「十一五」期間提出的加工貿易企業的「轉型」和「轉移」,沒有獲得完整落實。

二、大陸的「中等收入陷阱」和珠三角的「增速轉換」

大陸、廣東釐訂「十一五規劃」時,受2003年珠三角民工荒形成「劉易斯拐點」現象的影響,著力探索人力紅利耗盡後的發展路向。解決方案

包括：向資本密集型的產業轉型、科技創新型的戰略產業升級等。然先進製造設備由西方發達國家掌握，為先進技術配套的內地技工尤缺。「劉易斯拐點」的發展瓶頸沒有獲得解決，且越發嚴峻。政府部署「十二五規劃」時，另覓新發展理論，「中等收入陷阱」成為熱門議題。

「中等收入陷阱」（middle income trap）並非來自經濟理論界，更多是對經濟現象的總結。「中等收入陷阱」首先由世界銀行提出，並在2006年世界銀行的《東亞經濟發展報告》作出較多論述。[1] 林毅夫認為「中等收入陷阱」是指一個國家達到中等收入水平以後，經濟增長放緩，未能繼續縮小與發達國家之間的收入差距，進入高收入階段。原因是無法不斷以高於發達國家的速度來推動產業、技術結構的升級。[2] 這種現象在七、八十年代的拉美、東南亞、前蘇聯和東歐國家尤為普遍。他們在二戰後憑借礦產資源和後發優勢，採取追趕戰略，在六十年代從低收入國家地區進入中等收入階段。然而，1960年的101個中等收入經濟體中，只有13個國家地區在2008年進入高收入階段，包括東亞新興工業國家地區的日本和亞洲四小龍。大部份國家地區迄今尚未跨進高收入門檻，經濟增速明顯下降，部份更陷入困境，落入中等收入陷阱。

大陸的國務院發展研究中心針對中等收入陷阱議題進行研究，測算中國經濟增長速度的轉折時段。結果顯示「十二五規劃」起的5到10年內，中國經濟增長或出現減速，由此前的10%左右降到7%左右。該課題主持

---

[1] 「中等收入陷阱」的定義挑戰，主要是難以對人均國民收入的中等收入量化指標給予明確定義。有些是以美元為衡量單位，也有以國際元為衡量單位。更關鍵是拉美國家在跌進「中等收入陷阱」時，人均國民收入4000國際元，前蘇聯和東歐國家則是6000國際元的水平。2010年，中國的人均國民收入為7864國際元，原則上是超越「中等收入陷阱」。可是，中國當前面對的發展矛盾與落入「中等收入陷阱」的國家有一定的可比性。

[2] 「林毅夫：低收入國家應發展適宜的金融體系」，第一財經日報（上海），2012年9月24日，http://finance.sina.com.cn/money/bank/renwu/20120924/034813215473.shtml。

人劉世錦（2010）表示人均國民收入超過10000美元的廣東、江蘇和浙江，增長速度有機會率先回落，進入次高或中速增長期。

　　近年的廣東經濟增長確呈放緩跡象，被內陸省市趕超。廣東是否落進中等收入陷阱暫未明朗，惟珠三角的「增速轉換」已開始出現。早年常為經濟增長冠軍的東莞，2012年上半年的經濟增長率位廣東各市之尾。

三、珠三角的「中等收入陷阱」潛在影響

　　劉世錦（2011）表示：成功追趕型經濟體利用「擠壓式」增長模式，在幾十年間完成先行國家在一兩百年實現的工業化進程，乃「速度效益型」發展模式。這在珠三角東岸極為明顯，由改革開放前的農村經濟，通過招商引資在三十年間完成工業化基礎。東莞進入中等收入階段所需時間，短於產業轉移方的台灣和香港，擠壓度更高。

　　正由於過快發展速度，珠三角城市化發展並不完整。東莞最為明顯，基本停留在鎮村型工業園區階段。深圳雖完成城市化硬體建設，亦具城市型態，然其教育體系，尤其是高等教育相當薄弱，需對外引進高端人才。相較於長三角的強大高等教育體系，由此牽動的人才培養吸收，珠三角沒有完成本地人才的補課。珠三角利用就業機會招募廉價民工，通過投資項目引進港台、國內專業人才。當地居民利用土地因素，從農民升級成為房產業主。珠三角綜合人力資源和高端人才基礎，較多建立於流動人口、常住人口，而非當地的戶籍人口，這在一定程度上制約了後續產業發展動力。也順應地影響了廣東台商在推動企業升級轉型急需的科技型、銷售型、管理型的高端人才供應，拖緩升級轉型步伐。

　　劉世錦（2011）運用「陷阱」與「高牆」來解釋經濟高速增長後的「非正常回落」與「自然回落」。「非正常回落」的成因是工業化架構存在缺陷，工業化進程無法持續推進。翻越經濟成長「高牆」後的增速下降，乃是後發優勢已基本釋放，增速的「自然回落」。就珠三角情況來

看，兩種回落同時存在。「自然回落」涉及國際市場擴張到極點後的限制。「非正常回落」乃珠三角過於倚重外部資源推動本地發展，當外來投資項目、人力資源不再流入，回落勢頭相當迅速。

反觀台灣、香港突破中等收入陷阱時，利用對外投資、人才輸出為基礎，以國際貿易往來為手段。台灣廠商無論是傳統產業或是高端資訊電子業，皆是在本土完成基礎性升級後，方進入珠三角和長三角，利用規模化生產，邁上更高台階，極大化技術創新效益。香港廠商則通過珠三角的規模生產優勢，拓展服務網絡，運用香港制度優勢賺取服務創新效益。換言之，港台利用跨境投資的「走出去」效益，背靠國際市場，搖身成為高收入經濟體。

金融海嘯後，珠三角東岸似乎依然希望沿襲「引進來」模式，發展下去。城市化程度較高的深圳朝服務業方向轉型，利用前海發展，引進香港、國際高端服務業，對佔地大、財稅收益低的台灣規模廠商有驅逐之意，具一定「騰籠換鳥」傾向。東莞仍以製造為主，希望引進新興的科技製造投資項目。珠三角西岸採取「市場開拓」，進一步加大對內需市場的倚重。針對出口加工廠商，珠三角東、西岸的產業舉措較多是對既有模式的調整或強化，較少是制度突破和模式轉換。

珠三角因發展迅猛，已進入中高收入階段。然而在經濟結構的內蘊體質上，「中等收入陷阱」陰霾驅之不散。珠三角目前的重大發展命題是：增速回落會否影響珠三角產業體系的完整性，隱而未發的產業外移動力，會否削減產業規模，進而影響產業配套性？若答案為是的話，過去吸引台灣、香港、國際廠商落戶珠三角的產業基礎將出現弱化，或令未來珠三角發展出現徘徊，更存在倒退之虞。一向以來，台灣廠商採取抱團式對外投資模式，注重產業集聚帶來的成本效益。一旦珠三角產業配套體系出現裂口，勢必影響廣東台商的營商環境。

參、台商在廣東的發展軌跡和路徑鎖定

一、台商在廣東的投資路徑和產業結構

　　自從台灣在1987年開放民眾回大陸探親，允許間接貿易，啟動台商投資中國大陸的熱潮。廣東、福建是台商最早進入中國大陸投資省份。廣東很快就超越福建，成為台灣廠商的集聚區域。台商主要落戶在毗鄰香港的廣東珠三角東部地區，尤其是深圳和東莞。台商採取「三來一補」形式在珠三角投資設廠，產品通過香港外銷，以制衣、鞋類等勞動密集型傳統產業為主。其後，深圳轉向支持高附加值、高科技產業，大批港台「三來一補」廠商轉移至鄰邊的東莞。時至今天，約有三分之一的廣東台灣廠商聚集東莞。

　　台灣廠商投資中國大陸可分為三大浪潮。第一波是勞動密集型傳統產業，第二波桌式電腦零部件產業，第三波是筆記本電腦。第一、二波發生在八、九十年代，台商基本投資珠三角，以中小企業為主，其後企業發展壯大，搖身成為規模企業。第三波出現在2000年後，主要落戶長三角，近年有向內陸地區轉移之勢，這些台商登陸時已是規模企業。換句話，珠三角是台商經營最久的地區，亦是傳統產業、中小企業的製造根據地。令台商在廣東的發展觸及大量路徑依賴因素。

　　Pierson（2000）指出：路徑依賴具規模收益遞增效應，包含地緣政治因素。Liebowitz & Margolis（1996）提出路徑依賴中的鎖定（lock-in）現象，為地區發展創造了要素聚集效益，但衍生的效應較多進入且固化在土地使用權（land ownership）領域。Martin & Sunley（2006）論述區域經濟體系的演變時，指出路徑依賴一方面促進區域經濟的專業化分工，推動聚集經濟，亦形成正向鎖定（positive lock-in）和負向鎖定（negative lock-in）情況。這些理論對分析廣東台商的經營模式、發展前景和轉型挑戰，

具較好解釋意義。

台灣廠商雲集廣東是因為珠三角乃中國大陸最早的改革試點區。珠三角為招商引資作出大量制度突破，不少涉及土地使用權的權宜舉措。例如，東莞以村單位形式，利用土地資源、制度靈活性吸引港台企業，間接令當地的港台投資滲進地緣政治因素。

廣東台商同時利用香港自由港因素來實現國際貿易。台商早年捨福建、轉戰廣東，正出於香港經貿體制、生產性服務體系對珠三角的輻射帶動。八、九十年代的粵港合作主要照顧香港廠商，順應吸引與港商性貿相近的傳統產業台商登陸，分享溢出效應。推使九十年中期以前進入珠三角的港台投資項目、廠商性質類近。上述港台企業數目眾多，很快就散佈在珠三角東岸地區，與地方政府和人士形成盤根錯節的政經合作。

2000年後，當台灣規模資訊電子業籌劃進入中國大陸時，珠三角的土地資源已被港台中小企業佔據，未開發土地資源所剩無幾。加上珠三角內部錯綜複雜的政經關係形成的不規範性管理體制，推使規模資訊電子業投資上海附近的長三角地區。台商與上海生產性服務經濟、上海對大陸市場的輻射力結合起來，運用中國進入WTO後建立的規範性經貿管理制度，採取獨資形式在長三角落地生根壯大。此一變化使廣東投資吸引力在2000年後相形見絀，新增台商項目較少，增資項目更多。同時，不少「三來一補」台商為了開拓大陸市場，轉變法人型態至獨資經營。也就是說，台商在廣東的產業結構基本凝固在2000年前狀態，形成「產業鎖定」。港台企業的重合度，使珠三角東岸地區和東莞存在「區域產業鎖定」。

當大陸中央政府在2006年提出轉變國際貿易增長模式，甫落地長三角的高端資訊電子業置身事外，轉型壓力集中在珠三角、加工貿易的「三來一補」廠商。廣東的「騰籠換鳥」政策進一步影響珠三角引資能力。2005年以來的台灣核准對大陸投資項目中，廣東佔投資件數、金額比重皆呈下滑，不到五分之一。江蘇遙遙領先。這幾年台灣規模資訊電子大廠西進內

陸，四川和重慶收獲不少（參見表1）。

表1　台灣核准對中國大陸投資項目的分區佔比

	廣東省		江蘇省		浙江省		上海市		四川省		重慶市	
	件數	金額	件數	金額	件數	金額	件數	金額	件數	金額	件數	金額
2005	24.2%	20.3%	25.6%	39.1%	6.1%	8.1%	15.7%	16.9%	2.5%	0.5%	0.6%	0.2%
2006	22.5%	18.5%	26.0%	37.8%	4.8%	7.7%	17.4%	13.6%	1.5%	1.3%	0.8%	5.1%
2007	21.7%	19.8%	28.0%	38.5%	5.6%	6.9%	13.9%	14.4%	0.8%	0.7%	0.7%	0.4%
2008	23.6%	14.1%	24.6%	39.6%	4.7%	5.7%	17.4%	15.9%	1.2%	1.2%	0.0%	0.6%
2009	22.4%	18.0%	26.8%	38.5%	6.6%	8.3%	13.7%	13.4%	1.7%	0.7%	0.7%	0.9%
2010	17.4%	17.9%	25.2%	37.6%	5.6%	4.9%	15.0%	13.4%	2.5%	1.9%	2.4%	3.7%
2011	21.1%	15.3%	23.0%	30.8%	5.9%	5.0%	12.2%	15.1%	5.0%	6.4%	4.7%	3.1%
1991－2011	31.6%	21.7%	16.1%	33.8%	5.2%	6.4%	13.8%	14.6%	1.1%	1.7%	0.6%	1.5%
2006－2011	21.3%	17.1%	25.6%	36.7%	5.5%	6.1%	15.0%	14.4%	2.1%	2.4%	1.6%	2.4%

資料來源：經濟部投資審議委員會。

　　台商在廣東以中小企業為主的產業聚集特質，造成台商轉型升級的困難。中小企業的企業資源不足，很難在維持現有經營模式之餘，騰出精力和資源去發動轉型工作。根據歷史經驗，中小企業的最大突變型創新往往出現於企業成立之際，日後大多是改良型的漸進創新。規模企業在資源充裕的支撐下，反倒可以抽出資源，雙線作戰求新求變。

二、珠三角地緣政治因素對台商轉型升級的影響

　　「鎖定」與「轉型」在性質上截然相反。廣東推動外資製造業的轉型之路似近還遠。「騰籠換鳥」之說雖先在鎮村式發展的東莞出現，真正見效是鄰邊的深圳市。台商活動最多的東莞，企業發展沒有過多為土地資源不足所制約，來自管理土地資源的地方機構和人士的影響反倒更多，即地

緣政治因素，被土地權益衍生的經濟利益所鎖定。

　　根據中華經濟研究院的《2011年對海外投資事業營運狀況調查分析報告》，台商在廣東面臨的第二大挑戰是「法規不明確、地方攤派多、隱含成本高」（參見表2），即地緣政治經濟利益分配。以雲集台商的東莞為例，東莞向來實行三級收入分配體系，即市、鎮、村的三級機構，利益基本是三分天下。[3] 村級收入與「三來一補」項目扣在一起，乃改革初期廣東允許地方靈活招商引資的結果。當東莞推動外企轉型、騰籠換鳥時，鎮村層面反彈不少。轉型和轉移舉措對賴於土地收益、「三來一補」收益的鎮村機構和人士，實為割利。這些人士而後通過地方攤派形式，從當地企業回收經濟利益。

表2　2010年台商在中國大陸投資所面臨之最主要困難（以加權比率計算）

	大陸合計	廣東	江蘇	上海
勞動成本持續上升	25.27	26.69	27.73	20.29
法規不明確、地方攤派多、隱含成本高	14.81	18.12	15.01	12.14
海關手續繁複	19.36	15.49	19.37	22.05
同業競爭激烈	5.81	8.71	6.46	2.88
融資困難	7.77	6.5	9.02	8.79
當地政府行政效率不彰	5.38	6.36	4.08	7.03
內銷市場開拓困難	8.74	5.67	7.5	11.82

資料來源：中華經濟研究院，2011年對海外投資事業營運狀況調查分析報告（台北：經濟部投資審議委員會，2011年12月）。

　　廣東是「三來一補」台商的集中地。過去幾年，內地政府積極推動「三來一補」廠商轉變企業組織型態至獨資形式。2010年，依然有6.15%

---

[3]　早年的村級收入可高達40%或以上，這幾年因企業法人結構改變，降至三成左右。

廣東台商採取「三來一補」型態。廣東台商不願和不能轉型至獨資有多種原因。如轉型至獨資企業後，可能須繳付更高稅費。也有「三來一補」企業的廠內物料帳目與海關紀錄有偏差，「三來一補」時間愈久，偏差往往愈大，即路徑的累積效應。他們為免被海關追討關稅，索性不轉型，也有潛逃而去者。更有廠商因無法與村級機構達成轉型後的稅費分配協商，被干擾轉型的個別案例。[4] 這就是珠三角地區土地權益、經濟利益相互綑綁結果，發展模式被「鎖定」，企業經營受到影響。

表3　2010年台商在中國大陸之組織型態（可複選）

（單位：%）

	獨資	與台灣企業合作	三來一補	與外商企業合作	與台灣個人合作	與當地私營企業合作
大陸合計	83.95	7.93	1.66	6.64	3.14	7.20
廣東	87.69	7.69	6.15	3.85	3.08	3.08
江蘇	84.41	9.68	0.54	9.14	4.30	7.53
上海	87.72	7.02	0.00	7.02	0.88	4.39

資料來源：同表2。

三、香港的地緣經濟因素對廣東台商的影響

　　台商到廣東投資是資源導向，利用當地的低廉勞動力和土地資源來降低成本，以歐美市場為目標；對長三角的投資是資源、市場的雙導向型，較多考慮開拓大陸市場（高長、洪嘉瑜，2009）。2010年，廣東台商的51.86%原料零件與半成品來自台灣和其他國家，46.5%的產品銷售／服務地區是台灣和其他國家。這個比例在江蘇台商是34.37%、38.98%（參見表4）。足見台商對廣東、江蘇的投資目的乃外向、內向之別。廣東台商

---

[4] 有關案例來自與香港廠商的訪談，估計類似情況亦會出現台灣廠商。

的外向性，使香港的自由港制度成為廣東台商的理想地緣經貿配套條件，以便物料流暢進出廣東。這在2009年前台灣全面開放「三通」尤為重要。

表4　2010年台商在中國大陸經營情況

（單位：%）

	原料零件與半成品來源			產品銷售或服務地區		
	向台灣採購	在當地採購	自其他國家進口	台灣	當地	其他國家
大陸合計	27.72	62.14	10.15	17.47	65.68	16.86
廣東	37.71	48.14	14.15	22.74	53.47	23.79
江蘇	23.83	65.65	10.54	24.02	61.02	14.96
上海	30.15	60.52	9.33	11.38	78.32	10.31

資料來源：同表2。

　　廣東台商以中小企業為主，融資向為中小企業的難題。台商在中國大陸的融資更具挑戰。不少廣東台商通過香港獲得融資支持，此乃廣東台商融資困難比江蘇台商，乃至於上海台商來得低的原因。[5] 金融海嘯最烈時，東莞雖向廠商提供不少融資扶持措施，然實際獲得融資的加工貿易廠商數目不多。最獲廠商推許是香港特區政府推出的「特別信貸保證計劃」，收益者估計應包括經香港登陸廣東的台商。

　　正由於香港地緣經濟因素對珠三角的影響，珠三角港商在轉型升級挑戰也與台商類同。在一定程度上，香港未能調整自身服務體系來協助、配合港商轉型升級，也順帶影響了廣東台商的轉型升級。改革開放初期的香港服務體系對促進廣東台商發展，創造了正向鎖定效應，而今卻演變成負

---

[5] 見表二，廣東、江蘇、上海的融資困難分別是6.5、9.02、8.79，全國平均為7.77（以加權比率計算）。

向鎖定的挑戰。設若香港在未來能調整好港商支援體系，對廣東台商的轉型升級應具一定促進作用。

肆、台灣企業在廣東的升級轉型動向

一、廠商的升級、轉型理論綜述

近年，中國大陸政府積極倡導轉型升級，鼓勵出口企業OEM（原始設備製造）到ODM（原始設計製造）、OBM（自創品牌）的轉型升級。可是，國際文獻的廠商理論基本沒有提到企業轉型升級。兩岸學者熱門的OEM－ODM－OBM研究觀點，國際理論界往往將之放在產業價值鏈的升級理論。對轉型的研究和論述主要來自發展經濟學的國家經濟轉軌、轉型。這表示大陸政府將轉型的施政理念，以政府行為要求企業配合落實，較少從企業角度思考企業行為模式。就企業營運而言，升級更為合理和常見。轉型涉及企業管理組織、產品服務的調整，挑戰大、執行少、成功更少。

產業價值鏈的升級理論最早見於Gereffi（1999, 2004）對涉及跨境貿易的服裝產業的討論，Gereffi提出出口廠商可沿CMT-OEM-ODM-OBM軌跡升級。他的看法很快被其他學者指出該模型不具產業普遍性，主要爭議是從ODM到OBM的升級不具必然性。OEM-ODM廠商的國際客戶會憂慮供應商的品牌建立行為威脅到自身市場地位，故採取訂單轉移方式來制止ODM廠商升級到OBM。瞿宛文（2006）提出：OEM和ODM皆屬代工（sub-contracting）範疇，OEM專做生產代工，ODM是生產加上設計，代工者從OEM升級到ODM具延續性，是一種連續性的學習與升級。相對地，從代工轉進OBM是兩種不同的經營模式，人力資源差異較大，誘因較低、限制較多。

Humphrey & Schmitz（2002）針對Gereffi觀點的不足，提出四種升級方式：流程升級（Process Upgrading）、產品升級（Product Upgrading）、功能升級（Functional Upgrading）和跨部門／跨產業升級（Inter-sectoral Upgrading）。[6] Humphrey & Schmitz的升級理論適用於製造業和服務業，國際市場和本土市場，通用性較強，突破了Gereffi理論僅適用於出口製造產業升級路徑的理論局限性，因此獲得國際理論界的普遍接納。

針對廠商行為，流程、產品和功能升級在性質上更貼近大陸政府的產業升級，跨部門／跨產業升級則是轉型。跨部門升級要求企業在現有活動外，新闢戰線，雙線作戰，較適合規模企業的經營安排。跨產業升級在實際意義上是創業或重新創業。根據珠三角台商現有的經營活動，工藝流程、產品和功能升級是廠內生產研發安排，跨部門／跨產業升級是開拓新市場（內銷市場）下的品牌建立和渠道建立。下文將從珠三角台商的廠內生產管理、廠外市場開拓（內銷市場）的兩大範疇，討論廣東台商的升級轉型動向，對其成效予以初步評估。

二、廣東台商的廠內生產管理、研發升級

廣東台商以中小企業為主的結構，先天地決定了「升級」是優於「轉

---

[6] 有中國大陸學者翻譯Inter-sectoral upgrading為鏈條升級，這或與大陸政府部門慣以「鏈條」作為產業價值鏈的用語有關。從產業價值鏈的理論研究來看，inter-sectoral upgrading更多是跨越性，具跨部門、跨產業性質。採用「鏈條」闡釋產業價值鏈存在一定語意限制。產業價值鏈是一個產業系統，各個節點可自由連接互動，「鏈條」用語隱含線性喻意。估計是中國大陸受到台灣「微笑曲線」觀點影響，從商品供應鏈／商品製造鏈的上下游角度思考產業價值鏈活動，沒有考慮到產業價值鏈是價值流向，而非流程導向。「鏈條」式分析方式對闡釋具綜合意義的服務型產業價值鏈，會存在一定挑戰。基於大陸現階段的產業發展思路以製造為主，「鏈條」一詞亦算合適。

型」的企業選擇。台商向以製造為主，「降低成本」（cost down）乃首要經營目標。台商升級活動集中在成本控制型的生產管理，也包含一定程度的客戶服務型的技術研發。2006年以來，驅動廣東台商升級的動力來自四方面：人民幣升值（國際成本競爭力）、民工短缺（勞務成本）、稅務優惠（稅務成本）、客戶需求。實現企業升級的手段有三：設備升級、工藝流程升級、研發升級。

設備升級：2003年起困擾珠三角企業的的民工短缺，促使台商採用設備替代人力需求。部分台商為滿足2008年《企業所得稅法》的稅務優惠條件，推動轉型升級項目；2009年的《增值稅暫行條例》允許固定資產納入增值稅抵扣範圍，令企業更願意購買設備，以資本密集型升級，減少勞動力需求以迎合政策方向。

工藝流程升級：台商歷來都很重視工藝流程管理，與師承日本生產管理體系有關。金融海嘯後，廣東和東莞政府積極引進港台專業機構，包括台灣的電機電子工業同業公會、中國生產力中心、台商張老師等服務機構，對港台加工廠商進行生產力輔導，並給予補貼。不少台灣傳統產業廠商借機接受輔導，改善工藝流程。

研發升級：台商以代工為主，客戶看重台商製造成本控制力，而非研發能力。許多台商從事零部件和中間產品生產，從屬價值鏈垂直分工的一環。他們必須配合客戶的技術參數，而非貿然做出設計變更。台商只有達到一定規模，方具實力與客戶交流合作，改進模組設計。東莞政府推介的台商升級案例中，台達電子和明門幼童為重點項目。廣州政府則推介光寶集團在廣州斥資2.8億元設立研發中心，聘有專業研發人員600餘人，掌握藍光技術。[7] 上述台商皆為業內巨子，擁有充沛資源進行研發，具生產規

---

[7] 「廣州積極探索加工貿易企業轉型升級」，《人民網》，2010年12月9日，http://unn.people.
　com.cn/GB/14748/13438397.html。

模、技術實力去說服客戶接受其產品方案。他們從OEM到ODM的升級，非中小台企能模仿。

根據筆者多年在東莞的港台廠商跟蹤調研，瞭解台商最重視成本管理和流程改善。2006年以後的政策因素和民工短缺，造成「勞動成本」急速上漲。據筆者於2012年8月在東莞的實地調研，有台灣廠商表示勞動成本佔總成本的比重已從2006年前的10%左右，上升至當時的20-30%之間。[8] 2008至2009年的《企業所得稅法》和《增值稅暫行條例》從稅務層面相對降低設備的「資本成本」，催動台商在近年轉變此前的勞動密集型生產方式，升級至資本密集型。其深層原因依然是成本控制，且利用設備平穩化生產管理，不致受到難以預期民工荒的衝擊，而非全然是媒體宣傳的追求技術升級。類似情況亦存在珠三角香港中小廠商群。這些新增設備項目推進廣東實際利用外資額的成長。惟上述設備升級到底是推動珠三角的技術升級，是加劇珠三角產能過剩，或兩者兼備，暫時難以預估。

三、廣東台商的內銷市場開拓和品牌建立

（一）台灣廠商的內銷市場開拓

就廣東港台出口廠商而言，開拓內銷市場是他們的「市場轉型」，從OEM-OEM走向OBM的「模式轉型」。對於零部件和中間產品的台灣生產廠商，產品的技術性價比是採購關鍵，他們多數為台灣組裝廠配套，品牌效應不起作用。品牌對消費類產品更為重要。根據大陸的商檢和工商要求，所有在大陸銷售的產品必須滿足品牌登記要求，品牌建立是開拓內銷市場的必然副產品。

台灣廠商若想打開內銷市場，路徑有二：為國際品牌或內地品牌貼牌

---

[8] 台商表示假如勞動成本佔比趨近40%，台商將選擇產業轉移至其他發展中國家，如印度。

生產，或建立自己品牌。部份港台規模廠商為知名國際品牌代工，產品早循國際品牌的流通渠道進入大陸市場。若他們在大陸建立自身品牌，將與現有客戶形成競爭，影響代工訂單。除非他們在產品範圍與客戶作到良好區隔，否則不會貿然進入內銷市場。例如，台灣制鞋大廠的寶成至今尚未在大陸推動全線產品開拓，較多集中在運動鞋以外的產品系列，以免與代工品牌形成正面競爭。這使到真正有機會開拓內銷市場的廠商是服務歐美市場、生產消費類產品的中小型企業，恰是廣東歸類為傳統產業的港台中小廠商。

根據台灣的工業總會在2011年台商調查，台商受金融海嘯和歐美債務影響，「外銷轉內銷」成為他們的策略選項，77.8%台商計劃進軍大陸市場。調查也提到，台商在大陸沒有品牌和通路，更沒有人才，拓展內銷很不容易。雖然廣東政府近年舉辦了許多加工貿易廠商展覽會、台博會，珠三角台商打入內銷市場（消費類產品）的成功案例極少。

以東莞台商協會和東莞市台灣事務局推薦東莞健泰花邊針織有限公司為例，該企業在2010年自創女性內衣的「潘朵拉」品牌，接受台商張老師的外銷轉內銷輔導，參與台北世貿中心在大陸舉辦的名品博覽會，在兩岸50多家平面、電子、網路媒體進行產品宣傳。在大陸建立七家直營店及10家加盟店，內銷營業額一年約1,224萬人民幣。[9] 這個銷售成績對僅成立2年新品牌很是不錯。然而，從內銷市場的投入產出經驗，企業走向全面贏利應具一定挑戰。

真正成功進入內銷市場的廣東台商是東莞徐記食品有限公司。[10] 該企業成立於1997年，生產銷售「徐福記」品牌的糖果、糕點等休閑食品。從

---

[9] 東莞市台灣事務局，「推薦輔導案例－東莞健泰花邊針織有限公司」，2012年。

[10] 這個企業在2011年底被雀巢公司以17億美元收購了60%股權，目前已不屬台商。惟其進入內銷市場過程中，企業乃台商性質。

1998年起連續13年是中國糖果市場第一名，佔有率6.6%。2010年營收43.1億元。徐福記憑台商身份成功進入大陸市場的關鍵有二：一、市場定位從來就是大陸市場，而非外銷轉內銷；二、生產和銷售基於中國生活習慣的食品。

　　現實中，成功進入大陸市場的台灣廠商產品主要分為符合中國消費文化的飲食產品如康師父，符合國際標準的資訊電子產品如筆記本電腦。台灣廠商在產品銷售前，無需對產品設計、產品功能做出文化調整、技術規格改動。反之，生產鞋類、箱包、衣飾、家電等時尚型、生活型產品的台灣出口廠商轉戰大陸市場前，需修改產品設計來適應大陸消費習慣，不能照搬外銷產品。若加上建立內銷通路所需的龐大人力和財力資源，開拓內銷市場形同企業再造，非中小型廠商可負擔。

（二）平台式內銷市場開拓──大麥客

　　東莞台商協會瞭解到，台商很難憑借個別企業力量成功進入內銷市場，集資3億元，牽頭成立大麥客商貿有限公司。2011年5月，大麥客在東莞政府支持下，於東莞建立倉儲批發大賣場，推廣台商產品。大麥客為產品統一打上「T-Mark」品牌，希望打造集體品牌，縮短品牌建立時間。並通過旗艦店大麥客、連鎖便利店小麥客形式，為台商產品開辦永不落幕的展銷會，且貼近消費者。截至2012年7月底，大麥客擁有自創品牌208個、聯合品牌78個，銷售商品近6,000種，加盟的台資企業有1,086家，產品包括機電設備、家用電器、服裝、家具、化妝品、食品等日用百貨。[11]

　　台商協會成立大麥客的立意是利用集體力量，運用平台形式開拓內銷

---

[11] 東莞市人民政府編，「全省加工貿易轉型升級工作現場會　東莞籌備情況資料彙編」，2012年7月31日，頁9~10；「台商轉型典範大麥客獲稱贊」，《東莞今日網》，2012年8月31日，http://cn.dongguantoday.com/news/dongguan/201208/t20120831_1649482.shtml。

市場。據筆者對大麥客、小麥客的實地調查，熱銷產品較多集中在食品類產品，包括進口食品、有機食品、麵包蛋糕等產品。這種情況在位於住宅小區的小麥客便利店尤為明顯。廣東台商的出口優勢產品，如家電、服裝和家具，銷售顯得相對平淡。也就是說，大麥客開拓大陸市場時面對的市場回應，與個別台商類同，且以集體銷售形式，放大地回饋出來。這說明了台商進入大陸市場的挑戰，不僅是銷售通路安排，產品銷售的靈魂－產品設計，以及設計背後蘊含的生活理念和文化因素才是關鍵。除非廠商回到設計源頭，大麥客還需經歷較長的發展階段方有機會獲得成功。

（三）台商開拓內銷市場的挑戰

　　珠三角台商在開拓大陸市場面對的挑戰並非獨有和偶然，同樣希望「外銷轉內銷」的香港廠商也遭遇類似困境。原因是外貿和內貿活動的差異性，廠商在交易規模、付款方式、運營模式、銷售／售後服務面對不同營商環境和交易條件（參見表5）。港台出口廠商向來與歐美批發商／連鎖零售店往來，交易模式相當規範。內銷市場存在大量不規範性、流通環節多、流通成本高、信用風險較大。港台出口廠商有時寧願接受利潤較少的外貿訂單，對利潤較高的內貿訂單持遲疑態度。更關鍵是，內銷市場的零售商／商場／百貨商店的延後結帳模式（一般是90天），設若廠商沒有一定足夠周轉資金，根本無法持續性推動內銷。這對於融資難的中小型台灣廠商，又是一大挑戰。

表5　內貿和外貿的營商環境和交易條件

	內貿	外貿
交易規模	訂單金額較小，出貨較為頻密，需滿足採購商的不定時補貨要求	訂單金額較大，出貨具季節性。
付款方式	零售商賒帳情況較為普遍	普遍採取信用證和提前預付訂金制度，貨到付清全款。
運營模式	採用實物制，要求廠商預先生產，建立安全庫存量，買家根據市場需求決定採購量，增加廠商的庫存風險	採取訂單制，採購商向廠商提供產品的技術圖紙和各項標準。
銷售、售後服務	採購商往往要求廠商提供人員、資金、廣告支援，參與促銷工作，並提供售後服務	廠商只需關注生產，無需考慮零售宣傳推廣、提供售後服務。

資料來源：馬家華，「香港企業開拓內銷市場面臨的挑戰」，王先慶、林至穎主編，**珠三角流通業發展報告（2012）**（北京：社會科學文獻出版社，2012年8月），頁342。

四、廣東台商利用廣東政府轉型升級支援的情況

　　金融海嘯以來，廣東各級政府積極推動出口廠商轉型升級，東莞政府對台商的扶持力度最大。東莞的扶持台商升級可分為生產力促進、科技創新扶持、內銷促進的三大部份。

　　生產力促進部分，台商是東莞資助企業生產力輔導計劃的受益大戶，1,045家台資企業接受輔導，估計可獲得近人民幣8,000萬元的財政資助。[12]筆者實地訪談了兩家接受深入輔導服務的台灣廠商，瞭解到生產力提升與輔導深度、企業持續執行輔導方案，以及輔導機構經驗有直接關係。基於大部分接受服務的台商僅接受基本評估輔導服務，估計整體提升效果不會太高。

---

[12] 東莞政府資助的企業生產力輔導計劃分為兩大組別：基本評估服務、深入輔導服務。基本評估服務：企業承擔一萬元，市政府資助人民幣四萬元。深入輔導服務：企業承擔50%，市政府資助50%，最高補助人民幣30萬元。

　　科技創新扶持部份，東莞希望通過松山湖科技產業園區推動東莞科技創新，特地在松山湖規劃了台灣高科技園來吸引台灣IC、生物科技企業。松山湖還提供獎學金予內地博士學生去台灣交通大學進修，定期回松山湖實習。根據2012年8月的實地訪談，落戶松山湖的台商科技企業和科研項目不多。

　　內銷促進部份，東莞舉辦、協辦了不少外博會、內博會、台博會等內銷促進展會，得到許多台商參與。市政府的內銷促進資源投放較多予大麥客項目，效益在前文已有分析。

五、對廣東台商的製造升級、市場開拓的初步評估

　　廣東台商在製造升級、市場開拓的不同表現，再次驗證Humphrey & Schmitz（2002）、瞿宛文（2006）提出廠商作為代工者從OEM升級到ODM是連續性的升級，從ODM到OBM（品牌建立）的升級並非必然結果。考慮到台灣廠商在代工領域的紮實基礎，台商沿OEM-ODM軌跡的製造升級不會有過多懸念。相對地，台商從ODM到OBM的跨越轉型，應有很長的路要走。

　　出口廠商從外銷成功轉型至內銷市場，需經歷市場進入前準備、市場測試、內銷渠道建立的三個階段，每個環節涉及政府、行業、企業因素（封小雲、翁海穎，2011）。廣東政府可以通過一站式公共服務，海關、財稅制度改革和扶持，協助出口廠商克服市場進入前的挑戰。台商協會可通過大麥客的行業支援形式，為台商建立內銷渠道。惟市場測試階段的市場、顧客需求了解，必須由企業自行完成。這對於長期生活於珠三角鎮村地區，且生活自成體系的台商群體，不蒂是文化理解、文化差異、文化磨合的挑戰，更是台商內銷的最大挑戰。

　　概括而言，廣東台商的製造升級雖有挑戰，應可克服。然內銷市場開拓的轉型之途，充滿大量不確定性，企業的財力、人力資源在頗大程度上

決定轉型績效。

伍、結語

　　廣東台商在金融海嘯後沒有取得長足的升級轉型，由多方面原因造成。有台商自身因素、也有企業所在地的營商環境、產業政策、產業配套體系、要素分配機制等複合性因素。單就廠商而言，20多年前廣東台商是在市場擴張下的企業升級，當下是市場收縮中的企業轉型；20多年前台商在母地升級，當前需在他地轉型。挑戰之大、難度之高不言而喻，恐非單憑台商自身努力、廣東政府協同能解決的。

　　廣東台商在金融海嘯後面對的升級轉型挑戰是多元的，來自不同區域、不同層面，涉及經濟、政治、地緣因素和歷史條件。投資於傳統產業的廣東台灣廠商，若欲達成升級轉型，台灣和台商需就以下議題做出回應、提供解決方案。

　　廠商的升級支援的來源地是哪裡？根據國際政治經濟關係，幾無投資承接地政府會對外來投資項目給予全力的升級轉型支援。促進台灣廠商升級轉型的責任依然要由台灣政府承擔。問題是廣東台灣廠商的屬地性是台灣，還是廣東？台灣政府對廣東台商的支援應以什麼方式實現？

　　台灣傳統產業廠商的升級路徑為何，是成本降低（cost down），還是產品增值（value-added）？前者在大陸勞動成本的不斷提升下，把產業轉移至其他低成本國家會是較合理選項。後者則是產品／工業設計的提高。那麼台灣近年扶持的工業設計／創意文化如何與廣東的傳統產業群對接？是新一輪的廠商投資形式，還是以代工形式？知識產權又應如何處理？

　　廣東和東莞作為台灣傳統產業廠商的投資承接地，應如何解套土地經濟的鎖定效應。假使廣東依然沿用招商引資模式，採取市場、技術和人才拿來主義的發展方式，廣東是否具備吸引海內外人才的社會環境？台商是

否擁有足夠走進去、走下去的企業實力？

　　廣東和東莞正面臨經濟減速挑戰，會否落進中等收入陷阱？根據世界銀行的建議，創新（innovation）、支援創新活動的金融（financing）體系將是協助超越中等收入陷阱的最佳方法。在此意義下，廣東和出口加工廠商超越自身的短期型、逐利型商貿文化，進入創新文化將是升級轉型的成功關鍵。香港發揮對廣東的金融服務輻射力、知識產權的加持作用，是協助珠三角擺脫中等收入陷阱的一大動力。面對廣東發展的不確定性，台商應如何思考未來在廣東的定位？

　　中國大陸經濟管理體制正面臨不少變動和挑戰，從工業型經濟，逐步向服務型經濟升級和轉型，從國際市場導向轉至內外市場並舉，這將涉及政府對企業、產業性質的理解。中央政府設定珠三角加工貿易企業轉型升級的評估指標為ODM和OBM（設計＋生產）混合生產出口比例，強調出口加工廠商的「先轉型、後升級」，反映了有關部門對政府、企業活動分際的理解。台灣企業如何因應大陸經濟政策變化，重新部署對陸投資格局？是延續早年的「製造導向」，或是開拓內銷的「市場導向」？前者繼續令台商成為各大陸地方政府的招商引資座上賓，後者卻是適應內地流通體系、突破地方市場保護關卡的探險者。發展重點殊異，經營難度落差很大，台商不易選擇。

　　台商在廣東、大陸乃至全球的發展、升級和轉型，一方面取決於廠商對大陸資源優勢、市場潛在優勢和市場風險的抉擇。可是，台商的發展基礎還是要回到台灣對自身企業的培養、支持和承擔。也包含大陸政府對台灣投資、台灣廠商的政策取向性。這是台灣必須正視的重大發展議題，也是兩岸進一步深化產業經貿合作的必要前提。

參考書目

一、中文部分

王先慶、林至穎主編，珠三角流通業發展報告（2012）（北京：社會科學文獻出版社，2012年8月）。

王振寰，「從科技學習到科技創新的不同途徑：南韓，台灣與中國」，2005年台灣社會學年會論文。

中華民國全國工業總會，大陸經貿新措施對台商之影響分析（台北：經濟部投資審議委員會，2008年12月）。

中華經濟研究院，2011年對海外投資事業營運狀況調查分析報告（台北：經濟部投資審議委員會，2011年12月）。

李盛武，「東莞轉型升級五年績效評價」，廣東經濟（廣州），第7期，2012年，頁29-35。

東莞市人民政府編，「全省加工貿易轉型升級工作現場會　東莞籌備情況資料彙編」，2012年7月31日。

東莞市台灣事務局，「推薦輔導案例——東莞健泰花邊針織有限公司」，2012年。

馬家華，「中國出口轉內銷現狀和發展趨勢——東莞及蘇州個案分析」，荊林波主編，中國商業發展報告（2011～2012）（北京：社會科學文獻出版社，2012年）。

高長、洪嘉瑜，「台商大陸投資的經濟模式與績效：長三角與珠三角比較」，陳德昇主編，昆山與東莞台商投資：經驗、治理與轉型（台北：印刻，2009年8月）。

封小雲、翁海穎，推動珠三角港資企業開拓內銷，2011年6月。

馬岩，中等收入陷阱的挑戰及對策（北京：中國經濟出版社，2009年9月）。

徐斯勤、陳德昇主編，台商大陸投資二十年——經驗、發展與前瞻（台北：印刻出版社，2011年8月）。

陳恩、譚小平，「新世紀東莞台資企業升級轉型策略探析」，暨南學報（哲學社會科學版）（廣州），第31卷3期，2009年5月，頁36-42。

陳德昇主編，昆山與東莞台商投資：經驗、治理與轉型（台北：印刻出版社，2009年8月）。

徐智慧，「東莞台商融資困局」，雙週刊（廣州），第17期，2009年8月，頁74-75。

馮邦彥、賴文鳳，「台商在廣東珠江三角洲地區的投資及發展前景」，亞太經濟（福州），2004年第2期，頁77-80。

國務院發展研究中心「中等收入陷阱問題研究」課題組，「中國經濟潛在增長速度轉折的時間視窗測算」，發展研究（北京），2011年第10期，頁4-9。

劉世錦，「關於廣東十二五規劃的意見和建議」，廣東經濟（廣州），2010年11期，頁13-15。

劉世錦，「中國經濟面臨的真實挑戰與戰略選擇」，財經界（北京），2011年第7期，頁60-62。

劉世錦，「中國經濟增速轉換期的政策選擇」，中國金融（北京），2012年第4期，頁16-18。

瞿宛文，「台灣後起者能藉自創品牌升級嗎？」，台灣社會研究季刊（臺北），第63期，2006年9月，頁1-52。

羅衛國、袁明仁，「東莞台資企業轉型升級的實踐與探索」，廣東經濟（廣州），第4期，2012年，頁47-51。

盧鵬宇，「台商投資內地的東莞模式與昆山模式比較」，廣東經濟（廣州），2011年第9期，頁49-51。

二、英文部分

Gereffi, Gary. "The organization of buyer-driven global commodity chains: How US retailers shape overseas production networks". In: Gereffi, G., Korzeniewicz, M. (Eds.), *Commodity Chains and Global Capitalism*, Praeger: Westport, CT., 2004.

Gereffi, Gary, "International Trade and Industrial Upgrading in the Apparel Commodity Chain," *Journal of International Economics*, vol. 48, no 1 (1999), pp.37-70.

Humphrey, John, "Upgrading in global value chains", *Policy Integration Department, World Commission on the Social Dimension of Globalization*, International Labour Office (Geneva), Working Paper No. 28 (2004).

Humphrey, John & Schmitz, Hubert, "How does insertion in global value chains affect upgrading in industrial clusters？，" *Regional Studies*, vol. 36, no. 9 (2002), pp.1017-1027.

Martin, Ron & Sunley, Peter, "Path dependence and regional economic evolution," *Journal of Economic Geography*, vol. 6 (2006), pp.395-437.

Pierson ,Paul, "Increasing Returns, Path Dependence, and the Study of Politics," *American Political Science Review*, vol. 94, no. 2 (June 2000), pp.251-267.

S. J. Liebowitz, S. J. & Margolis, Stephen E. "Path Dependence, Lock-In, and History," *Journal of Law, Economics, and Organization*, vol. 11, no. 1 (1995), pp.395-437.

World Bank, "Escaping the Middle-Income Trap," *East Asia and Pacific Economic Update 2010: Robust recovery, rising risks* (Washington), vol. 2 (2010), pp.27-43.

廣東台商轉型升級的挑戰
及因應策略研究

林江[1]

（廣州中山大學嶺南學院財政稅務系主任）

劉勇平[2]

（廣州中山大學嶺南學院財政學專業博士研究生）

摘要

　　改革開放30年來，廣東由於特殊的地緣人緣優勢、良好的營商環境和迅猛的經濟發展勢頭，成為大陸台商投資最集中的省份。面對金融危機，廣東加快實施經濟增長方式轉變和產業結構的戰略性調整。由於受困於人民幣升值、土地和勞工短缺、原材料成本上升等資源制約和市場環境變化，廣東台商正面臨產業轉型升級的嚴重挑戰。本文分析了廣東台商轉型升級的理論基礎和面臨的挑戰，並就在新的經濟形勢下和整個廣東省產業轉型升級的大環境下，從利用政府政策、引進高端製造業和服務業、加強與港資及內地企業合作、產業轉移等方面為加快廣東台商的轉型升級提出一系列的因應策略。

關鍵字：廣東台商、轉型升級、產品生命週期、全球價值鏈、因應策略

---

[1] 林江，中山大學嶺南學院財政稅務系主任、教授、博士生導師。研究方向：財稅理論與政策、金融機構與金融市場、區域經濟與金融、風險投資。

[2] 劉勇平，中山大學嶺南學院財政學專業博士研究生。研究方向：財稅理論與政策。

壹、引言

改革開放30年來，台商掀起了持續的大陸投資熱。廣東省特別是珠江三角洲地區以其毗鄰港澳、華僑眾多的地緣人緣優勢、良好的社會基礎設施和迅猛的經濟發展勢頭，成為台商在大陸投資最集中的省份。台商在廣東的經濟發展和對外貿易中佔有重要地位，台商對廣東經濟社會發展做出了突出貢獻。然而，2008年國際金融危機爆發後，台商面臨前所未有的經營困難。原材料價格大幅上漲，土地、廠房、原油、水電、勞工等要素緊缺，美國次貸危機導致全球市場萎縮，人民幣持續升值，國際貿易壁壘增強，環境保護更加嚴格，以及政策法規調整帶來的疊加效應等，導致台商普遍面臨經營成本上升和獲利空間下降的困難。面對國際經濟環境的瞬息萬變，以及大陸經濟形勢的嚴峻，作為連接兩岸經濟重要紐帶的台商，經歷了多年來快速發展的階段，正面臨著嚴重的生存與發展困境，轉型升級問題已迫在眉睫。

當前，對大陸台商和廣東台商轉型升級的研究尚未形成，相關文獻很少。現有的對廣東台商轉型升級的研究主要集中在對各個市區的台商轉型升級進行研究。陶東亞（2010）認為：大陸台資企業整體而言，資本規模相對較小、技術層次相對較低，面臨著迅速崛起的大陸民營企業，與加快進入大陸市場的國際跨國公司的雙重挑戰。大陸台資企業要有長遠的戰略目光，必須要逐步改變原有的競爭策略，進而尋找在價值鏈上游的研發、設計，以及下游品牌和行銷的創新，應更加注重向產業鏈的上、下兩端發展。

孫兆慧（2010）認為：面對大陸宏觀經濟形勢的變化，絕大部分台資企業採取就地轉型升級，但也有一些企業轉移投資地區甚至停業，適當的轉移對企業發展更為有利。因此，企業如何能夠找到一種切實有效的轉型升級或轉移模式，以及政府如何能夠幫助企業將轉型升級的風險降至最

低。並能夠最終實現企業的持續發展，才是至關重要的。

劉震濤、李應博（2008）認為：大陸台資企業一般以中小企業居多，特別是出口型企業，由於成本提高，應收賬款回收更加困難，由此造成生產經營上的困難，有的企業甚至因為資金鏈斷裂而陷入關閉的困境。兩稅合一導致稅負增加，經營成本上升。台資企業轉型升級最關鍵的就是要重新打造自己的核心競爭力，這也是轉型升級的最終目標。

羅衛國、袁明仁（2012）認為：東莞台商轉型升級面臨著自身經驗模式、資源約束、經營成本、產業空心化等挑戰，並提出了東莞台商轉型升級的七種模式，比如高水準崛起、總部經濟、外銷轉內銷、微笑曲線、來料加工轉三資、轉變經濟發展方式、提升附加價值等等。

陳恩、譚小平（2009）認為：受困於人民幣升值、土地和勞工短缺、電力不足等資源瓶頸制約和市場環境變化，東莞台商正面臨產業升級轉型的臨界點。因此，在新的經濟形勢下，加快東莞台資三來一補加工貿易型企業的升級轉型，加快進行高污染、高能耗台資企業的有組織搬遷和異地轉移，將成為新時期東莞台資企業推進產業升級和發展轉型的策略選擇。

蔣湧（2009）在分析東莞台資企業產業佈局和特徵的基礎上，總結了新形勢下東莞台資企業面臨的風險與機遇，然後通過轉型路徑的比較分析提出政府應該考慮政策選擇，以及企業和政府共同打造制度平台促進東莞台商的轉型升級。

程萌（2012）對廣東中山市隆成公司進行案例分析，闡述了隆成公司轉變經濟發展方式的三種途徑：堅持技術創新、發展自有品牌和堅持專利保護，在此基礎上提出珠三角台資企業進一步轉變經濟發展方式的若干策略，即注重品牌與創新，完善政府立法，加強企業間的互助與合作。

貳、企業轉型升級的理論分析

一、企業轉型升級的內涵界定

企業轉型升級中的「轉型」，其核心是轉變經濟增長的「類型」，即把高投入、高消耗、高污染、低產出、低品質、低效益，轉為低投入、低消耗、低污染、高產出、高品質、高效益，把粗放型轉為集約型，而不是單純的轉行業。企業轉型升級中的「升級」，既包括產業的升級，如由低端製造業向高端製造業、高新技術產業和生產性服務業演進，也包括企業內部的升級，即某一企業內部的加工和再加工程度逐步向縱深化發展，實現技術集約化並不斷提高生產效率，不斷提高企業的技術創新能力和核心競爭力。韓弗理和施米茨（Humphrey and Schmitz，1998）將企業升級類型劃分為三大類：工藝流程升級──通過引進新工藝或重構生產組織來提高生產效率，提高投入產出比，降低產品成本，提高產品競爭力；產品升級──擴大產品範圍，改善產品品質，提高單位產品（或服務）的附加值，提高產品競爭力；功能性升級──企業在價值鏈內獲得諸如市場、設計等新功能，實現價值鏈內企業間的勞動再分工，透過重新組合價值鏈中的價值環節來獲取競爭優勢的一種升級方式。[3]

二、產品生命週期理論與企業轉型升級

產品生命週期理論是美國哈佛大學教授弗農（R. Vernon 1966）在《國際投資和產品週期中的國際貿易》一文中最先提出來的。弗農把產品從上市到退出市場這段時間週期分為三個階段，即新產品階段，成熟產品

---

[3] John Humphrey, Hubert Schmitz, "Trust and Inter- Firm Relations in Developing and Transition Economies," *The Journal of Development Studies* (Apr. 1998), p.34.

階段和標準化產品階段。現有研究一般是依據產品銷量或利潤的高低將一個產品生命週期劃分為四個階段：即引入期、成長期、成熟期和衰退期。基於產品生命週期理論，本文提出企業轉型升級的重要階段劃分。

　　首先，企業轉型升級的最初階段是企業的技術改進。此時，企業的產品處於引入期。一般來講，由於此時生產批量小，製造成本高，因此銷售價格高，企業通常獲利微薄。雖然企業的競爭對手少，但顧客也少，因此企業就應當通過技術改進，完善相關配套的管理措施，不斷降低製造成本，提高顧客對產品的認知度。

　　第二個階段是技術升級。此時，企業的產品處於成長期。這是產品需求增長階段，同時也是競爭者紛紛進入該細分市場的階段。從而導致同類產品供給量增加，產品價格隨之下降，企業利潤增長速度逐步減慢。為了提高產品的市場競爭力，就必須要對產品的基本功能和附加功能進行改進升級，對產品本身進行提升，對產品本身功能根據市場的需求，有針對性地進行創新，提高該產品的市場佔有率。

　　第三個階段是價值鏈環節升級。此時，企業的產品處於成熟期，品牌的價值逐漸顯現。但是，企業間競爭非常激烈。因此，企業即使對產品進行改進也已經不能夠適應外部競爭環境的需要。必須通過改變在價值鏈上的某個環節以重獲競爭優勢。例如除製造以外加強品牌設計，增加行銷服務，雖然所處行業並未改變，但由於在價值鏈上產品的位置作了調整，從而提高了產品的競爭力。這也通常被理解為企業向「微笑曲線」兩端移動的情況（參見圖1）。

利潤

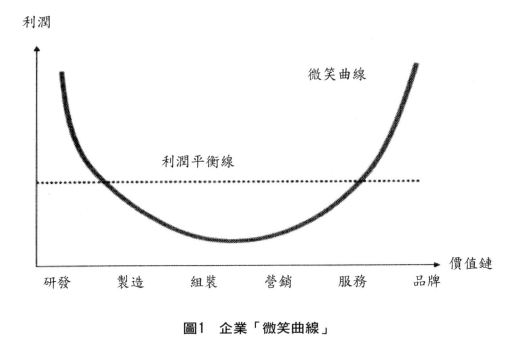

微笑曲線

利潤平衡線

價值鏈

研發　　　製造　　　組裝　　　營銷　　　服務　　　品牌

圖1　企業「微笑曲線」

　　第四個階段是跨行業轉型。此時，企業的產品已經處於衰退期。產品進入了淘汰階段，市場上已經有其他性能更好、價格更低的新產品，足以滿足顧客需求。企業若想獲得新的發展機會，必須重新切換到新的行業，但這樣轉型成本高、風險大（參見圖2）。

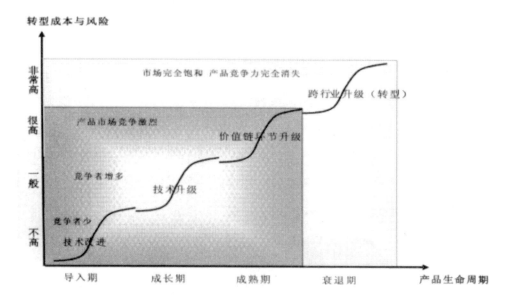

圖2　企業轉型升級的重要階段

三、全球價值鏈理論與企業轉型升級

　　格裡芬（Gereffi, 1999）在結合價值鏈理論，以及產業價值鏈理論的基礎之上，進一步提出了全球商品鏈（GCC）的概念。所謂全球商品鏈是指全球不同的企業通過在價值鏈條中的不同環節，即在產品設計、生產加工以及銷售中開展合作。在GCC理論基礎之上，格裡芬進一步提出了全球價值鏈的概念（GVC），其概念類似GCC理論。因此，本文認為全球價值鏈即指，根據各國相對優勢的不同，對產業或產品的各個環節在全球範圍內進行利潤分配的過程。全球價值鏈由分散在各國的不同價值環節所構成，而在全球價值鏈中各個價值環節並不創造等量的價值，只有那些特定的環節才創造較高的價值，即格裡芬所指的戰略環節。而其他環節創造的價值較低，甚至根本不創造附加值。因此，企業或產業要想獲得並保持其競爭優勢，必須抓住全球價值鏈中的戰略環節，只有抓住了價值環節中的戰略環節，才能獲得較高的附加值，成為全球價值鏈的治理者，在整

個價值鏈中佔有支配地位,即對整個價值鏈進行了治理。

　　隨著國際國內形勢的不斷變化,從價值鏈理論分析可知,台商從事的加工貿易參與的是全球價值鏈中附加值最低的環節,即加工製造環節,其利潤空間很低。另外,台商加工貿易企業缺乏自主品牌建設的能力,使得加工貿易所創造的大多數利潤掌握在外商手中,容易受外商的控制。因此,當台商加工貿易企業面對國際訂單減少,國內勞動力成本上升等壓力時,不得不面臨倒閉破產的生存危機,加工貿易亟待轉型升級。那麼,根據價值鏈理論分析可知,台商加工貿易要想在全球價值鏈中獲得較高的附加值以及豐厚的利潤水準,必須抓住戰略環節。即那些能夠創造更多附加值和利潤空間的環節,通過引進國外先進技術的同時,不斷增加研發投入,提高技術吸收、技術創新能力,使得台商加工貿易從價值鏈的低端向價值鏈的高端邁進,即從中游的組裝向下游的管道、品牌和上游的研發設計延伸,不斷提高其附加值水準,最終使得整個產業價值鏈得以提升,促進台商加工貿易實現轉型升級。

參、廣東台商的發展現狀

　　經過20多年的發展,廣東台商不斷發展壯大,廣東也成為了台商投資最集中的省份。台商是廣東經濟發展的重要力量,並為廣東的經濟社會發展做出重要貢獻。據廣東省台辦經濟處的統計資料顯示,截至2011年底,廣東省累計台資企業24,859家,實際台資企業16,099家;累計合同吸收台資611.42億美元,累計實際利用台資503.11億美元。台資成為廣東繼香港資本之後的第二大外資來源,在廣東台資企業就業員工超過600萬人。廣東台商的發展呈現以下主要特徵。

一、廣東台商地域分佈比較集中

　　台資企業遍佈廣東絕大部分地區，但主要集中在珠三角地區，尤其是廣州、深圳、東莞、惠州等市，以上四市的台資企業佔廣東台資企業總數的70%以上。其中，東莞市的台資企業達到8,000多家，成為全中國大陸台商投資最密集的城市。截至2011年12月底，東莞市共建立台資企業約8,000餘家，累計合同台資金額170.82億美元，累計實際利用台資149.2億美元（參見表1）。

表1　廣東省部分城市台資企業數量及利用台商投資額（2011年12月）

單位：萬美元

市別	累計企業數	合同台資（萬美元）	實際台資（萬美元）
東莞	8,281	1,708,200	1,492,000
深圳	5,248	767,380	619,437
廣州	2,835	845,058	734,960
惠州	1,521	417,626	278,869
佛山	897	441,653	365,618
中山	1,022	467,608	287,509
江門	1,378	569,794	442,294
珠海	970	317,322	204,514
其他	2,707	579,616	606,020
合計	24,859	6,114,257	5,031,221

資料來源：廣東省台辦。

二、以三來一補加工貿易型投資為特色，以勞動密集型中小企業為主體

　　由於珠江三角洲地區港口設施良好，產品經香港轉銷世界各地極為方便，而台商投資者一般都有自己固定的銷售管道，且熟悉國際市場，因而在廣東投資的台資企業外銷比例較高，約有一半以上台企的產品全部出

口，平均外銷比例達85%左右，產品以歐美國家為主要目標市場。[4] 據廣東省台辦經濟處統計資料顯示，截止至2011年12月底，廣東台資企業累計24,859家，其中投資額超過一億美元的有57家，投資額超過3,000萬美元的有326家，投資額超過1,000萬美元的有935家，其餘為中小企業，約佔95%。

三、廣東台商投資在地域趨向集中同時，亦顯示產業群聚的特點

目前，台資在珠江三角洲地區已形成電子、化工、塑膠、五金、製鞋、家具、燈飾等產業群體。如東莞石碣鎮證文街在數公里長的公路兩邊，匯聚著50、60家台資電子資訊企業。這些企業以台達、東聚、雅新等七家台灣上市公司為龍頭，形成了電子資訊業上、中、下游密切配套的產業鏈，為其配套的電子產品企業超過100家，石碣鎮成為一個「數碼重鎮」。又如在深圳，台商投資主要集中在龍崗、寶安兩區。一家龍頭企業和上游項目帶動一批與之相關和配套企業，形成專業化、系列化、集團化發展優勢；寶安區形成了以台灣中華自行車廠為龍頭，包括300多家配套廠商的自行車生產基地；龍崗區則由於台資企業的群聚而成為著名的「電風扇城」。台資企業這種聚群現象形成相互配套、相互支持、相互促進的完整產業鏈，釋放出巨大的聚變能量，使自身經濟效益不斷增長，成為其提升企業競爭力的重要因素之一。

肆、廣東台商轉型升級面臨的挑戰

2008年國際金融危機爆發後，廣東台資企業遇到前所未有的經營困難。原材料價格大幅上漲，土地、廠房、原油、水電、勞工等要素緊缺，

---

[4] 羅衛國、袁民仁，「東莞台資企業轉型升級的實踐和探索」，廣東經濟，2012（4），頁48。

美國次貸危機導致全球市場萎縮，人民幣持續升值，國際貿易壁壘增強，環境保護更加嚴格，以及政策法規調整帶來的疊加效應等，導致台資企業普遍面臨經營成本上升和獲利空間下降的困難，台商承受了很大的經營壓力，同時也產生了轉型升級的內在需要。在新的國內外經濟形勢下，廣東台商轉型升級面臨著嚴峻的挑戰。

一、國內外宏觀環境和政策調整的壓力逐漸增大

　　一是國際經濟形勢惡化，人民幣不斷升值。國際金融海嘯延伸到各個主要發達國家，這些國家的國內需求不斷減少，廣東台商的海外訂單下降。自2005年7月大陸放鬆匯率管制以來，人民幣兌美元一路攀升，連創新高，人民幣兌美元早已「破七」。這對在廣東投資設廠，產品以外銷為主的台資企業來說，面臨生產成本提高、出口競爭力下降及匯兌損失等多重壓力；二是國內宏觀政策的調整。在20世紀80年代中期，我國政府為吸引外資，在外資企業稅收方面制定了優惠政策，由此形成了全球罕見的內外兩套企業所得制。在大陸投資的台商企業大部分是加工貿易型中小企業，對優惠稅收政策的依賴性較強，大陸實行內外資企業所得稅合一為內容的稅制改革，取消台、外資企業的優惠稅收待遇，對這些本來就因經營成本高，經濟效益不佳的台資勞動密集型中小企業的投資經營產生較大影響。2008年1月1日新《勞動合同法》的實施，給資方帶來不小的困難和壓力。廣東的台資企業大部分以產品的外銷為主，訂單加工是以出口產品為導向。現在國家的宏觀政策從出口導向轉向了擴大內需，相應的鼓勵出口的政策會減少，使台資企業的外向型特徵受到挑戰。

二、廣東台商自身運行模式的挑戰

　　近20年來，廣東台商實行的是「日本技術、台灣接單、廣東生產、海外銷售」的運作模式。眾所周知這種運作模式，就是充分利用廣東的區位

優勢、生產成本優勢、從事加工貿易，大多為貼牌生產，即OEM。雖然
簡單易行，但是價值鏈不完整，並且處在價值鏈的低端，在全球範圍內的
價值分割中所得甚少。這種運作模式非常被動，在銷售甚至技術方面受制
於人。如果客戶或目標市場出現問題，整個企業的運作將大受影響，甚至
遭受停產打擊。在2008年金融危機發生以前，由於外部市場需求強勁，以
及國家出口退稅等優惠政策的實施，台商尚能獲取微薄的利潤，還能夠靠
規模大求得生存與發展。金融危機的爆發，使得外部需求急劇減少，出現
為數不少的台商倒閉破產或半停產情況。明顯的，近年來尤其是這一波金
融危機爆發後珠三角一些台商的經營困難，最根本的原因是其以貼牌為代
表的運作模式出現了問題。如果說20多年前台商來珠三角開展貼牌是有其
合理性的，是符合產業的區域（區際）轉移和要素稟賦原理的，那麼，當
前廣東台商所面臨的經營環境已經使得貼牌運作模式出現明顯的缺陷，難
以為繼，轉型升級勢在必行。

三、廣東台商的產業技術空心化傾向日趨明顯

作為台商投資的主導產業，廣東台資電子資訊產業的企業數量多，集
聚程度高，產業配套條件好，但附加價值低，產業鏈存在缺失環節。從電
子資訊整機配套來看，廣東台資電子資訊企業做高端、上游產品的企業幾
乎沒有，只能進行簡單的加工組裝，賺取微薄的利潤。目前，廣東對作為
上游產品和關鍵配件的IC產品依賴程度極高，需求量佔全國進口總量的
80%以上，但在IC產業興建上，僅建有廣州、深圳三家小型IC加工廠，總
產量不到珠三角電子業需求量的一成，且沒有一家能生產12英寸IC。反
之，目前長三角的IC產業產值佔全國的60%，集中了全國近六成的積體電
路製造業，而上海更成為全中國大陸重要的晶片生產中心。[5] 中國大陸20

---

[5] 羅衛國、袁明仁，「東莞台資企業轉型升級的實踐和探索」，廣東經濟，2012（4），頁
48。

世紀90年代中期以後上馬的8英寸晶片生產線幾乎全部落戶長三角，珠三角一家也沒有。目前全球前十大TFL-LCD面板廠的模組生產、液晶顯示器廠和筆記型電腦廠商都在長三角建立生產基地，而珠三角卻是一片空白。由於廣東電子資訊產業鏈存在缺失環節，在核心技術掌握上出現空心化傾向，珠三角與長三角在電子資訊產業發展新一輪競爭中處於明顯的劣勢。

四、原材料價格上漲以及勞動力短缺

　　近年來國際市場原材料價格持續攀升，使廣東台資企業生產需要的原材料、輔助材料價格大幅提升。如隨著原材料價格上升，過去一年多作為廣東台商主要原、輔材料的塑膠價格上升了5-10%，金屬價格上升近一倍，單是原材料價格上升已使不少台資企業的經營成本增加近50%。[6] 由於長三角的崛起，西部大開發的啟動，以及廣東省政府的「雙轉移政策」的實施，加上不少勞動力輸出地的經濟發展加快，就業機會增多，造成原來在廣東工作的外來民工向華東、華北或東北等其他地區分流，使東莞、深圳等珠三角地區出現民工荒和招工難現象。預計2012年整個珠江三角洲的用工缺口就有200萬到300萬人。用工荒每年都有，2012年尤為嚴重的主要原因是出現企業與員工、中西部與東部、第二產業與第三產業之間的「三碰頭」現象。[7] 同時台籍幹部儲備和管理人才的新老更替和交接不足，也是台商轉型升級的一個挑戰。

---

[6] 同註5。

[7] 鄭瀟萌，「緩解用工荒不能只靠加薪」，人力資源開發，2012（6），頁52。

伍、廣東台商轉型升級的案例分析──以中山市隆成公司為例

　　中山市隆成公司（以下簡稱隆成公司）於1988年成立，是中山市第一家台商投資企業，也是世界上最大的童車製造廠。生產各類嬰童用品，包括嬰兒手推車、電動童車、學步車、嬰兒遊戲床、嬰兒睡床等，產品以外銷為主。生產基地「中山隆成」現有員工6,000餘人，目前年銷售額達15億元。在各類產品中，ODM 產品佔76%，OEM產品佔19%，產品暢銷100多個國家與地區，僅美國市場佔有率就達50%。像隆成公司這樣出口外銷型的台資企業在珠三角具有一定的代表性，因此對其進行案例分析，將對促進珠三角地區其他台資企業轉型升級具有重要的現實意義。

一、隆成公司轉型升級的主要策略

　　面對歐美經濟不景氣，外部需求疲軟，以及珠三角地區人力、原材料等生產資料成本上漲的壓力，公司主要從以下幾個方面轉變經濟發展方式，積極應對複雜的經濟環境和激烈的市場競爭。

（一）堅持技術創新，掌握核心科技

　　技術創新是隆成公司轉變經濟發展方式、應對金融危機的首要方式。由「微笑曲線」可知，整個製造業的價值鏈，以製造加工為分界點，可以分為研發設計、加工製造、品牌行銷三個環節。在研發設計和品牌行銷兩個環節產品的附加價值逐漸上升，而加工製造環節不僅技術含量低、利潤空間小，而且市場競爭激烈，容易被成本更低的同行所替代。

　　公司成立以來，開發部門引進多名資深的專家及大批優秀工程技術人員，同時每年拿出3-3.5%的銷售收入用作產品研發。在不斷創新的環境下，公司在國外訂單出現萎縮的情況得以繼續發展新客戶，並提升了企業

的銷售額。同時，隆成公司的創新之舉也得到了當地政府的大力扶持。2009年8月，隆成公司通過國家級高新技術企業認定的初審，可享受政府對高新技術企業的企業所得稅減免獎勵；2010年7月還通過省級童車工程技術研發中心的專家認定，並獲得獎勵40萬元。

（二）堅持品牌提升，打造知名品牌

品牌是一個企業的無形資產，是企業核心競爭力的重要組成部分。隆成公司在以ODM、OEM產品為主的同時，堅持發展自有品牌。1998年隆成公司開始打造自己的品牌「小天使」，作為面向國內市場的主銷產品。同時通過開設隆成產品連鎖零售店，即「幼幼天地」孕嬰童用品連鎖專賣店，借內需市場增長作為企業未來增長的新引擎。經過幾年的探索和努力，「小天使」牌嬰兒手推車於2006年獲得廣東省名牌產品稱號，「幼幼天地」孕嬰童用品連鎖店現已建成50多家分店，分佈廣東、貴州、福建及廣西等地。專賣店的經營業績也較理想，逾半數店鋪已獲得盈利，預計三年內將增至300家。隆成公司在國內市場的銷售額也在不斷增長，公司的內銷營業額已佔到整體營業額的5%。

（三）舉辦創意設計競賽，加強與高校的合作

高校是創新型人才和專業設計人才的重要輸出基地，加強公司於高校的合作，對於引進專業人才，為公司輸入新鮮血液，培養專業的創新團隊具有重要的意義。2011年度，隆成公司通過在台灣地區開展兒童產品創意設計競賽，邀請相關專業師生參與，結合大學專業課題設計，將符合公司需求的概念設計和公司專業相結合，並將設計商品化。同時公司承諾，在競賽中表現突出，設計能力優良的學生可以優先進入公司，以此增進公司和學校之間的進一步合作，為公司的長遠創新儲備優良的人力資本。

二、隆成公司轉型升級的成效分析

通過對公司近年的財務資料進行分析發現，自2007年以來，面對金融危機的不斷加深和歐美經濟的持續惡化，公司的銷售收入一直保持穩中有升的趨勢，從2007財政年度的60,059萬港元上升到2011財政年度的85,946.2萬港元。2007到2009年度，公司的營業利潤和淨利潤均出現增長，增幅分別為23.2%和21.1%。公司的固定資產和資產總額也一直保持在一個穩步上升的趨勢。這些資料顯示，隆成公司成功應對金融危機、成本上升等不利因素的影響，同時為公司的進一步發展打下了良好的基礎。[8]

陸、廣東台商轉型升級的因應策略

在宏觀經濟政策調整和營商環境變化的雙重壓力下，不斷提升自身核心競爭力和擴大國內市場份額，加快引進高端製造業、高新技術產業和生產性服務業，積極推進「三來一補」加工貿易型企業的轉型升級，和加快進行高污染、高能耗企業的有組織轉移和異地搬遷，將是未來廣東台商轉型升級的策略選擇。

一、積極利用政府政策支持，不斷加快轉型升級步伐

近年來，廣東省政府和地市政府推出一系列幫助台商轉型升級的政策措施。譬如廣東省政府出台了《廣東省進一步支援台資企業發展若干措施》，加大對台資企業融資的支持，積極搭建台資企業融資擔保平台，為台資企業提供融資服務；支持在粵台資企業在大陸境內上市融資，支持經營效益好、償還能力強的台資企業探索發行債務融資工具；引導和支援台

---

[8] 程萌，「珠三角台資企業轉型升級的途徑、成效及策略──以中山市隆成公司為例」，中國商貿，2012（17），頁225-226。

資企業運用智慧財產權質押貸款，拓寬融資管道等。對台資企業發展高新技術產業、新興戰略性產業等重點專案，經省有關部門審核並報省政府同意，省財政給予適當支持。東莞市政府提出以「三重戰略」（重大專案、重大產業集聚平台、重大科技專項）推動東莞產業轉型升級。台商可以利用在電子、石化產業等重大科技和產業上的優勢，藉助政府政策加快轉型升級。廣東省尤其是珠三角地區正致力於把加工製造業向先進製造業轉變，台資企業應利用其在先進製造業中擁有的顯著優勢，與廣東省的產業轉型升級結合，不斷提升核心競爭力。廣東省近三年內提出了南沙國家新區計畫、橫琴國家新區規劃和前海現代金融業示範區，將深圳前海、珠海橫琴和廣州南沙打造成為全國金融改革創新與開放發展的重要引擎，重點發展高端商貿、特色金融與專業服務、科技研發、總部經濟和文化創意產業等。廣東台商可以利用其在這些產業上的優勢積極參與粵港澳服務貿易自由化的建設，從加工製造業向服務貿易轉型升級。

二、抓住機遇，加快引進高端製造業、高新技術產業和生產性服務業

　　應針對廣東台資企業的高端製造業和高新技術產業缺乏，產業鏈存在缺失環節的特點，適時調整廣東的外資投向政策，重點引進美國、日本特別是台灣地區的一些高端製造業和高新技術產業投資專案，培育一批旗艦式高端製造業和高新技術企業，並儘快建設一批公共技術支撐服務平台，直接催生或帶動一批原創性技術的突破。先進製造業的發展需要先進服務業的支撐，而CEPA、ECFA的實施又為廣東加快引進香港、台灣生產性服務業投資提供了歷史性契機。因此，廣東應充分利用CEPA、ECFA機制，放寬政策限制，降低准入門檻，消除地區壁壘，加快引進香港、台灣生產性服務業，特別是高端服務業投資，以有效帶動和促進廣東台商的升級轉型和服務業發展。

三、加強與港澳、內地企業合作，積極投資開發內陸市場

　　在人民幣持續升值的大環境下，台資企業由傳統的外銷出口轉向開拓內銷市場或採取內、外銷兼備的經營策略是理智選擇。台資企業要成功開拓內銷市場，應加強科技投入，積極開發新產品，加快技術消化、吸收；採取錯位發展策略，形成差異化競爭態勢，努力提升產品性能，著重開發一些國家鼓勵的新技術、新產品；實行產銷分離，將產業鏈中一些對成本控制要求高，以生產加工為主要功能的生產環節或企業遷移到生產成本更低的如河源、清遠或惠州等周邊地區，甚至廣西、湖南和江西等交通便利的內地城市，而將生產和行銷、研發和製造在空間上進行分離，主要將產業鏈的高端部分，如銷售、營運、研發和品牌管理、資金籌措等放在像東莞這樣的沿海開發城市和交通樞紐地區，重點進行技術開發、資金籌措、品牌管理和拓展外貿市場等。另一方面，要加強與專長於現代服務業的港資企業合作，並通過與民企建立策略聯盟來拓展在廣東甚至內地其他城市的投資和商業機會，利用內地企業的網路和本土優勢積極開拓內銷市場。

四、加快台商加工貿易型企業的轉型升級，提升核心競爭力

　　廣東特別是東莞經濟，主要是靠港澳台資「三來一補」加工貿易型投資發展。東莞台資企業中「三來一補」加工貿易型投資佔80%以上，台資企業產品85%出口外銷。[9] 根據全球價值鏈理論，這種以加工貿易為特徵的產業鏈條，存在技術受控於人和缺乏自創品牌的「短板」局限。必須通過加強技術研發，促進品牌自創和建立市場行銷網路，實現從以生產零部件為主轉向生產整機和核心部件為主；從OEM貼牌生產方式向ODM自主設計和OBM自創品牌方式轉變，走自主創新和品牌帶動的新型工業化道

9　陳恩、譚小平，「新世紀東莞台資企業升級轉型策略探析」，暨南學報（哲學社會科學版），2009（5），頁41。

路。要確立技術創新戰略，培育具有自主智慧財產權的產品開發能力。建議台商將廣東作為企業的創業基地的同時，也要將廣東作為研發基地和創新基地，可以與廣東高等院校、科研機構合作，進一步加強研發中心建設，開發出擁有自主智慧財產權的優勢產品和核心技術。要確保企業聚群策略的實施，培育企業競爭力的生態系統。確立人才當地語系化戰略，培育適應國際市場競爭需要的人力資源。

五、加快進行高污染、高耗能企業的有組織搬遷和異地轉移

隨著珠三角地區營商成本的高企，特別是廣東經濟發展戰略及產業政策的調整，一大批早期投資廣東的高能耗、低附加價值的台資企業面臨在廣東難於生存而被迫搬遷的命運。由於台資企業外遷轉移的風險巨大、成本高昂，為降低台港企業的轉移風險和減少購地與轉移成本，政府應該提供專項資金資助和配套政策扶持，並採取轉入地和轉出地聯手合作，共建產業轉移園的方式，實行統一談判、徵地、規劃和管理的辦法。針對目前產業轉移園建立多年，但整體效果不理想的狀況，建議由政府強勢介入，通過增加資金投入和強化政策支援，一方面設立產業轉移補償金，給予轉移企業適當補償和資助，以降低企業轉移成本和轉移風險。另一方面，應改變將有效資源和政策撒胡椒麵式分配到各個園區的作法，探討進一步集中資源和資金，重點做好若干個主要轉移園的開發和建設的途徑和方式，並優先建設相關基礎設施，實行產業鏈配套轉移和產業、勞力和管理機制的整體轉移，以有效增強產業轉移園的承接力和吸引力。

參考文獻

一、中文部分

王珺，「產業升級絕不僅僅是產業轉移，傳統產業也能升級」，南方日報（2011年10月26日
　　A06版）。

台商投資特別報導，大陸省市台商投資排行榜（台灣），投資中國，2004（1），頁35。

台灣經濟部投審會，核准對大陸投資分區統計，經濟部投審會統計月報，2005（10），頁31。

李燁、李傳昭，「透析西方企業轉型模式的變遷及其啟示」，管理現代化，2004（3），頁42。

林江，「東莞台資企業升級轉型之對策研究」，廣東台灣研究中心編，2008廣東涉台研究論文
　　集（2009年6月），頁190-196。

林江、劉勇平，「廣東台資企業的融資困境與解決之道」，亞太經濟，2012（3），頁121。

孫兆慧，「台資企業在大陸新經濟環境下的轉型升級」，國際經濟合作，2010（2），頁43-
　　46。

陶東亞，「台資企業在大陸新經濟環境下的轉型升級」，企業導報，2010（9），頁20。

張優懷，「提升廣東台資企業競爭力的戰略分析研究」，廣東技術師範學院學報，2006（1），
　　頁41-43。

陳恩、譚小平，「新世紀東莞台資企業升級轉型策略探析」，暨南學報（哲學社會科學版），
　　2009（5），頁41。

陳鴻宇，廣東加快轉變經濟發展方式十講（廣州：廣東人民出版社），2010年3月，頁78-81。

馮邦彥、賴文鳳，「台商在廣東珠三角地區的投資與發展前景」，亞太經濟，2004（2），頁
　　77-80。

程萌，「珠三角台資企業轉型升級的途徑、成效及策略──以中山市隆成公司為例」，中國商
　　貿，2012（17），頁225-226。

趙長春，「芬蘭借助高科技資訊產業實現經濟結構轉型」，內參選編，2010（29），頁47。

劉繼雲、史忠良，「地方政府推進產業升級轉型──以東莞為例」，經濟與管理研，2009
　　（3），頁18。

劉震濤、李應博，「台資企業在世界經濟不確定性因素影響下的轉型升級」，國際經濟評論，
　　2008（7），頁52-57。

劉紅紅，「廣東加快轉型升級的路徑選擇」，南方，2011（6），頁37。

蔣湧，「新形勢下東莞台資企業產業升級轉型之對策研究」，廣東外語外貿大學學報，2009
　　（3），頁41。

賴文鳳，「台灣代工產業升級演進及廣東借鑒——以電子資訊產業為例」，2009年廣東涉台
　　研究論文集廣東台灣研究中心2010（5），頁361。

羅衛國、袁明仁，「東莞台資企業轉型升級的實踐和探索」，廣東經濟，2012（4），頁48。

二、英文部分

Gereffi, G. International Trade and Industrial Upgrading in the Apparel Commodity Chains [J],
　　Journal of International Economics, 1999 (48), pp. 37-70.

John Humphrey, Hubert Schmitz."Trust and Inter-Firm Relations in Developing and Transition
　　Economies," *The Journal of Development Studies*, Apr. 1998, p. 34.

R. Vernon, International Investment and International Trade in Product Cycle [J], *Quarterly Journal of
　　Economics*, 1966, pp. 197-207.

台商轉型升級與因應策略思考

張寶誠

（財團法人中國生產力中心總經理）

摘要

　　近年中國大陸受到整體經濟成長動能減緩、企業用工成本上漲及利潤下降、出口下滑影響外銷型台商營收，以及內需市場擴大及消費力提升等四大趨勢影響，促使加工貿易為主之台商，面臨「三荒兩高」困境，必須積極轉型升級，以尋求後續發展。

　　中國生產力中心基於多年實務經驗，提出「轉型升級」為企業追求卓越不斷循環之過程概念，並定義其範疇，分析企業轉型升級動機與基礎，據以規劃出轉型升級五大因應對策：經營效率升級、經營模式轉型、服務化模式、卓越經營模式、集聚團戰模式等，循序漸進達成協助企業「轉型升級」目標，同時輔以案例說明，提供實務上可操作模式，俾利台商企業擬定轉型升級策略之參考。

關鍵字：中國大陸、台商、轉型升級、策略規劃

壹、前言

自1987年我國政府開放赴中國大陸探親起，台商便藉探親之便，行考察之實，開啟到對岸投資，此趨勢迄今未歇。晚近隨台灣產業結構調整、中國大陸經濟崛起、兩岸關係和緩以及經濟全球化，台商從中小企業與傳統產業以資源利用比較利益的投資策略，轉變成大型企業、上市公司與高科技產業相繼赴對岸投資，以作為企業全球化佈局的重要一環。投資動機與樣態與時俱進，因此在談論中國大陸台商轉型升級與因應對策前，我們必須先從目前中國大陸整體經營環境變遷趨勢，以整體角度審視，避免落入見樹不見林之盲點，彙整中國大陸官方公佈數據及相關台商報導，可歸納為四個趨勢。

近五年中國大陸GDP逐年下滑（參見圖1），從動輒兩位數之成長速度下滑至個位數，今年上半年只剩7.8%，落入「保八」危機，細部分析

趨勢一、整體經濟成長動能減緩

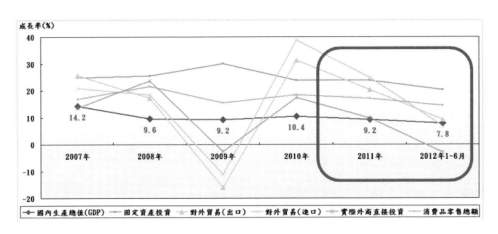

圖1　近五年大陸重要經濟指標趨勢

資料來源：中國大陸國家統計局。

構成GDP幾個要素，固定資產投資、出口、進口、外商直接投資、消費品零售總額等指標成長率一致呈現持續下滑，迥異於過往GDP成長態樣。以金融風暴當年2009年GDP來看，靠著固定資產投資的拉升，穩住當年GDP成長維持在9.2%，今年若無重大政策或歐美情勢大幅轉好，恐怕所有指標下滑已成定局。（註：最後結算2012年中國大陸全年經濟成長率為7.8%，確定「保八」無法成功，未來勢必面臨整體經濟成長動能趨緩的種種壓力與挑戰。）

趨勢二、企業用工成本上漲及利潤下降

改革以來，中國大陸逐漸從社會主義經濟轉向市場經濟，一般民眾卻甚少享受到財富的增值，貧富差距日漸擴大，甚至形成「國富民貧」的現象。在這種情況下，政府刻意拉抬工資就成為快速提高人民收入的方法。加之，要平息對貧富差距日益不滿的民怨，中國大陸採取調高最低工資及推動工資協商制度等保障勞工權益的補救措施。根據中國統計年鑑資料顯示，至2009年為止，西南及中部地區平均工資較華北與華南明顯為低，2010年已有30個省份調整了最低工資標準，月最低工資標準最高檔成長幅度平均為24%。中國大陸國務院於2月8日公佈「促進就業規劃（2011-2015）」，提出「十二五」期間，最低工資標準年均增長將達13%以上，2015年絕大多數地區最低工資標準均能達到當地城鎮從業人員平均工資四成以上，以及社會保障制度覆蓋所用勞動者。此一政策明確揭櫫工資上調方向。另據中國大陸《最低工資規定》，各地區的最低工資標準每兩年至少要調整一次，截至2012年6月為止，已有14省市調整最低工資標準。調整後的月最低工資標準最高的是深圳1,500元人民幣（下同），其次是上海的1,450元，天津和浙江同為1,310元並列第三；黑龍江、重慶、江西、海南四省市列倒數後四位，均低於900元（參見表1）。

表1　中國大陸2012年最低工資一覽表

排名	月最低工資		小時最低工資		排名	月最低工資		小時最低工資	
1	深圳	1,500	北京	14.0	17	四川	1,050	河南	10.2
2	上海	1,450	天津	13.3	18	內蒙古	1,050	陝西	10.0
3	天津	1,310	深圳	13.1	19	湖南	1,020	湖北	10.0
4	浙江	1,310	山東	13.0	20	安徽	1,010	湖南	10.0
5	廣東	1,300	廣東	12.5	21	陝西	1,000	貴州	10.0
6	北京	1,260	上海	12.5	22	吉林	1,000	青海	9.3
7	山東	1,240	山西	12.3	23	廣西	1,000	江蘇	9.2
8	新疆	1,160	新疆	11.6	24	甘肅	980	雲南	9.0
9	江蘇	1,140	福建	11.6	25	雲南	950	內蒙古	8.9
10	山西	1,125	四川	11.0	26	西藏	950	重慶	8.9
11	湖北	1,100	寧夏	11.0	27	貴州	930	江西	8.7
12	寧夏	1,100	遼寧	11.0	28	青海	920	廣西	8.5
13	福建	1,100	河北	11.0	29	黑龍江	880	西藏	8.5
14	遼寧	1,100	浙江	10.7	30	重慶	870	吉林	7.7
15	河北	1,100	安徽	10.6	31	江西	870	黑龍江	7.5
16	河南	1,080	甘肅	10.3	32	海南	830	海南	7.2

資料來源：本研究整理，數據截至2012年5月31日。

　　反映到實際工資上，以2005-2012年中國大陸各省市工資變動趨勢（參見圖2）來看，基本上全國各省市工資皆呈現上漲趨勢，差異只在調幅大小。而「人力資源和社會保障部」的勞動工資研究所更呼籲把「國民收入倍增計畫」納入「十二五規劃」中，並建立企業員工工資正常合理的調整機制，特別是一線工人的工資成長，要高於整體企業的的平均調薪幅度，以逐步提高勞動報酬在初次分配中的比重。根據其評估，如果工資年均成長15%以上，則五年左右員工工資就可以增加一倍。此一構想顯示，

台商在未來五年內都將面臨工資逐年調高的壓力，而且將使工資的漲升速度，遠超過個人生產力或企業利潤上升幅度，並與就業市場供需情勢脫節。

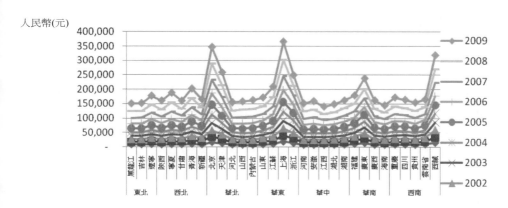

圖2　2005-2012年中國大陸各省市工資變動趨勢

資料來源：2005-2012年中國統計年鑑。

此外，2011年11月15日公佈中國將實施「社保五險合一」強制徵收，指的是養老、醫療、失業、工傷和生育等五項社保，但過去台商或是中國大陸本地企業，可能只保三險或投保不足，甚至缺保。未來將採強制徵收，其衝擊不小於2008年實施的《新勞動合同法》，且員工實際薪資扣除社保後，不得低於該地區基本工資。

隨著工資的調漲，成本結構以工資為主的加工貿易型台商利潤大幅縮減，反映到2011-2012年中國大陸各類型工業企業實現利潤年增長趨勢（參見圖3），外商及港澳台商投資企業實現利潤年增率衰減最多，今年以來連兩位數衰退，甚達－13.40%，衰退幅度大於全國平均值，居各類型工業企業之首。

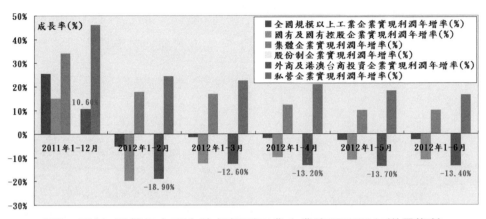

圖3　2011-2012年中國大陸各類型工業企業實現利潤年增長趨勢

資料來源：中國大陸國家統計局。

趨勢三、出口下滑影響外銷型台商營收

　　廣東省佔全國出口額25%，為外銷出口大省，而以外銷台商大本營東莞分析，東莞2012年上半年GDP同比增長2.5%，皆低於廣東省（GDP 7.4%）及全國（GDP 7.8%）成長率。東莞2012年上半年進出口總額同比增長6.1%，高於廣東省（進出口總額5%），低於全國（進出口總額8%）。

　　就製造業營收成長指標「工業增加值」而言，東莞上半年工業增加值同比增長速度僅為0.9%（參見圖5）、深圳為4.4%，拖累廣東省工業增加值同比增長速度（7%），低於全中國大陸平均值（10.5%），排名倒數第五，與去年（2011年）相比，增長速度為倒數第七（參見圖4）。

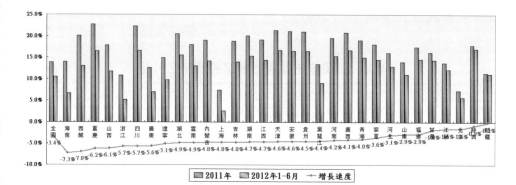

圖4　中國大陸各地區工業增加值同期增長速度

資料來源：中國大陸國家統計局。

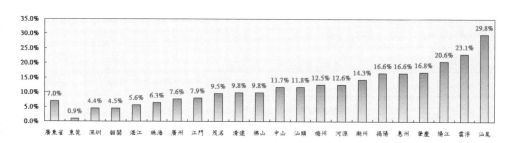

圖5　2012年1-6月廣東省各地區工業增加值同期增長速度

資料來源：中國大陸廣東省統計局。

趨勢四、內需市場擴大及消費力提升

　　「十二五規劃」的主調是「加快轉變經濟發展方式」，表示中國大陸要從過去一直依靠出口、仰賴投資的成長模式，轉變為以內需為主的方式。經濟發展方式的轉變，對舊有結構造成衝擊，另一方面也代表著龐大商機的創造。據主要研究機構CEIC、IMF、Credit Suisse等預估（參見表2），[1]中國大陸內需市場規模逐年成長，從2007年全球第四大市場，預估

---

[1]　陳清文、李修瑩等，「拓展中國大陸內需市場之研究執行成果報告」，行政院經濟建設委員會（台北），2008年2月，頁29-30。

2020年將成為全球第一大市場。

表2　2020年全球消費市場各國所佔比重

國家（%）	2007	2008E	2009F	2010F	2015F	2020F
美國	30.2	29.3	28.3	27.4	23.5	20.8
日本	8.2	7.9	7.7	7.4	6.5	5.8
德國	5.6	5.5	5.3	5.1	4.3	3.8
中國	5.3 ❹	6.4 ❸	8.0 ❷	9.3 ❷	16.4 ❷	21.1 ❶
英國	5.0	4.9	4.8	4.6	4.0	3.7
法國	4.2	4.1	3.9	3.8	3.2	2.9
義大利	3.6	3.4	3.3	3.2	2.7	2.3
西班牙	2.4	2.3	2.2	2.2	1.9	1.8
加拿大	2.3	2.3	2.2	2.1	1.9	1.7
印度	2.0	2.2	2.4	2.6	3.9	5.3

資料來源：CEIC，IMF，Credit Suisse，拓樸產業研究所整理，2009/06。

　　對已經在大陸卡位的台資內需、通路企業來說，內部消費的成長帶來正面效益。但內需市場需具有多大的動能，使中國大陸能順利轉型為以內需消費支撐經濟成長，這必須從擴大消費著手，其成敗關鍵取決於實質民眾消費力道能否持續增長。

　　以「十二五」城鎮化規劃趨勢，城鎮消費支出將為主力，並強化且持續此消費成長力道。從2006年起全體居民消費支出逐年增加，城鎮消費力遠高於農村（參見圖6），體現政策持續落實。這將對台灣消費性產業，或原來以歐美為目標的外銷型台商提供轉型機會，大幅降低台商對歐美市場的出口依賴及衰退衝擊。

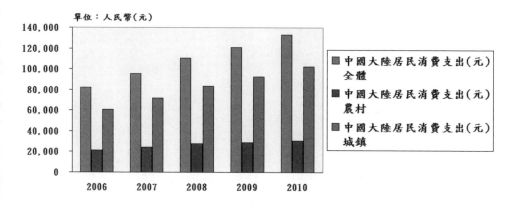

圖6　2006-2010年中國大陸居民消費支出

資料來源：2011中國統計年鑑。

　　1980年代以來，台商因比較利益及製造成本考量，逐步進軍中國大陸發展。過去30年，大陸台商的結構及面貌不斷變化，從製造業推進到服務業，由勞力密集產業進展到高科技產業，從外銷為主到發展內需市場。另一方面，大陸經濟出現躍進式成長，經營環境與社會情勢隨之出現巨大變動，台商在大陸的投資經營環境，受困於加工貿易政策調整、《勞動合同法》實施、社保擴大投保範圍、人民幣升值大環境政策變動，以及勞工短缺（用工荒）、電力無法穩定供應（電荒）、資金籌措困難（錢荒）、稅費增加（稅費高）、工資租金成本上漲（成本高）等資源瓶頸制約，形成「三荒兩高」[2]態勢。在「十二五」規劃欲調整經營環境前提下，成本壓力升高，低廉製造優勢將不再。復以2008年下半金融危機爆發與近期歐債危機發生，影響台商甚巨。最核心問題在於：全球市場需求大幅下滑，同時新興國家加入全球供應鏈競爭行列，造成台商經營越顯困難。使得台商進行升級轉型成為必然選擇。而因應對策唯有從「經營效率升級」、

---

[2] 李春，「搶救製造業　要打三荒兩高」，經濟日報（台北），2012年8月20日。

「經營模式轉型」、「服務化模式」、「卓越經營」、「集聚團戰」五方面下手方有解。

貳、轉型升級概念

　　企業面對當前經營困境，或為追求更高的經營績效與目標時，常伴隨展開各種有關轉變經營活動項目，或是提升經營效率層次的活動。綜觀相關討論「轉型升級」之內涵，以「轉型」而言，Levy and Merry（1986）提出：企業轉型是組織無法像以前順利營運，為了生存，在企業組織的使命、目標、結構及文化等構面上以多階段變革從事重大變革，這種第二階的變革是多構面、多層次、質性、不連續，以及涉及典範轉變的基本性組織變革，兩階段性變革自此為學者普遍看法。[3] Levy and Merry同時並歸納彙整相關學者意見如下（參見表3）。

表3　國外學者對轉型之定義名稱

作者	初階變革	二階變革（轉型）
Lindbloom（1959）	部門性改變	徹底的改變
Viokers（1965）	執行方面的改變	決策面的改變
De Boro（1971）	垂直性改變	橫向的改變
Greiner（1972）	進化式的改變	革命性的改變
Putney（1972）	線性的、量性的改變	非線性、質性的改變
Grabow & Heekskin（1973）	理性的改變	激進的改變
Gerlanch & Hines（1973）	發展性的改變	革命性的改變

---

[3] Amir Levy and Uri Merry, *Organizational Transformation: Approaches, Strategies, Theories* (NY: Praeger Publisher, 1986).

作者	初階變革	二階變革（轉型）
Skibbins（1974）	同質性的改變	激進的改變
Watzlawick, Weaklanf & Fisch（1974）	初階變革	二階變革
Golembiexsky, Billingsley & Yaeger（1976）	阿法改變（Alpha Change）	珈瑪改變（Gamma Change）
Hernes（1976）	轉變（Transition）	轉型（Transformation）
Argyris & Schon（1978）	單圈學習（Single-loop Learning）	雙圈學習（Double-loop Learning）
Kindler（1979）	增量的改變（Incremental Change）	轉型性的改變（Transformation Change）
Miller & Friesen（1980）	動量的改變（Momentum Change）	革命性的改變
Sheldon（1980）	常態性的改變（Normal Change）	型態的改變（Paradigm Change）
Carneiro（1981）	成長性	發展性
Ramaprasad（1982）	小改變	革命性的改變
Davis（1982）	變革（Change）	轉型（Transformation）

資料來源：Levy and Merry（1986）。

　　對於「升級」而言，本研究以產業為主，依據已廢止之1990年12月29日公布之「促進產業升級條例」，將產業升級定義為：舉凡藉由研究發展、技術輸入、技術合作、技術購買、專利授權、自動化生產技術或設備、防治污染技術或設備、工業設計、人才培訓、建立國際品牌形象之從事或投資方式，達到技術水平提升、產品品質改良、新產品出現、產品附加價值增加、工業污染減少、從業員工產量提高之目的，以促進產業結構之調整、經營規模及生產方式之改善，皆謂之「產業升級」。

　　由以上文獻觀之，一般探討台商經營轉型升級，多由如何推動轉型升級活動論述，鮮少觸及此概念內涵，定義其範疇。因此，中國生產力中心

（CPC）張寶誠總經理彙整理論與實務經驗，於2008年提出「轉型升級」之明確定義如下：

「升級」的涵義，有二：

1. 以「產品」和「服務」為核心，強調在本業生產效率之再精進，通常因一國經濟發展程度，與目標之不同而有所差異。

2. 升級著重在多面向與持續性，由內而外，於研究發展、技術輸入、技術合作、技術購買、專利授權、自動化生產技術或設備、防治污染技術或設備、工業設計、建立國際品牌形象等「知識密集化」升級活動之強化。人力資源是成敗關鍵。

「轉型」的涵義，有二：

1. 以「營運模式」為核心，強調企業主體策略之轉向，包括營運政策、供應鏈向前或向後整合，以及業態轉換等，以營運模式的改變為主，可從營收比重改變觀察。

2. 轉型通常以產業升級為基礎，重點在於時機適切性，進一步力求原產業橫向或縱向之延伸拓展，或深耕於價值較高之焦點式經營模式。

「升級」與「轉型」不可一切為二來觀之，兩者是動態連結，相互引動而行。「升級」強調效率之量變，當企業升級到一定程度時，則為轉型立下基礎，可視為轉型之前身。「轉型」強調效能之質變，當企業轉型到另一種業態後，則會在此不斷升級，以求效率之提升。因此，升級和轉型是企業追求卓越不斷循環之過程（參見圖7）。由初級之升級精練效率，再進而初級轉型淬鍊效能，再啟動再升級再精練效率，最後再轉型再淬鍊效能，不斷強化投入與產出轉化關係，使企業更精實提升經營能力。

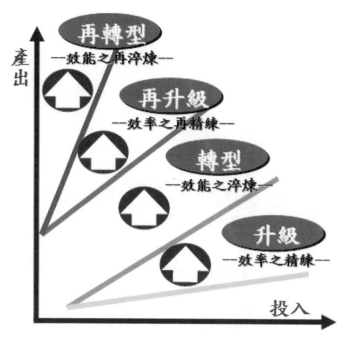

圖7　轉型升級示意圖

　　轉型升級常伴隨著組織文化議題，如Greiner（1972）針對廠商之成長階段與組織運作所面對之問題，提出組織成長模式，並指出不同的組織成長階段，面對不同的組織與管理問題，而應採取不同的轉型升級作法，為典型以組織規模大小之變動，來討論轉型升級策略。[4] 我們從以前所輔導之標竿企業追求永續經營角度視之亦發現有此趨勢，這些企業在追求卓越企業生命週期過程中，從企業出生萌芽、成長到面臨變革階段，甚至於企業發展成熟期，若無法以創新手法克服組織龐大所面臨有限資源追求無限價值的困境，將會遇到發展瓶頸，產生問題危機，無法妥善克服，企業

---

[4] Greiner, L.E.., Evolution and revolution as organizations grow. *Harvard Business*, 60(4) (US:1972), pp.37-46.

將邁入衰退階段。這中間常伴隨組織文化變革議題，因為缺乏明確願景傳達，造成人員抗拒、制度僵化、文化偏離、組織惰性等形成永續經營羈絆，此概念化可展現如圖8。卓越企業在不同生命週期階段，為避免衰退徵狀啟動，亦會驅動企業進行轉型升級活動，破除組織文化及人員之自滿僵固。

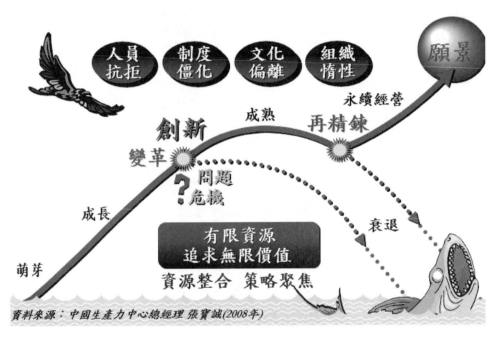

資料來源：中國生產力中心總經理 張寶誠(2008年)

圖8　卓越企業生命週期

一、企業轉型升級藍圖及對策

　　基於前述「轉型升級」定義，本文試圖根據相關文獻及整合CPC多年對台商服務，從企業轉型升級動機，相應可進行轉型升級之現有基礎，擬妥相應可行之對策，將之轉換成「轉型升級藍圖」，形塑成可操作模式，有助於進一步提出更具體之策略模式（參見圖9）。驅使企業進行轉型升級活動，須從其動機談起，動機的來源有廠商內在因素，如資源能力充裕

與否；逐漸增長之經營成本壓力；或為追求生存空間而訂之目標所驅動及廠商外在因素，如因產品市場機會嶄露之商機；既有市場紅海或跨界競爭之壓力；現有市場規模成長緩慢造成盈收無法突破，獲利下滑，或為穩固市場佔有率，面臨同業殺價競爭。以及價值鏈間管理或技術之競爭這些因素，以上內外因素對於企業而言有逐漸須面對之瓶頸，亦有發掘未來存在之商機。因著動機驅使，欲進行「轉型升級」須從自身核心能力及外在競爭環境分析目前企業所擁有之基礎，了解所掌握之資源基礎以適切規劃可行之對策。而這些基礎，可從兩方面四個方向來思考：

第一方面，先思考自身核心能力，從技術來源及技術發展方向思考企業未來定位：

1. 技術來源主體由客戶提供，或自行發展、外購併購，或降低風險與上下游、同業、法人團體合作開發來思考。

2. 技術發展方向，可從產品技術創新或改良，發展新商品，或者製程技術改善，提高經營效率，或是加強行銷能力往服務化方向，提供客戶更便利之使用經驗，或強化管理能力減少投入產出轉換之浪費。

第二方面，再先思考外在競爭環境，找出商機縫隙進行切入，轉型升級可以九個方向著手。

1. 轉型方向：可從新市場、新產品、新模式、新地區著手。

2. 升級方向：可從產品升級、製程升級、市場升級、管理升級、人力升級著手。

轉型升級過程中會因為這些不同的活動項目變動，而有不同的策略選擇，隨之產生不同的類型。同一家企業可能因要素出現時間與持續能力而有不同組合，而出現多次轉型升級活動，而不同企業發展歷程所運用的轉型升級類型也應有所不同。惟Peter F. Drucker曾提出：現在的企業競爭是價值鏈間的競爭，因此轉型升級必須以價值鏈的提升作為主軸戰略，個體

企業不僅要做精做強，亦要輔以價值鏈之全面轉型升級，利基根基方能穩固，如同現今股市流行「蘋果概念股」、「三星概念股」等，但要達成價值鏈之全面轉型升級非一蹴可幾，因此從轉型升級基礎上，中國生產力中心（CPC）五個對策，由個體之精進逐漸擴散至集聚群體，對策之執行方式，詳如第參部分。

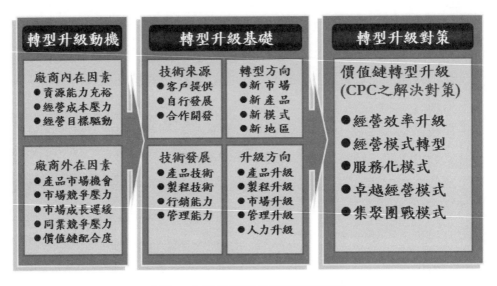

圖9　企業轉型升級藍圖及對策

　　為推動上述藍團實踐，中國生產力中心（CPC）歸納實戰經驗，以藍圖為基礎建立三階段轉型升級流程（參見圖10），藉由第一階段「家醫式諮詢」，訪談企業高層，並做現場訪視，協助企業釐清轉型升級需求，並盤點企業轉型升級動機之內外在因素。接著進行第二階段「全面深度診斷」，透過全面性經營層與主要管理人員訪談，找出轉型升級基礎四個構面，組合出合適切入之轉型升級方案，再利用第三階段「轉型升級輔導」，依診斷結論選取合適之轉型升級模式進行，配合顧問長期輔導級教育訓練合一方式，將流程、系統、人員三方面提升到位，以有效提升企業

競爭力。

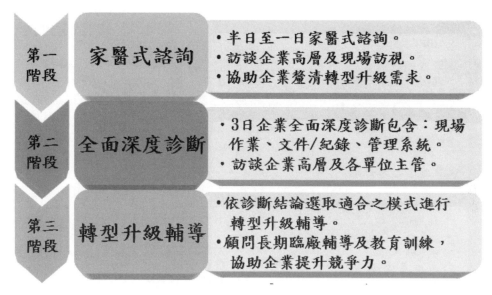

第一階段	家醫式諮詢	・半日至一日家醫式諮詢。 ・訪談企業高層及現場訪視。 ・協助企業釐清轉型升級需求。
第二階段	全面深度診斷	・3日企業全面深度診斷包含：現場作業、文件/紀錄、管理系統。 ・訪談企業高層及各單位主管。
第三階段	轉型升級輔導	・依診斷結論選取適合之模式進行轉型升級輔導。 ・顧問長期臨廠輔導及教育訓練，協助企業提升競爭力。

圖10　中國生產力中心協助企業轉型升級流程

參、CPC協助企業轉型升級模式

延續第貳部分論述，中國生產力中心張寶誠總經理於2012年07月11日經濟日報專欄中，更具體提出企業轉型升級可操作五大模式，利用「模式一、經營效率升級」自動化、標準化方式協助個體企業強化生產力、品質力，強化基盤效率與核心效能。進而採「模式二、經營模式轉型」最適化方式，利用精實力蓄積（能量）推展、進而擴展加入新元素之「模式三、服務化模式」，以加值化提供創新力前瞻未來方向。最後以「模式四、卓越經營模式」，攀上經營高峰塑造卓越化之成功力，讓企業永續伴隨顧客需要成長。同時以「模式五、集聚團戰模式」，透過學習、分享與績效文化，以人本思考需求，以科技實踐創新穩固整體供應鏈之合作夥伴朝價值鏈發展，成為長青基業根基。五大模式彼此相關，採逐級而上方式，提供不同組織發展階段、具備不同能力要素與競爭環境之企業選擇合適之模式

進行。各模式之內涵詳述如後。

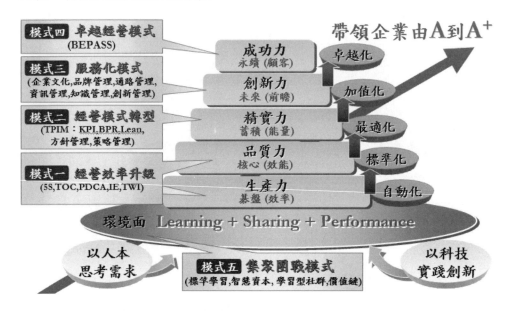

圖11　中國生產力中心轉型升級輔導模式

資料來源：中國生產力中心張寶誠總經理，經濟日報專欄，2012年7月11日。

模式一、經營效率升級

　　模式一（參見圖12）主要以企業經營最底層之製程能力、品質層次、應變彈性握為提升重點，來強化製程能力之基礎，減少浪費，提升效率，實質降低成本，壓縮出利潤空間。而此模式之類型，有賴五大觀念意識作為根基，將全員改善共識PDCA的觀念及全員基礎訓練、TWI、多能工訓練、5S等觀念帶入，塑造一個可將問題目視化呈現、人員主動積極面對問題之態度和具備解決問題之彈性工作場所。五大觀念意識為啟發企業轉型升級之基礎，很多企業經營基本功由此談起，再搭配製程改善與標準化、多種少量生產能力、自動化規劃技術、統計製程管制、資訊管理（ERP & MES）、結構化在職訓練等六大輔導手法，讓執行人員有適合工具、手法進行自主改善。

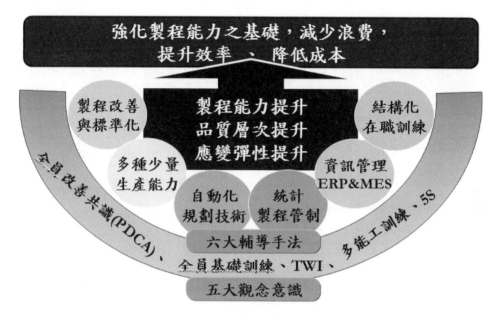

圖12　模式一經營效率升級示意圖

模式二、經營模式轉型

　　轉型過程多數企業患於目標太多無法選擇，致使資源分散，最後轉型無成。藉由導入業績與體質並重的經營績效整合管理（TPIM®, Total Performance Integration Management）模式（參見圖13），透過關鍵績效指標（KPI, Key Performance Index）的建構，管理系統將及時、精準地反應各階層的關鍵因子，讓企業能兼顧經營過程與成果的管控，以達成企業內部各種資源有效整合，促進部門間充分地理性溝通，進而結合策略管理，建立企業核心競爭力，逐步落實團隊的願景與經營者理念。透過整合績效管理、聚焦資源、延展或轉化核心能力。經營績效整合管理，從策略、系統、執行三個構面加以定義如下：

　　1. 策略面：TPIM對組織所提出的經營願景要能實現、管理機要能有

效發揮，執行活動應具體並能將目標落實。

2. 系統面：以top-down為原則，掌握經營實際狀態與瓶頸，兼顧bottom-up的落實，從部門功能盤點核心目標，制定關鍵績效指標，有效整合部門間績效關係應用貢獻連結，將經營策略經由關鍵績效指標轉化成為具體行動方案。

3. 執行面：績效管理與暨有的經營活動結合，建構創新活力的推動體制及成效追蹤，使全員凝聚力量與共識、打破組織藩籬，產生組織信賴為整體目標共同合作，激發經營創新、確保營運業績目標達成，為實現企業永續經營強化體質。

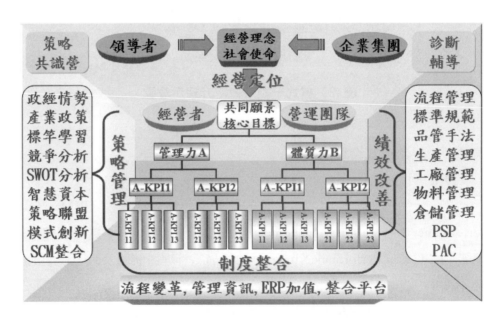

圖13　模式二經營模式轉型示意圖

簡言之TPIM是為實現經營者願景與想法，以總合性的績效來衡量並確保經營成果，企業為達到經營績效，必須具備高度競爭的業績目標，從

落實計畫到策略展開，都能透過有計畫逐步達成階段性目標，進而塑造良好的組織學習文化，建立企業品牌價值與形象。藉由模式二的推展將帶給企業三大轉型入門磚，作為更深層轉型升級之基礎：

1. 經營模式創新：因應產業競爭國際化，企業經營管理由區域走向全球化，啟發員工創新思維與能力，改善企業體質適應快速變化的環境，確保內外部顧客滿意。建立創新管理機制，整合策略管理建立企業核心競爭力，逐步落實團隊的願景與經營者理念。提高在流程、人、系統三方面的整合度，使經營模式更具彈性，突破創新，以因應未來挑戰。

2. 建立自我管理制度：制定公平、合理的績效評估制度，啟發團隊朝向自我管理經營，推動內部的改善機制與風氣，從績效管理改善過程達到體質提升目的。兼顧經營過程與成果管控，達成企業管理制度與資源整合。利用KPI建構及時精準反映各階層績效，促進部門間充分理性溝通融合。

3. 培養變革團隊：以系統化的管理制度與分析改善手法，提升績效、速度、品質。

模式三、服務化模式

　　為因應全球化與供應鏈國際化所帶來的衝擊，企業積極尋求轉型與重新定位，除持續創新技術外，並利用服務加值，形成差異化經營，促成製造服務化的發展。台商可藉由產品延伸服務、產品功能性服務、整合性解決方案三大模式將服務化內容延展深化逐步轉型發展，尋求藍海經營。拆解服務化流程之內涵，這內涵可以服務系統前後場視之（參見圖14），企業後場即是與供應商材料、元件、資料互動之場域，重點在於敏捷彈性適時提供前台所需，必須維繫其穩定可預期之效率和品質，其追求的是工業化方式提高服務規模；而前場為與顧客接觸點，為了解顧客需求以提供顧

客滿意之服務方案，或服務補救的改善狀況，重點在於達成顧客滿意，提升顧客忠誠度，讓顧客能再次接受企業服務，其追求的惟價值化，提供獨一無二、物超所值的服務經驗給顧客，這有賴前後場透過通路管理與運籌管理有效串連，並秉持企業文化及其價值主張，透過PDCA管理循環來判斷並維繫此一系統運作。服務的特性是無形、不可複製，關鍵在於人員的態度與操作熟練度，因此以服務手冊標準化整個流程動作，甚至進階成為知識管理，不斷透過最佳實務蒐集提高標準化程度為競爭核心，搭配系統資訊管理降低人員訓練與管理之複雜度，讓整體系統能有效率運作，而系統能量之擴展另需憑藉基層管理，強化督導、經理之能力，將服務系統複製至任何異地，獲取規模與範疇經濟，從中有效留住企業利潤。

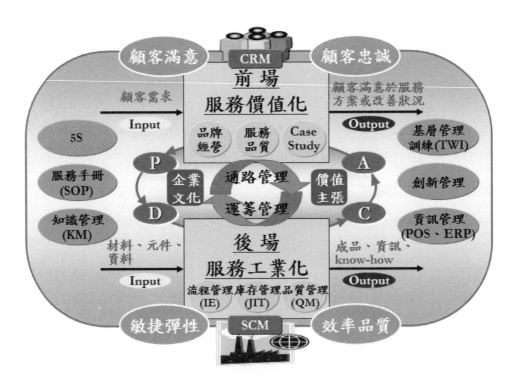

圖14　模式三服務化模式示意圖

模式四、卓越經營模式

到了模式四階段之企業，經營目標追求的不再是營收獲利的起伏穩定度，而是在找出企業永續經營之法門，即追求卓越之內在動力。以代表此階段之國家品質獎作為具體基準，國家品質獎是國家為樹立國內企業經營品質標竿典範，帶動企業追求卓越經營之風氣，鼓勵全面品質升級所設最高獎項，由總統親自頒授獎項，歷屆得獎者至今未有因經營不善而停業之情事。其秘訣就在於隨時應對外在環境情勢，持續精益求精、超越現狀以臻於完美境界。維繫此驅動力的10核心：1.讓企業組織領導人清楚領導本質，邁向卓越領導；2.讓企業組織了解顧客導向之重要性；3.讓企業組織重視過程與結果；4.讓企業組織著重事實與未來；5.讓企業組織全員參與改善活動，並創造跨組織關係；6.讓企業組織善盡社會責任；7.讓企業組織創造利害關係人價值；8.讓企業組織持續改善的創新與速度；9.讓企業組織更重視組織學習；10.讓企業組織系統整合，獲得更卓越之績效。這10個核心恰可構築成金字塔型式展示，底層需有經營者支持國家品質獎八大構面（領導與經營理念、策略管理、研發與創新、顧客與市場發展、人力資源與知識管理、資訊策略、應用與管理、流程（過程）管理、經營績效）的推行，將八大構面透過持續改善來落實至企業經營每個環節，並由全員參與確保改善的持續性的落實度，以協助達成與顧客一同成功之卓越企業。

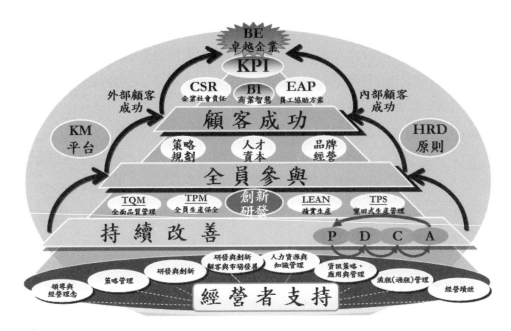

圖15 模式四卓越經營模式示意圖

模式五、集聚團戰模式

英國經濟學家馬歇爾Marshall（1920）在所著「經濟學原理」書中提及產業區域化概念，意即許多性質相同產業及廠商聚集在同一區域，該學者是早期對產業群聚進行研究的經濟學家。而麥可波特（Michael E. Porter）於1998年其所出版之著作On Competition中指出，企業思考問題，普遍從企業策略和競爭的角度著手，而產業群聚概念代表一種思考國家和城鎮經濟體的新方式，並指出企業、政府和其他法人機構致力提升競爭力上的新角色。而台商投資大陸早期以單打獨鬥方式為主，近期則多以集聚而行，甚至是整個供應鏈整體複製至新開發區，從產業價值鏈結合到外在物流、報關等流程，並搭配相關生產性服務業的服務，形成生態系模式進行。因此在談到集聚團戰模式（參見圖16）時，不只須從核心集聚價值鏈上研發設計、採購、生產製造、品牌行銷、配銷物流、售後服務等環節流

程之緊密度與配合度，更重要的是這條價值鏈是否能有效讓顧客需求獲得滿足，從而形成龐大的競爭門檻。如同蘋果（Apple）所架構的經營模式生態系，藉由硬體綁入軟體，並以所有權分割方式降低消費者取得成本，以擴大整體軟體下載使用市場，從中獲取手續費，形成三贏狀態。不過，為維繫此生態系的存續動能，如何共營共生，凝聚共識為關鍵，多數集聚除前後向關聯緊密度與替代性，影響其結合意願外，重要是每個環節獲利模式要有公平之分配機制，當獲利成分被少數環節廠商所把持，與其貢獻度不成對比時則利聚則散，因此集聚共識經營會為運作核心，明確各自本分職責與品質作業規範，並搭配外在資源的扶持協助，將風險外溢，由各界協助分散承擔，如此有利於集聚創新前進，形成正面滾動成長力量。

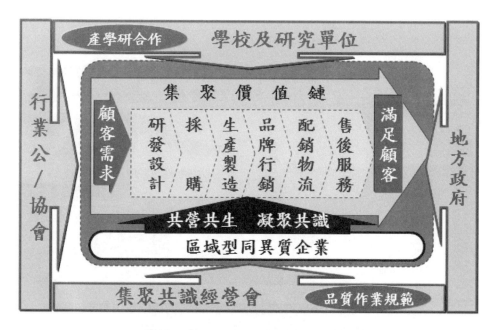

圖16　模式五集聚團戰模式示意圖

肆、轉型升級案例分享──以東莞台商轉型升級計畫為例

　　中國生產力中心（CPC）利用第參章協助企業轉型升級五大模式，協助東莞市政府與台商協會擬定七年三階段的輔導架構，以經營能力全面診斷、體質強化管理輔導、管理廣宣成效擴散三大推動策略，協助於第一階段以創新加值為主軸，利用「模式一、經營效率升級」與「模式二、經營模式轉型」和「模式三、服務化模式」建構轉型升級環境；第二階段以價值深耕為主軸，利用「模式四、卓越經營模式」塑造轉型升級標竿；第三階段以效益擴散為主軸，利用「模式五、集聚團戰模式」鏈結轉型升級網絡，亟望達成「推動台商企業轉型升級，經由推升總和經營力提高經營價值」（參見圖17）。

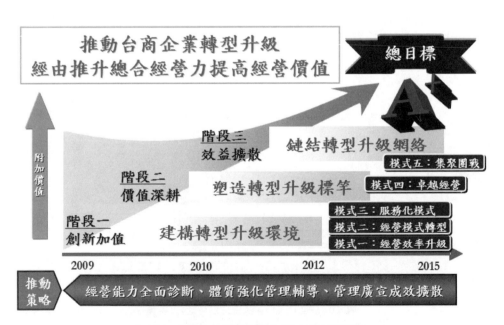

圖17　東莞台商轉型升級之推動藍圖

　　該計畫目前尚處理第一階段進行中，中國生產力中心（CPC）於此階段以四項作法搭配幫扶政策協助企業轉型升級（參見圖18），從廣到深，以全面掌握台商需求，擬定短期可重點突破事項，取得成效，持續精進，並將成果進行標竿擴散。據東莞台商協會統計其效益，來料加工轉獨資企業290家，自創品牌96家、71家設立研發中心、內銷新增13億1,300萬元人民幣，創稅近4億元人民幣。

	作法	工作內容	服務數量
全面掌握	作法一：經營能力全面診斷	☐ 以總合經營力模式進行診斷 ☐ 每家診斷一天	每年診斷廠商120家
重點突破	作法二：經管重點策略輔導	☐ 協助企業對關鍵性經管問題 ☐ 每家每月臨場2天輔導，共輔導6次	每年輔導台商80家企業
持續精進	作法三：體質強化管理輔導	☐ 協助企業建立管理體系健全體質 ☐ 每家每月臨場輔導4人天	每年輔導台商40家企業
標竿擴散	作法四：管理廣宣成效擴散	☐ 設置實體服務辦公室 ☐ 安排專責人力服務5人 ☐ 設置虛擬網站1式建構服務平台	輔導審查作業及舉辦觀摩10場次
成效	來料加工轉獨資企業290家，自創品牌96家、71家設立研發中心、內銷新增13億1,300萬元人民幣，創稅近4億元人民幣		

圖18　東莞台商轉型升級階段一之作法與成效

　　就各廠輔導統計其效益，以三家為例：

一、岳豐電子公司

1. 降低年成本RMB629萬元：降低材料損耗報廢率0.52%；提升生產效率12%；降低品質失敗率1.5%；提升庫存週轉率25%。

2. 年營收成長RMB6,560萬元：訂單生產作業時間縮短20%；訂單總平均製備時間從18天縮短至14天；出貨及生產計畫準時率提升5%；製程物流順暢導致線上庫存量降低30%。

二、萬善美耐皿公司

1. 降低成本RMB600萬元／年：縮短原料庫存週轉天數39.56%；降低研磨製程不良率0.11%；降低月均電腦系統故障次數50%。
2. 年營業收入成長RMB700萬元。

三、智嘉通訊科技公司

1. 降低年成本RMB304.2萬元：減少月客戶取消訂單損失金額77.13%；提升年製造效率約60萬元；降低原料庫存金額54.27%；降低成品庫存金額69.22%。
2. 年營收成長RMB1,767萬元：提升出貨及生產計畫準時率189%；提升工單達交率165%；模具定位標準管理，提升管理效能；環境整體優化上升24%；提高工作效率。

從整體及各廠輔導效益來看，初步已取得一定成績，端賴後續改善能力之維持。

伍、回顧與前瞻

在全球化所帶動完全競爭的微利時代中，無論是全球經濟的整體變遷，或是個別企業的發展興衰，以「牽一髮動全身」來形容環境變化對企業競爭力的消長的影響，應是相當貼切。企業已無法閉門經營，對外需對環境變遷投以關注；對內則整合有限資源，將之新創、加值，藉以打造出無可取代之價值，同時也必須隨時檢視、調整營運模式，讓核心能力

得以聚焦，競爭優勢更為強化以面對前所未見之變局。中國生產力中心
（CPC）從轉型升級內涵定義出來，衍生出一系列輔導模式，並融合實際
案例說明，冀能提供企業作為因應策略之思考。惟企業經營不能只有回
顧，需要大膽前瞻未來，假設趨勢，事先預判。深入剖析全球產業的發展
現況，顯示經濟情勢呈現出全球競爭、區域經濟、投資趨緩、去邊陲化等
種種趨勢。且自網際網路出現後，地理疆界的藩籬逐漸被打破，也促成了
國際化與全球化的挑戰與日俱增；全球區域經濟逐漸成型，東亞大中華經
濟圈逐漸醞釀成熟，此際大陸經濟體對台灣的排擠效應已然顯現。由非理
性繁榮所引發的金融危機以及資產縮水，全球投資意願趨緩，製造業供應
鏈運作下所能創造的附加價值已下滑，服務業也無法免除全球比較利益下
的高度競爭壓力。對此，提出幾點看法作為總結，俾利企業隨時擬妥未來
因應對策，當危機與不測發生時，才能即時因應，從危機中獲取生機。

一、預應風險之經營準備

　　面對全球經濟成長減緩及大陸經營環境日趨嚴苛之壓力下，企業要以
穩定當下為基盤，居安思危，策劃未來贏的策略隨時準備好面對變動。危
機管理能力的強化，是現今企業的當務之急，近來從天災到人禍不曾間斷
的巨變，在在對企業產生了重大的衝擊。在充滿不確定因素的時代裡，危
機管理是企業絕不可或缺的能力。企業欲強化危機管理能力，應在事前即
建立危機規劃（Crisis Planning）系統，蒐集分析國外軌跡與歷程，預判
潛在發生的危機，充分掌握危機發生的原因，擬定相關專案編組，以及處
理程序，同時進行危機訓練（Crisis Training）系統的建立，透過訓練使組
織在危機情境下，能做出創造性的決策與具彈性的行動以因應危機。

　　在事件運作中則需建立危機監測（Crisis Monitoring）系統，運用
例外管理的原則，推估危機將帶來的影響程度，避免混亂情況，提高
對危機發展的「能見度」。此外，建立危機資源管理（Crisis Resource

Management）系統，迅速而有效地掌握及調度資源，避免有限資源（時間、經費、人力等）的再度浪費。

在事後則必須有危機事後回饋（Feedback）系統，在危機被控制、解決之後，修正既有的危機管理計畫，以強化未來危機管理能力。

二、堅定從卓越邁向永續之決心

應用科學的管理方法，積極展開合理化、自動化，以提升經營技術層次，降低成本與人工依賴度，以維持本業的競爭力。同時利用製造業服務化延伸競爭層面，創新藍海經營。東莞台商轉型升級模式初見成效，惟有建構完整生態體系才能維繫發展動能。須盡速啟動第二階段計畫，利用標竿學習方式，推廣示範工廠經驗，奠定第三階段轉型升級網絡基礎。並以觀光工廠試點模式，體驗服務化經營模式。其內涵包括：

（一）以人物境整合創新思維來創造新價值

價值之創造或取得是未來發展之核心，價值產生的核心在於人，將人與物、與境整合，視人物境共生關係為永續且動態之過程，企業應持續在其中創造價值並與時俱進。

（二）從有形到無形的全面品質觀點

未來的品質，將以創新為動力，以綠色、服務、感動為核心，結合新科技應用工具，融入企業經營乃至人類生活的每一部分。

（三）為未來準備好人才

人才是企業追求卓越及永續經營之關鍵成功因素，因應環境瞬息萬變，在傳統培養機制基礎上，應加入權變與備分之概念，並建構人才主動學習與分享的環境，透過充分增能與授權，培養人才獨當一面成為能夠引領企業成長的動能。

參考文獻

一、中文部分

台北市企業經理協進會，「中小企業轉型與升級經營模式之研究——由OEM轉型為ODM、自有品牌模式」，經濟部中小企業處（台北），1998年6月30日。

李春，「搶救製造業　要打三荒兩高」，經濟日報（台北），2012年8月20日。

陳清文，李修瑩等，「拓展中國大陸內需市場之研究執行成果報告」，行政院經濟建設委員會（台北），2000年2月，頁29-30。

二、英文部分

Amir Levy & Uri Merry, *Organizational Transformation: Approaches, Strategies, Theories* (NY: Praeger Publisher, 1986).

Greiner, L.E., Evolution and revolution as organizations grow. *Harvard Business*, 60(4) (US:1972), pp.37-46.

地方政府驅動的轉型升級：
以富士康為例的台商考察

耿曙
（上海財經大學公管學院副教授）

林瑞華
（上海財經大學公管學院助理教授）

許淑幸
（政治大學東亞所博士候選人）

摘要

中國大陸沿海以「加工貿易／出口導向」為主的勞力密集製造業，大約從1990年代中期開始，接替鄉鎮企業，創造大陸的「出口奇跡」，從而締造了持續的高速增長，但在2000年代中期之後，國際、國內經濟形勢丕變，讓他們面臨日益沉重的生存壓力，擺在這些企業面前的主要有三條出路：轉型升級、區域轉移、不然就得走向倒閉。

本文以全球「代工之王」富士康為案例，透過經驗調查與媒體報導相結合，試圖分析中國大陸代工企業的轉型升級的決策過程。根據富士康的案例，本文作者認為，這些外向型加工企業，由於「結構鎖定」和「當地鎖定」的制約，又缺乏政府的足夠支持，多數廠商難以有效升級。但另方面，現有的「政治錦標」式的晉升激勵下，無論轉出、移入地區的地方政府，都對上述的區域轉移，提供了不同的優惠與補貼，終於促成這些企業的遷移決策。

關鍵字：產業升級、產業轉移、產業網絡、地方政府、全球化

壹、緒論

　　由於近年各種內外形勢的變化，過去15年由「外向型發展」帶動的增長模式，勢必面臨調整與轉型，但轉型方向究竟為何？到底是走向「技術升級」？還是轉而「區域轉移」？對此媒體討論不少，但實際情況如何？這些企業又為何如此抉擇？在這一點抉擇背後，它們所在的地方政府又扮演何種角色？這些是本文將探討的主題。就研究對象而言，本研究聚焦於沿海區域以「加工貿易、出口導向」為主的中小規模製造業。從90年代中期開始，是它們創造了中國大陸的出口奇跡，也繼鄉鎮企業之後，成為中國大陸高速增長的核心力量（Mathews & Cho eds., 2000; Zweig, 2002; Huang, 2005），但近年國際、國內經濟形勢丕變，約從2000年中期開始，這些企業便面臨日益沉重的生存壓力（耿曙，2008；趙振華等，2010；Cattaneo, Gereffi & Staritz eds., 2010），擺在這些企業面前的，未來主要有兩條出路：技術升級或者區域轉移，不然大概就得走向倒閉。但根據迄今的調查，多數面臨轉型升級壓力的企業，都逐步走向「區域轉移」（所謂「珠三角逃亡潮」，參考耿曙，2008；陳建軍，2009；蔡昉、王德文、曲玥，2010；梁文光，2010）。但他們是基於什麼樣的考慮，做出如此的抉擇？根據本研究的分析，抉擇的關鍵在地方政府，但理論上中央三令五申，要求促進「自主創新」，獎勵「產業升級」，「產業升級」似乎對企業與政府都好，結果為何多數企業並不熱衷「產業升級」？是什麼樣的地方政企互動，讓企業紛紛投向未必是初衷的選擇，中央的政策規劃也基本落空？

　　本研究經過實地調查，發現對企業而言，應對成本壓力的方式有兩種：或者「技術升級」，否則就必須降低成本，走向「區域轉移」，兩者間存在相互替代的關係。而在現行的官員「晉升激勵」體制，地方政府一般消極於鼓勵「升級」，卻積極促成企業的「遷入／遷出」，就在這地方

政府的「一推一拉」之下，企業紛紛放棄「升級」，轉向「遷移」。對於上述的壓力與選擇，本文將以全球「代工之王」富士康為案例，透過經驗調查與媒體報導相結合，試圖分析中國大陸代工企業的轉型升級的決策過程。根據富士康的案例，本文作者認為，這些外向型加工企業，由於「結構鎖定」和「當地鎖定」的制約，又缺乏政府的足夠支持，多數廠商難以有效升級。但另方面，現有的「政治錦標」式的晉升激勵下，無論轉出、移入地區的地方政府，都對上述的區域轉移，提供了不同的優惠與補貼，終於促成這些企業的遷移決策。換言之，即便對於意欲「自主選擇」進行技術升級的企業如富士康，最終卻多少有點「身不由己」的走向內遷之路。由於研究過程中，部分研究材料來自不願具名的受訪對象，而且其內容為許多媒體報導所論及。因此，本文在部分訪談材料的引用上，將採用引述部分媒體內容。

　　本文在接續的文獻綜述部分，扼要概述了涉及「技術升級」與「區域轉移」的相關辯論，並提出本文假說：正是基於地方官員的激勵結構，促成企業紛紛走向遷移抉擇。在其後章節中，本研究將以動見瞻觀，報導詳盡的富士康為例，觀察從轉型壓力、轉型選項，到最終抉擇的決策過程，用以彰顯企業抉擇背後的政府影響。並在結論中，系統總結本文發現，盼藉此有助吾人對中國大陸地方政企互動的理解。

貳、產業轉型的方向：文獻與假說

　　針對中國大陸的產業轉型升級問題，主要可見兩類文獻。一類探討升級困難。主要認為沿海的加工貿易企業，深深嵌入在「全球生產網路」中（Keller & Samuels eds., 2003; Pan ed., 2006），造成劉志彪所說「網路俘獲」困境（劉志彪，2009；劉志彪、張傑，2009；劉志彪、鄭江淮，2010）：結果無論資源技術、競爭結構，均由國際下單大廠決定，整合其

中的加工貿易企業，只能俟機逐步上挪。因此，真正支持扶助「產業升級」力量，主要來自政府作為（韓小明、周業安、蔣東生，2009；王傳寶，2010；浙江省財政學會，2010）。根據東亞「發展型國家」經驗，政府往往是產業升級的關鍵（瞿宛文、安士敦，2003；瞿宛文，2003；Stuart Peters, 2006; UN ESCAP, 2007; Oyelaran-Oyeyinka, Rajah & Rasiah, 2009），而且中央政府也的確出台多項鼓勵政策。但此類產業升級政策，是否有效發揮其預期的成效，能夠大範圍的鼓勵企業自主創新、技術升級？

　　針對上述問題，現有研究相對不足，只看到對少數「成功樣板」（毛蘊詩、吳瑤，2009；朱仁宏等，2010）的描述。由於對產業升級的獎勵，採取「政府許可」制，根據公共選擇角度，其中存在不少「政策租」（policy rents）的空間。因此，承諾投入「技術創新／升級」的產業，是否部分因「尋租」動機而來？是否真心誠意的引進技術升級？此外，對於扮演「扶助之手」角色的地方政府而言，創新升級能否「及時」轉化為官員的政績表現？升級後的產業是否會因其地位提升，而在績效、財稅上與地方政府脫勾？因此，能否真正落實上述「產業升級」的目標，其實唯有通過實際案例，觀察政府與企業的互動，方能掌握其真實情況。

　　另一類型的文獻，涉及企業的遷移抉擇，這部分比較複雜，因為促成遷移有結構的促成力量（如工資結構、運輸成本等，俞國琴，2006；付保宗，2008；陳建軍，2009；龔雪，2009；王雲平，2010；魏後凱、白玫、王業強等，2010），但由於多數產業嵌入全球／當地生產網路之中，存在遷移過程中的「集體行動」問題（劉春生，2008；卜國琴，2009；李勇，2010；林濤，2010；尹建華，2010；梅麗霞，2010）。雖然蔡昉、王德文、曲玥（2009）曾據全要素生產率，預期大陸產業的梯度轉移（或國內「雁行模式」），但經濟成本從來就不是企業家「唯一」的考慮（喆儒，2006；馬子紅，2009）。也就是在上述產業遷移過程中，中央、地方

政府扮演著非常關鍵的角色，其中周文良（2008）特別強調，在「財政聯邦」制與「晉升錦標」制下，地方政府的激勵結構，可能有助解答為何企業傾向於「遷移式」的轉型？但在這樣的見解之後，作者仍然語焉未詳，在企業轉型抉擇的背後，地方政府到底發揮何種作用？又為何扮演此種角色？」

根據作者的田野調查，本研究提出一項有關基於「官僚激勵」的解釋。認為對於「遷入區域」的地方官員而言，在「晉升錦標」下（周黎安，2004），存在決策的「短期行為」傾向：一方面，政府難以通過長期培育，促進產業升級；另方面，由於尋求政績，出現「反向尋租」——利用公共資源，補貼投資廠商（例如廉售土地、削減稅賦、放任污染等）。對轉移廠商提出極富吸引力的投資條件（投資增長的績效容易量化）。此外，對於「遷出區域」而言，地方政府則同樣因為「任期考量」，加上績效不易量化，官員無心投入扶助「技術升級」，但由於用地指標、投資強度等的考核，會比較傾向「騰籠換鳥」，移出已經落後的產業，轉招高新科技產業，藉此達成指標上的「產業升級」。就這樣在兩邊政府的「一鼓勵，一壓力」之間，企業屬行「產業升級」的激勵，逐漸被「區域轉移」的選項所取代，結果就是媒體所觀察的「珠三角逃亡潮」。

對於上述假說，本文主張必須對個別企業的決策歷程，進行比較細緻的紀錄與考察，方有助對於上述政企關係的考察。在沿海加工出口產業當中，被稱為「代工之王」的富士康，既具有高度的代表性，其各種投資、決策動向，又經過各種媒體的詳盡報導，因此最有助吾人觀察上述政企關係。尤其以富士康此類「重量級」的企業，居然還受到地方政府如此巨大的影響，其他中小企業的處境可知一斑。換言之，就研究設計而言，本文所選擇的既是「典型案例」，又是「關鍵案例」（critical case），有助吾人釐清企業轉型背後另一隻「看不見手」的作用。

參、轉型起因：內外交迫的壓力

　　隨著經濟和城市的發展，中國大陸沿海地區的代工企業自90年代中期以來，經歷了迅速的發展與成長，並一度成為大陸的核心增長力量。富士康也從一個百餘人的小企業成長為「代工之王」，其增長速度與發展勢頭，窺見一斑。但近年來，為何這部分製造業企業卻紛紛遭遇危機，生存艱辛？他們將通過怎樣的方式來消化這部分壓力？壓力之下，是否仍可按原來的方式繼續生存，還是不得不有所突破，行應對之策呢？

一、成本壓力：利潤微薄

　　在經歷了上世紀90年代的「人口紅利」時代後，大陸的勞動力資源開始從過剩逐漸走向短缺。約從2003年開始，結構性招工短缺（「用工荒」）開始在廣東、上海等沿海發達經濟省份出現。一方面，人口結構發生變化（老齡化），低成本勞動力無法維持無限供給的狀態；另一方面，新生代勞工的工作偏好也發生了變化：他們不再迫於生存或家庭的壓力必須選擇薪酬低，勞動強度大，工作環境惡劣的工作；再次，沿海地區生活成本的迅速上升也使外地勞工的生存難以為繼。

　　面對招工不足，企業最簡單的解決之道是提高薪酬，[1] 但是這將導致人力成本的上升，對利潤率本就微薄的代工企業來說，無疑是重大挑戰。特別是「跳樓門」事件後，[2] 迫於社會和政府兩方面的壓力，富士康無法再對人力成本實行有效控制，兩度加薪幅度分別高達30%和66%。[3] 對富

---

[1] 深圳最低工資標準2005-2011年歷經七次上調：480元（2005.5）、580元（2005.7）、700元（2006.7）、750元（2007.10）、900元（2008.7）、1100元（2010.7）、1320元（2011.4）。

[2] 指富士康自2010.1-2010.5連續發生的員工跳樓事件。

[3] 第一次調薪，普通工人個人薪酬從900元上漲為1,200元；第二次調薪，普通工人個人薪酬從1,200元增至2,000元，之後還在持續提高。但過程中，之前未予收費的食宿福利等，改採酌收成本費用。

士康及其他代工企業來說，來自於人力成本的大幅且迅速上升的壓力，很
難消化：

> 時代變了……最近發生在富士康等企業的事件，意味著一個
> 新面目的中國大陸出現了：勞動力資源不如以前充足，勞工不如
> 以前溫順聽話。[4]

> 富士康深圳各廠區的工人大約45萬人，未來一線員工的底薪
> 從900元升至2,000元，意味著富士康每月將新增5億元的人力成
> 本，全年近60億元。2009年富士康淨利潤為23億美元，約合人民
> 幣155億元，這還是富士康市場表現第二好的年份……僅深圳地
> 區增加的人工成本就會讓富士康集團的利潤削減近1/3。[5]

可見，不論是整體上人口紅利時代的褪去，還是新生代勞工意識的覺
醒，都逼迫代工企業正視人力成本上升的趨勢，即使是穩坐代工之王寶座
的富士康也無法迴避這一趨勢：兩度大幅加薪帶來的成本壓力一度使這個
昔日輝煌的「全球代工航母」陷入危機。

二、競爭壓力：生存困難

除了人力成本帶來的壓力以外，金融危機也使大批代工企業的生存內
外交困：國內銀根緊縮，國外出口訂單猛降，出口壞帳率猛增。一方面，
金融危機帶來的國際經濟不景氣增加了經營壓力，為了轉移壓力，大多數
外國進口商會對他國出口企業進行價格打壓，直接把壓力轉移到中國大陸

---

[4] 「謝國忠：中國大陸代工企業核心競爭力是壓榨勞動力」，《搜狐網》，參見：http://business.sohu.com/20100607/n272606359.shtml（檢索日期：2010.6.7）。

[5] 「龍華招募或風光不再、富士康醞釀大規模內遷」，《鳳凰網》，參見：http://tech.ifeng.com/special/daigongchangbanqian/detail_2010_06/12/1615276_0.shtml（檢索日期：2010.6.12）。

出口企業：富士康2008年的營業額微增，利潤卻大幅下滑。另一方面，人民幣升值使中國大陸的出口企業面臨更加嚴峻的生存壓力：雖然企業成本不斷攀升，利潤空間銳減，但面對外國客戶提出的新價格，中國大陸企業即使到了無法忍受的地步，為求生存，卻不敢冒訂單丟失的危險與客戶進行談判，要求新一輪詢價。

　　浙江的一位製造商說：「除非萬不得已，否則會一忍再忍。因為工廠要求提價後，歐美的採購商會對同類供應商進行新一輪詢價，並在充分談判後選擇價低的工廠，提價的工廠會面臨訂單流失的風險。」（魏昕，2010：232）

　　富士康在這場風暴中，沒有強硬地向客戶要求提價，這樣造成業績大幅縮水，2009年3月，富士康公佈年報，2008年稅後淨利潤僅1.21億美元，竟比2007年銳減83%...稅後虧損2086萬美元。（魏昕，2010：232）

　　在郭台銘遭遇的危機背後是，連續六年蟬聯中國大陸「出口冠軍」、連續六年增速超過30%的郭氏帝國，經歷了35年來的首次衰退：鴻海2008年營收19,504.81億元新台幣，較2007年增長14.2%，稅後淨利551.33億元新台幣，較2007年下降29.03%。[6]

三、政府施壓：優惠政策「難以為繼」

　　實際上，富士康與許多代工企業所面臨的成本壓力與競爭性壓力還在其次，不斷遭遇的來自地方政府的政策性壓力更加困擾代工企業。

---

[6] 「富士康煉獄：郭氏商業帝國沉重轉型」，《新聞湖北網》，參見：http://news.cnhubei.com/todaynews/cw/xwpd/201006/t1253626.shtml（檢索日期：2010.6.25）。

（一）土地成本急劇上升

深圳市成為特區的初期，土地資源富足，但2000年以來，地價一路上揚，且土地也由富足走向緊缺。在2005年1月13日深圳市委十一次全體（擴大）會議上，深圳市委書記李鴻忠就提出深圳市的四個「難以為繼」。[7] 其中，土地制約首當其衝：深圳總面積1,953平方公里，除去一些山地及生態用地，可供開發土地總面積約為700多平方公里，目前已開發土地500多平方公里，剩餘可供開發土地不足200平方公里，如果按照每年開發10平方公里的速度，再過20、30年，深圳可能將落到無地可用的尷尬境地。

在這種情況下，深圳政府希望以最小的土地投入獲取最大的產出價值，企業的土地取得變得日益艱難。深圳市政府對企業的用地面積進行控制，企業不但拿地貴，而且拿地難。近年來，由於中央三令五申產業升級，被視為落後產業的代工企業拿地更是難上加難。不少代工企業由於經營用地或廠房擴充用地，無法得到滿足而面臨困境、無法按期向客戶交貨。與此同時，地價與房價的飛速上漲進一步使得企業的處境惡化，不堪重負。

> 「在深圳我根本不敢考慮，光買地的錢就要2億元。」他說，而在惠東，這塊700畝的地每平方公尺僅50元……行業內遭遇廠房擴容危機的企業不是個別，甚至是幾百家幾千家之巨。「可以說行業內95%的企業都遇到過這樣的困難」，儘管他們很留戀深圳。[8]

---

[7] 所謂「四個難以為繼」是指：土地有限，難以為繼；資源短缺，難以為繼；人口不堪重負，難以為繼；環境承載力嚴重透支，難以為繼。

[8] 「深圳企業規模外遷調查：高地價與人才短缺成瓶頸」，《新浪財經網》，參見：http://finance.sina.com.cn/g/20071114/03544170774.shtml（檢索日期：2007.11.14）。

　　去年10月出台的調研報告顯示，在工業總產值上億元的32家外遷企業中，外遷原因排在首位的是「在深圳用地需求無法滿足」，選擇該項的企業有20家，佔62.5%；排在第二位的為「深圳的房地產價格／廠房租金太貴」，選擇該項的企業有16家，占50%。[9]

（二）其他優惠政策的喪失

　　除了取得地難、取得地貴而外，深圳市地方政府在對代工企業的勞動條件、稅收減免、環境要求、配套保障、工商稽查等配套優惠政策上也大不如前。深圳市政府，根據2008年7月8日國家下發的《高新技術企業認定管理工作指引》，將富士康從高科技企業名錄中剔除出局，不再享受各種稅收及其他政策性優惠。

四、展望前景：悲觀預期

　　上述可見，成本壓力使得代工企業的利潤微薄，競爭性壓力使得代工企業不得不面臨丟失客戶的風險，生存困難，再加上政府「雨天收傘」，取消各種優惠政策，本已舉步維艱。然而，代工企業所面臨的實際壓力還在其次，未來預期壓力更大：一方面，勞工成本的上揚已成趨勢，成本壓力有增無減；另一方面，面對大客戶的砍單，代工企業若無核心技術抓住客戶，未來議價權更小，更難適應經濟不景氣時局下的激烈競爭，競爭性壓力更大；最後，深圳市政府近年來一直在強調產業升級與結構調整，並實行雙轉移的政策，有意「騰籠換鳥」，換走低附加價值的代工企業，而引進高新技術產業。值此情況，企業若不行對應之策，未來遭遇的地方政府壓力也將更大。

---

9 「深圳工業企業成規模外遷引發當地憂慮」，《新浪財經網》，參見：http://finance.sina. com.cn/g/20071113/07014166374.shtml（檢索日期：2007.11.13）。

肆、沿海企業的轉型抉擇：走向升級或轉移？

中國大陸沿海地區的代工企業，從遭逢各種內外危機後，他們將通過怎樣的方式來加以應對？能否按原來的方式生存，還是不得不有所突破，而突破的方向又是屬行技術升級，還是透過區域轉移，來消化成本的壓力呢？我們以富士康為例來觀察這樣的抉擇。

一、升級或轉移：分析架構

前述壓力之下，企業面臨三種抉擇：不作為、區域轉移和技術升級。比較這三種抉擇帶來的後果，請見表1。

表1　代工企業策略選擇比較

選項	結構性壓力	企業未來	企業選擇	政府施壓	政府鼓勵	互動結果
不作為	成本壓力變大 競爭壓力變大	倒閉退出	最次優	變大（深圳政府）	無	最次優
區域轉移	成本壓力減小 競爭壓力變大	利潤率低 核心競爭力減弱	次優	減小（深圳政府）	變大 （內地政府）	最優
技術升級	成本壓力減小 競爭壓力減小	利潤率高 核心競爭力增強	最優	減小（深圳政府）	無或極少	次優

資料來源：作者自製。

首先，在不考慮地方政府的干預時，企業將面臨的主要是結構性壓力：成本壓力與競爭壓力。若企業以不作為的方式應對壓力，則未來來自結構性壓力部分的成本壓力和競爭壓力都將繼續變大，未來則很可能倒閉退出，因此不作為實為非理性策略。其次，若企業考慮區域轉移，如遷往內陸區域，則勞工成本可能有所下降，但由於沒有開發核心技術，核心競

爭力降低，[10] 未來仍然面臨丟失客戶，以及喪失議價權的困境，利潤微薄且競爭壓力變大，因此區域轉移的結果只能短期內緩解部分結構性壓力。最後，若企業實現技術升級，則可以同時降低成本壓力與競爭壓力，未來利潤率上升且核心競爭力加強，[11] 可謂一舉多得。因此，在不考慮地方政府干預時，技術升級是代工企業的最優策略，區域轉移為次優策略，而不作為則是非理性策略。

然而，企業在試圖自主選擇最優策略時，卻不得不同時考慮地方政府的影響，二者之間不可避免的存在政企互動：企業將同時面臨結構性壓力和政府施壓／鼓勵。若企業以不作為的方式應對壓力，則結構性壓力與來自深圳政府的施壓都將變大，無法享受任何政府鼓勵，未來極易倒閉退出，仍為非理性策略。其次，企業將考慮技術升級，若升級成功，未來可消化結構性壓力，減少深圳政府施壓。不過，結合後文分析將看到，艱難的技術升級過程中，不但得不到地方政府的鼓勵政策，甚至繼續面臨政府施壓（深圳政府欲「騰籠換鳥」，趕走低端產業，轉招高新技術產業）；而即使企業實現了技術升級，未來也未必能得到深圳政府給予的實際好處。也就是說，在深圳政府的干預下，企業的技術升級很難成功。相比之下，若企業考慮區域轉移，短時間內即可消化成本壓力，一面徹底化解來自深圳政府的施壓，另一面極大的享受內地政府的政策鼓勵，這部分諸如稅收調節、土地供應之類的優惠政策，不但可以彌補大部分成本壓力，更可以使企業迴避技術升級帶來的風險問題。此時，兩相權衡，區域轉移便替代技術升級，由次優策略變為了最優策略。

---

[10] 指維持生存、靠殺價挽留客戶、面對替代者，位置不利。

[11] 指持續淘汰對手、抗顧客殺價、面對替代者，位置較有利。

二、落空的技術升級

（一）富士康的優先策選擇：技術升級

處於產業鏈末端的富士康，起初的確急切的渴望技術升級，並把技術升級作為優先策略。原因有三：第一，低利潤率：代工行業的低利潤率已是眾所皆知的事實（5%以下，多為2%左右），[12] 因此技術升級帶來的高利潤率和高附加值對代工企業極具吸引力；第二，政治資源逐漸喪失：深圳市越來越需要高新技術產業，對低附加值的代工行業的優惠政策越來越少，甚至有所打壓的形勢下，用技術升級繼續獲取利好政策，也是富士康所嚮往的；第三，嵌於產業鏈末端的代工企業對上游的大客戶幾乎沒有議價能力，遭遇金融危機時，即使成本上升，無利可圖，也不敢提價，只能是客戶轉移風險與成本的對象。因為代工行業的成功模式一向是：把量做到最大，把成本降到最低，因此企業往往尋求短期內擴張產能。而製造業產能的擴張，往往伴隨著固定資產的投入，這部分實際上是沉沒成本，擴產容易減產難。產能一旦擴張，工廠設立了，設備購入了，工人聘用了，原料採購了，客戶壓價之下，即使不賺錢甚至略微虧本也要繼續生產，否則虧損更大。為扭轉如此被動之困境，富士康也期望通過核心技術的研發來留住客戶的訂單，並爭取一定的議價權，打造核心競爭力。

> 自打富士康出生那天起，郭台銘便堅持「不做品牌，只做代工」……在加薪和定價繼續下移的壓力下，富士康難以堅守承諾……富士康的一位台籍高層透露，蘋果的iPhone和iPad等產品中嵌入了部分富士康的軟體專利，但是這些都不是核心技術，富士康迫切需要一個核心技術來挾持蘋果的砍單。[13]

---

[12] 根據作者實地調查結果，代工行業的利潤水準多被壓縮到2%上下幾個百分點。

　　　　富士康在與這些國際客戶的訂單關係中，是很難從供應鏈上
創造利潤空間的。舉例來說，它為戴爾或惠普代工一台電腦，所
有的物料都是對方指定的，比如電腦的機殼塑膠用GE的，顯示
幕用三星或LG的，甚至耗材的比例都有明確規定，而物料價格
往往是客戶早與供應商談好的，富士康只須按指定價格向指定供
應商進行購買即可。客戶早就把用工量也計算得清清楚楚，生產
線上用多少工人，檢修工有多少，都會在合同裡做明確的標示，
客戶只是按照較高的人力成本的價格支付給代工企業。[14]

　　優先策略的考量之下，富士康也付諸實踐，有過大大小小的升級嘗
試。2000年，郭台銘宣佈進入光通信領域的「鳳凰計畫」，一開始就投
入7.5億美元的資金，甚至公開登報以187萬元的條件，尋找資深研發人員
（徐明天、徐小妹，2010：87-88）。其次，富士康一直在嘗試從製造向
設計的轉變，試圖開發核心技術來留住客戶，爭取客戶壓價和砍單時具有
一定的議價權。富士康積極的實行從ODM（代工生產）到JDM（「聯合
研發製造商」）的轉變，並引申出JDVM（共同開發）和JDSM（共同設
計）。用郭台銘在2009年4月的股東大會上的話來說，「做製造的開始往
設計上靠」（徐明天、徐小妹，2010：92-93）。此外，富士康還有一次
轉型嘗試是「萬馬奔騰」計畫，致力於打開科技服務和內銷市場的轉型。
　　事實上，不僅富士康渴望實現轉型升級，和富士康境況相似的一批代
工企業也渴望升級，並呼籲政府協助輔導。

---

[13]「富士康內遷調查：多個地方政府派員接洽」，《東方財富網》，參見：http://finance.
eastmoney.com/news/1354,2010072786390054.html（檢索日期：2010.7.27）。

[14]「第一財經週刊封面故事：富士康搬家」，《深圳新聞網》，參見：http://news.sznews.com/
content/2010-07/10/content_4738910.htm（檢索日期：2010.7.10）。

　　台商們檯面上說缺電、缺工很苦，但檯面下擔憂的是大陸地方政府對台商的態度已經不同，不升級自己的「腦袋」，恐怕就是「等死」。[15]

　　多位台商發言表示，台資企業在大陸近年來遇到不少困境，包括：轉型、升級，缺工、缺電，以及人才培育等問題，呼籲政府能給予協助、輔導。[16]

可見，對於技術升級，富士康等代工企業既有想法，也有行動。在市場競爭中，代工企業確實把技術升級作為優先策略。

（二）富士康升級之困：夾縫求生？

　　然而，富士康的數次轉型升級嘗試多以失敗告終：「鳳凰計畫」繼科技泡沫破裂之後以失敗告終，郭台銘也馬上讓該計畫緊急剎車；從代工到研發的轉型程度有限，如今的富士康，本質上，雖貴為「王者」，卻始終擺脫不了「代工」的頭銜；而正在實施的「萬馬奔騰」計畫投資巨大，但營利形勢尚不明朗，業界多數也質疑其成功的可能性。為何代工之王的升級之路如此艱難呢？

1. 單項壓力：客戶

　　代工企業的升級之困，首先來自於客戶，這部分主要是結構鎖定。由於被困於產業鏈的末端受下單大廠制約，代工企業必須伺機上移產業鏈位

---

[15] 「台商急需升級　呼籲政府輔導」，《中時電子報》，參見：http://gb.want-daily.com/News/Content.aspx?id=0&yyyymmdd=20110609&k=17915aed7bb9a81196139f84ceafb832&h=c6f057b86584942e415435ffb1fa93d4&nid=K@20110609@N0017.001（檢索日期：2011.6.9）。

[16] 「時代不同　台商：不適者淘汰」，《中時電子報》，參見：http://gb.chinatimes.com/gate/gb/www.want-daily.com/News/Content.aspx?id=0&yyyymmdd=20110609&k=17915aed7bb9a81196139f84ceafb832&h=c6f057b86584942e415435ffb1fa93d4&nid=K@20110609@N0023.001（檢索日期：2010.6.9）。

置。一方面，下單大廠不願意富士康實現技術升級，因為一旦升級成功，富士康就有可能從下游供應商變為自己的競爭對手，與其搶佔市場份額；另一方面，下單大廠也不願意富士康做大做強，以保證自己有絕對的議價權。富士康與其競爭對手比亞迪的「富比之爭」，也清晰的展現了下單大廠對富士康技術升級、做大做強的限制和干預。

> 「諾基亞、摩托羅拉也不喜歡看到富士康一家獨大的情況，
> 那樣會很被動，這也是為何比亞迪能迅速崛起的重要原因……
> 漫長的富比之爭，其背後是一場跨國公司的『定價權』保衛
> 戰，最後惠及的一定是諾基亞這種國際巨頭」（魏昕，2010：
> 139）。

　　結構鎖定使得代工企業的技術升級代價高昂：一方面，升級需要持續且大金額的資金投入，風險巨大；另一方面，代工行業的技術升級意味著可能對上游客戶形成威脅，因此，升級過程中將面臨失去客戶的風險，如果前期投資較大，期間又有大範圍客戶流失，則營業額將受到較大衝擊，嚴重的還可能導致資金鏈斷裂而倒閉退出。

　　2. 雙向壓力：客戶加政府

　　代工企業完全依靠自身力量實現技術升級不易，但若有政府的支援，情況可能會大不一樣。許多面臨升級壓力的企業代表也呼籲政府的協助。但遺憾的是，代工企業的技術升級還明顯的缺乏地方政府的政策支持。反之，地方政府甚至還「雨天收傘」，有意「驅趕」，來自遷出區域地方政府的「推力」進一步加大了代工企業的升級之困。

> 　　富士康台籍幹部透露，深圳富士康之前曾多次與地方政府談
> 判，希望水電費減半的優惠措施能繼續維持，不料深圳市官方並

未讓步，在談判結果不滿意的情況下，讓這家超大型台資企業，決定要移走大部分生產線的決心更強。[17]

在無政府干預的因素存在時，代工企業面臨單項壓力，技術升級尚有成功的可能；而一旦地方政府進行干預，代工企業升級壓力便由單向而惡化為雙向壓力，企業夾縫中生存尚出現危機，則在很大概率上，更不能實現技術升級的成功。可見，代工企業想自主選擇技術升級，但卻因政府干預的存在，很難實現升級。

由此，可知以富士康為代表的代工企業，本意欲把技術升級作為優先策略，響應中央號召，進行技術革新，完成轉型升級。但引入地方政府干預因素後，政企互動下，企業當初的升級策略，由於地方政府逼迫而難以獲得成功，其最優策略便逐步向遷移式決策傾斜。

三、走向大舉內遷

（一）富士康與「遷出區域」地方政府：內遷推力

2008年的金融危機背景下，廣東省仍然屬行產業和勞動的「雙轉移」政策，在「招商引資」的同時，還意欲「騰籠換鳥」。深圳市地方政府對富士康的態度有了日益明顯的轉變。最初，1988年鴻海集團（富士康）成為投資中國大陸的企業之一，深圳市地方政府窮盡所能的為其提供各種優惠條件。

> 上世紀80年代末90年代初……深圳與富士康就像一對墜入愛河的情侶，短短10多年間，富士康便從一個百餘人的工廠建成超

---

[17] 「優惠政策減少，富士康主力或難留深圳」，《搜狐網》，參見：http://it.sohu. com/20100909/ n274828412.shtml（檢索日期：2010.9.9）。

過2萬平方公里的航母級工廠,成為全球最大的代工廠,對此深圳的「要地給地、要人給人」支持功不可沒。[18]

1993年,郭台銘站在深圳龍華鎮伍屋村的山頭上說:「看得見的土地我全要了。」[19]

除了提供服務,為廠商鋪路整地,優惠政策從「二免三減半」到「五免五減半」……特別是深圳經濟特區是中國大陸改革開放的視窗,建設開發更是熱火朝天。(魏昕,2010:64)。

富士康與深圳互相需要,互幫互助,互惠互利,共度了「蜜月期」。對深圳政府官員來說,招引富士康進入深圳的晉升激勵明顯,80年代的深圳市地方政府在改革開放的春風下,急需引進外資,發展經濟,官員也需要用GDP的增長來顯赫政績,加速晉升,國內地方企業和各行各業的發展也急需資金。而外資的引進不僅能帶來資金和技術,更能帶動當地消費,使土地升值,在短期內就可實現經濟起飛。[20] 這也可以幫助解釋後文將要闡述的,遷入區域地方政府官員為何願意以逆向尋租為代價招引富士康。

然而,在富士康已經成長為全球代工之王時,深圳市地方政府卻對其原先的「寵愛」不再,取而代之的是一系列利好政策和特惠待遇的取消:除了將富士康從高新技術企業的名單中去除,不再享受一系列稅收減免政策以外,相關報導也不勝枚舉:

---

[18] 「富士康內遷調查:多個地方政府派員接洽」,《東方財富網》,參見:http://finance. eastmoney.com/news/1354,2010072786390054.html(檢索日期:2010.7.27)。

[19] 「富士康代工帝國北遷　深圳及居民將面臨轉型之痛」,《財富天下網》,參見:http:// www.3158.cn/news/20110107/17/87-27787085_3.shtml(檢索日期:2011.1.7)。

[20] 富士康對深圳的經濟帶動,可以龍華鎮為例,窺見一斑。具體請參考:「富士康代工帝國北遷　深圳及居民將面臨轉型之痛」,《財富天下網》,參見:http://www.3158.cn/ news/20110107/17/87-27787085_3.shtml(檢索日期:2011.1.7)。

　　一位珠三角台商講到缺電、缺工，忿忿不平地說：「這些都是官方有計畫地趕人」，因土地有限，原本招商來者不拒，現在是要把「不需要的產業」趕走，扶植自己當地或「有關係」的企業，以節能減排為理由，三不五時刁難。還有一位台商說，目前大陸許多地方政府正在「藩鎮割據」，利用招商名義推升土地價格，等到建設完備、價錢提高了，就用各種理由來「產業洗牌」。[21]

　　5月於廣東一個「珠三角規劃綱要」工作會議上，一名廣東省委高官更直言富士康要把低端產業鏈轉移到內陸；而深圳亦正在引進一家汽車公司，以解決富士康撤離後引起的經濟和就業問題，在此情況下，深圳不再視富士康為「生金蛋的鵝」，郭台銘自然及早求去。[22]

　　在5月底舉行珠三角貫徹落實《珠江三角洲地區改革發展規劃綱要》工作會議上，廣東省某官員曾直言，富士康要把低端產業鏈轉移到外國或其他地區，把在深圳的規模由40多萬人降到10多萬，從而為深圳和廣東的產業升級騰出發展空間。[23]

　　深圳謀求產業結構升級和調整經濟發展方式，富士康多有負面消息出現在深圳媒體報端，「將富士康趕出深圳」的說法一度甚囂塵上……深圳正著力引進長安汽車，這被視作富士康的「替代者」。[24]

---

[21] 參見註16。

[22] 「不滿深圳政府郭台銘求去　富士康內遷河南」，《財經頻道網》，參見：http://finance.aweb.com.cn/2010/6/29/225201006291555112800.html（檢索日期：2010.6.29）。

[23] 「深圳政府挽留富士康：人才吸引力成最大制約」，《新浪網》，參見：http://tech.sina.com.cn/it/2010-08-10/01154525054.shtml（檢索日期：2010.8.10）。

[24] 「富士康內遷調查：多個地方政府派員接洽」，《東方財富網》，參見：http://finance.eastmoney.com/news/1354,2010072786390054.html（檢索日期：2010.7.27）。

可以預見，地方政府對富士康這樣的代工王者尚且態度不佳，則中小規模製造業企業的處境就更不樂觀。深圳政府給代工企業施加的壓力形成了一股強大的推力，對壓力下的代工企業做出應對決策發揮至關重要的影響。

（二）推力背後的政府考量

富士康的區域轉移將帶走40萬個的就業機會，不可避免的會對當地經濟產生一定衝擊。是什麼原因讓深圳市地方政府不顧及此風險，在招商選資的同時，還意欲「騰籠換鳥」？是什麼樣的因素讓深圳市地方政府對富士康「好感」不再呢？

1. 逐漸變弱的財稅激勵：騰籠換鳥

富士康雖然「體積」龐大，員工眾多，「幅員」遼闊，為地方政府貢獻的財稅卻並不讓深圳市滿意。在土地資源稀缺，而深圳市地價迅速上升的情況下，地方官員「逼」走富士康，不僅可以對土地進行二次開發增加財稅收入，還可以招攬對地方財稅貢獻更大的其他企業。這有助於解釋為何深圳市政府在招商選資的同時，還想要騰籠換鳥。

> 在一份深圳經信委的調研材料中，對於富士康這個高新技術企業的描述，專門提到「稅收貢獻較少，明顯低於行業平均水準」……深圳對富士康模式已越來越不歡迎。深圳已經不是當年對招商引資激動萬分的初級模式……40萬之眾的富士康對深圳地方財政的貢獻很小。[25]
>
> 擁有40萬就業人口的富士康，給深圳創造的GDP還遠遠不如

---

[25]「富士康出走深圳　加速沿海代工企業內遷潮」，《大洋網》，參見：http://www.dayoo.com/roll/201009/26/10000307_103598385.htm（檢索日期：2010.9.26）。

只有4萬人的華為……根據稅務部門的公開資料，鴻富錦作為富士康的主體，2009年納稅59,995.52萬元，在深圳828億地稅中只佔0.7%，而華為當年的納稅則是226,249.98萬元。[26]

「從未來深圳發展來看，這麼大一個企業，在深圳佔了那麼大的地，政府對企業的要素投入非常多，但有效產出非常少。」[27]

2. 缺乏晉升激勵：無意促成升級

對深圳地方政府而言，因為「任期考量」，加上績效不易量化，官員無心投入扶助「技術升級」，但由於用地指標、投資強度等的考核，會比較傾向「騰籠換鳥」，移出已經落後的產業，轉招高新科技產業，藉此達成指標上的「產業升級」。如富士康一般的代工企業，很難對以晉升為最高激勵的地方官員產生吸引力，其中包括：引發的社會問題多，財稅貢獻少，輔助其轉型時間週期長，投資大，回報風險高，凡此種種，都不利於深圳市地方官員任期內做出政績。

我們現在很多政府還是熱衷於招商引資，在這方面已經形成政府文化，而這種文化與自主創新的文化格格不入。招商引資的好處在於週期短，見效快。一旦招到了資金，當地的GDP馬上就可以上去，經濟效益立刻顯現，政治地位可以再次提高。但是自主創新則是一個漫長的過程，不是投入一定能有成效。[28]

---

26 「富士康火速搬遷　郭台銘失寵被深圳拋棄」，《鳳凰網》，參見：http://tech.ifeng.com/special/daigongchangbanqian/detail_2010_06/26/1676058_1.shtml（檢索日期：2010.6.26）。

27 「《財經》：富士康用轉移避開轉型問題」，《新浪財經》，參見：http://finance.sina.com.cn/chanjing/gsnews/20100720/09048326574.shtml（檢索日期：2012.9.23）。

28 「專家談珠三角經濟轉型：從汗水經濟到智慧經濟」，《賽迪網》，參見：http://news.ccw.com.cn/news2/worldIt/htm2010/20100720_876337.shtml（檢索日期：2010.7.20）。

　　另一方面，即使政府給了企業技術升級的資金資助，不但短期內難以見效，政府也擔心企業不盡然拿這筆錢來進行技術升級，而有可能進行房地產投資或其他金融投資短期內獲取更高利潤率。而即使企業進行了技術升級，也有可能短時間內沒有溢出效應，高端產業鏈的形成仍有待觀望。如此，輔助其技術升級，對地方官員短期內凸顯政績的激勵就顯得十分微弱了。也就是說，地方官員若輔助企業走技術升級之路，財政上花了錢，而官員任期內卻未必能實現區域的產業鏈升級，做不出政績，升不了官；而等到政績出來之時，自己卻可能早已不在任了，實為「為他人作嫁衣」之不智之舉。

　　此外，富士康勞資關係的緊張程度，在跳樓門事件後迅速升級，甚至背負上「血汗工廠」的惡名。多起連跳事件讓深圳市地方政府官員也面臨極大壓力，部分民眾認為深圳市政府也應對連跳事件負一定責任，甚至有輿論說這是深圳市長期縱容富士康壓榨勞工，「官商勾結」的嚴重後果。地方官員最後不得不親自涉入事件調查，花費人力、物力和財力穩定民心，協調輿論和來自民眾的壓力，處理得好，是理所應當，處理得不好，卻是失職之過。如此，地方官員也就更無意輔助富士康實現見效緩慢的技術升級，而是希望富士康趁早離去。

　　　　廣東多位省市領導在親臨富士康園區調查員工跳樓自殺事件後表達不悅，外界揣度富士康離開深圳只是時間問題。[29]
　　　　現在仍然有眾多的「血汗工廠」駐留深圳，這對深圳的城市形象並不是好事。[30]

---

[29]「富士康內遷調查：多個地方政府派員接洽」，《東方財富網》，參見：http://finance.eastmoney.com/news/1354,2010072786390054.html（檢索日期：2010.7.27）。

[30]「富士康內遷有利於深圳城市轉型」，《搜狐網》，參見http://q.sohu.com/forum/6/topic/49802666（檢索日期：2010.8.1）。

如果是污染的、勞動密集型的、初加工的、技術含量低的，就要想辦法控制其進入，而不是來什麼就要什麼。[31]

「富士康要走，對於深圳短期可能有點壓力，但長期是件好事。政府也是睜一隻眼閉一隻眼，姿態會表一下，但不是真的想留。」深圳市政府一位處長告訴《華夏時報》記者。[32]

（三）富士康與「遷入區域」地方政府：內遷拉力

與此同時，內陸區域的地方政府，卻如80年代末的深圳地方政府一樣，各顯其能的欲招攬富士康前去投資。遷入地區與遷出地區地方政府對富士康態度的強烈反差，使富士康在決策時，越發傾向於與初衷相違背的內遷抉擇。事實上，內陸區域地方政府不計成本逆向尋租的原因，也與當年的深圳地方政府一樣：因為招商引資有利於迅速的刺激GDP增長，並帶動財稅增長，短期內突顯官員政績。因此，無論地方官員是更看重財稅激勵，還是晉升激勵，都有足夠的動力去招引富士康前來投資。

富士康及其上下游配套企業的到來，不僅給河南省勞動就業帶來量的利好，還將提高就業的品質，「這將為其他企業起到示範效應⋯⋯富士康的到來為周圍的村莊帶來明顯的經濟效益⋯⋯國際上高端的物流公司必然會看好這一市場，並考慮入駐河南。」[33]

---

[31]　「專家談珠三角經濟轉型：從汗水經濟到智慧經濟」，《賽迪網》，參見：http://miit.ccidnet.com/art/32559/20100822/2160891_1.html（檢索日期：2010.8.22）。

[32]　「富士康火速搬遷　郭台銘失寵被深圳拋棄」，《鳳凰網》，參見http://tech.ifeng.com/special/daigongchangbanqian/detail_2010_06/26/1676058_1.shtml（檢索日期：2010.6.26）。

[33]　「富士康促進產業升級　周邊地區經濟效益凸現」，《搜狐網》，參見：http://house.focus.cn/news/2010-08-10/1012933_1.html（檢索日期：2010.8.10）。

富士康之於河南，意義非常直接——GDP、出口額、就業、稅收等，還能撬動河南相對較弱的IT產業。[34]

黃江鎮黨委書記、人大主席楊禮權：「富士康他是一個大公司，投入也比較大，一兩億的美元，那麼他來了以後呢，對電子工業的推動也是比較大的，因為這麼大的公司他不光是生產，他還有比較強的研發團隊，特別是他的產品量也比較大，我們希望他的加入，能夠和我們其他的行業，其他企業的推進，會有很大的改觀。」[35]

對富士康來說，區域轉移的目的在於降低成本，尤其是勞工成本。但富士康是一隻只為追逐廉價勞動力而遷徙的候鳥嗎？若如此，為什麼富士康沒有選擇大規模的將核心產業轉移至勞動力成本比中國大陸更低的越南、柬埔寨等地，而選擇了再次內遷呢？真的是內陸的地方政府官員「三顧茅廬」的誠意打動了這個「代工之王」嗎？又為什麼在內遷的同時，卻表明遷入內陸將實行「同工同酬」，勞工成本與深圳持平呢？

1. 外移vs. 內遷：為何不外移？

區域轉移，擺在富士康面前的有兩個理性策略選擇：外移他國和內遷。從結果來看，勞動力密集型的富士康沒有選擇大規模的外移至其他勞工成本更低的國家，進行跨國產業轉移。不是這些國家的低廉勞動力成本不吸引人，而是勞工成本從來不是企業關心的唯一因素。除了低廉的勞工成本，與當地政府的關係，政治穩定、土地價格，語言溝通，工人做工品質等，都是富士康必須考慮的。實際上，企業與地方政府的相對地位和關

---

[34] 「河南鄭州是如何搶到富士康的」，《賽迪網》，參見http://miit.ccidnet.com/art/32559/20100819/2158553_1.html（檢索日期：2010.8.19）。

[35] 「黃江：富士康牽手黃江 轉型升級再次跨越」，《東莞陽光網》，參見：http://news.sun0769.com/town/ss/t20110201_980811.shtml（檢索日期：2011.2.1）。

係是企業選擇投資場所的重要考量因素，這也正是富士康遷出深圳的重要原因。外移他國，如果富士康對當地政府來說沒有任何「討價還價」的機會和權力，長遠來看，等於沒有「安全感」。而內地地方政府開出的零地價，甚至是負地價、稅收減免、良好的基礎設施等優惠條件，足以彌補純粹的勞工成本的微升。

> 富士康等勞動密集型的企業，是否會大舉轉戰至印度、越南等工資相對較低國家？昨天，深圳台商協會龍崗地區的一位負責人告訴記者，目前這種可能性不大。他表示，儘管目前這些地區工資水準較低，但不意味以後不會提高，而且當地勞資關係更為複雜。他還表示，內地工人的素質和工作態度具有相對優勢。而且，對於台商而言，在內地開廠還有語言溝通方面的優勢……政府在稅收調節方面的作用不可小覷。
> 　郭台銘坦承：「巴西工人的工資更高卻不如大陸工人勤勞，越南的工人不錯但人數太少。」「7月份，我在成都簽署了一份協定，在10月份就可以完成第一期八棟樓的建設。而在俄羅斯聖彼德堡，我們也在建設工廠。你知道他們需要多少時間嗎？兩年！」[36]

2. 遷入區域的「比較優勢」：政治資源

富士康在考慮大舉內遷時，又會如何考量，進行遷入區域的選址呢？內陸各地的「比較優勢」究竟體現在哪裡？本部分將透過企業選址的考量，幫助了解地方政府對企業決策的重要影響。

---

[36] 「富士康出走深圳　加速沿海代工企業內遷潮」，《大洋網》，參見：http://www.dayoo.com/roll/201009/26/10000307_103598385.htm（檢索日期：2010.9.26）。

　　首先，勞工成本是否是唯一的決定性因素？低廉的勞工成本是富士康內遷的重要考量因素，內陸地區的經濟發展水準相對較低，可以提供更加充足且更低成本的人力資源。但富士康在內遷至我國人口大省河南省的同時，卻宣稱「同工同酬」，[37] 這意味著勞工成本至少短期內無法下降。這一舉措表明，勞工成本從來不是富士康考慮的唯一因素。反之，其更為看重的成本控制還在於其他方面。

　　　在河南省會鄭州，富士康要付出的人力成本也許不會降低，但在用地和稅收方面的優惠待遇，一定對富士康產生了足夠的吸引力；另外，鄭州的交通、物流等配套條件已相當成熟，也是重要內遷條件。甚至有分析認為，河南的房地產開發剛剛起步，二線城市鄭州的地產更是具有相當潛力……畢竟富士康在深圳、上海等地，都有過成功的地產投資經歷。[38]

　　　如果，在勞動力價格的問題，政府底線分明，那麼，也就意味著，他們可以在廠房用地、稅收減免、配套設施的建設等等方面，作出極大的讓步。這就暴露了富士康搬家的另一個邏輯，看哪個地方政府的底線最低，哪個地方政府在完成徵地、建廠房的過程中最有效率，令富士康搬家的成本降到最低……在地方政府

---

[37] 「河南省鶴崗市政府的招聘通知顯示，未來河南富士康員工的工資待遇為：入職基本工資不低於1,200元／月，月平均綜合收入在1,600-2,300元左右；入職進行三個月考核，考核合格者標準工資不低於2,000元／月，月平均收入在2,500-3,000元左右；工作時間為：正常工作時間每天八小時、每週五天，加班時間平時每日不超過三小時，每週至少休息一天。這些待遇和改善後富士康深圳的員工相同。」請參考：「富士康河南首批招聘10萬　與深圳同工同酬」，《解放牛網》，參見：http://www.jfdaily.com/a/1208987.htm（檢索日期：2010.6.30）。

[38] 「富士康河南首批招聘10萬　與深圳同工同酬」，《解放牛網》，參見：http://www.jfdaily.com/a/1208987.htm（檢索日期：2010.6.30）。

之間的殘酷競爭下，那個對富士康工資要求最低，而其他優惠最
大的地方，將最終勝出。[39]

　　那麼，內陸區域各地的地理區位比較是否是富士康考量的決定性因素
呢？富士康內遷的範圍涉及內地眾多省市：內陸山西（晉城、太原）、長
三角（昆山、杭州、淮安、上海、南京、嘉善）、渤海灣（煙台、天津、
廊坊、秦皇島、營口、瀋陽），以及中西南（武漢、南寧、重慶、成都
等）等區域的諸多城市。比較之下，不難發現，這些地區橫跨中國大陸的
東部、中部和西部，地理、交通和文化傳統所形成的區位條件差異明顯，
很難說這些區域體現何種共同的區位優勢與可比性。因此，內陸各地的地
理區位比較，也並不是富士康內遷考慮的決定性因素。

　　考量是政治資源，政治資源實際上是由富士康與遷入區域地方政府的
關係決定的。由於短期內，富士康就可以帶給遷入區域較多的就業崗位，
較快的經濟帶動刺激以及配套產業鏈的發展等，有利於地方官員短期內凸
顯政績（無論是GDP增長速度還是就業問題的解決）。各地方政府競相招
商引資形成的競爭，使富士康可以最大限度的坐收漁利，獲取最優惠的土
地、招工、供水供電、減稅等利好政策。相關報導不勝枚舉：

　　　　「一旦富士康在我們當地建廠，意味著提供數萬工作崗位，
　　直接拉動當地經濟騰飛。」……有消息說，河南承諾給富士康
　　2,000畝地……然而，內地城市有很多，但富士康只有一個。
　　　　鄭州當地一位政府官員曾向媒體表示，為了引入富士康，
　　政府在稅收、土地供應、用工服務等多方面做出了「最大的讓

---

[39] 「人民時評：富士康的『搬家秀』所為何來」，《人民網》，參見：http://sn.people.com.cn/
　　GB/12072166.html（檢索日期：2010.7.7）。

步」……內地的一些地方政府之間存在一種同質化競爭現象──土地、稅收、用水用電供暖等配套、勞動力供給，這些「紅利」是它們能夠給予富士康的全部。[40]

　　衡陽為富士康付出了極多。據了解，在政策方面，衡陽方面對富士康用地基本實行零地價；增值稅、所得稅地方留成部分前15年返還50%；印花稅、土地使用稅前五年返還50%；將富士康申報為高科技企業，其企業所得稅按15%的稅率徵收……此外，為降低富士康搬遷增加的物流成本，衡陽市前五年將對富士康實行物流補貼。還將為富士康的普通員工提供25萬平方公尺的員工住房；提供33平方公尺／套的夫妻房5,000套；按成本價為高級員工提供130平方公尺／套的商品房1,000套。[41]

　　上述分析可見，即使對勞工成本相當重要的代工企業來說，顯性的經濟成本（人力成本等）並不是企業選擇投資場所的唯一因素和決定性因素。反之，企業更為看重的實際上是地方政府所能提供的一系列政治資源優勢。企業與地方政府的互動關係成為影響企業遷入或遷出決策的重要考量變量，最終落實為企業面對轉型壓力的回應策略。這部分的分析架構，請參見表2。結合上述的分析，作為「代工之王」的富士康即便努力「技術升級」卻最終未能實現產業升級，「遷出區域」地方政府無意輔助其技術升級，並有意「趕」之形成轉移之「推力」，「遷入區域」地方政府通過逆向尋租提供政治資源形成轉移之「拉力」，最終導致了富士康的大舉內遷。

---

[40] 「第一財經週刊封面故事：富士康搬家」，《深圳新聞網》，參見：http://news.sznews.com/content/2010-07/10/content_4738910.htm（檢索日期：2010.7.10）。

[41] 「衡陽鉅資建廠房供富士康租賃　地價稅收政策優厚」，《百納網》，http://info.ic98.com/0/n9809.html（檢索日期：2011.5.10）。

表2　代工企業策略選擇比較

因應策略	土地成本	勞力成本	稅費負擔	技術遠景	產業集群	政企關係	策略選項
轉移內陸、避免升級	極廉（政府協助）	稍廉（相對民工）	極少（鎖定目標）	較舊技術	較缺（未必配套）	極好（強激勵）	1（確定回收）
轉移國外、避免升級	稍廉（價格本低）	極廉（鎖定國家）	較高（招商力弱）	較舊技術	較缺（未必配套）	不確定	2（風險較大）
原地、升級	昂貴（機會成本）	昂貴（日益昂貴）	較高（政府扶弱）	較新技術	較缺（未必追隨）	稍好（弱激勵）	2（風險較大）
原地、守舊	昂貴（機會成本）	昂貴（日益昂貴）	最高（政府施壓）	較舊技術	強大（長期看壞）	稍好（長期看壞）	3（缺乏前景）

資料來源：作者自製。

伍、結論：「自主選擇」還是「身不由己」？

　　針對近年來熱議的企業轉型升級，本文發現，首先對壓力下的企業來說，本意欲「自主選擇」技術升級，而最終在地方政府的干預下，改變決策，「身不由己」的進行了區域轉移。可見，政企關係或者說政治資源對企業決策的影響至關重要，甚至可以說是決定性的影響：當企業只面臨結構性壓力，而無地方政府介入時，技術升級為優先策略；而有了地方政府的介入時，技術升級的優先策略卻無法取得成功實施，企業只能被迫選擇區域轉移的替代選項。若進一步追問，考量地方政府推拉背後的激勵，則存在遷入區域與遷出區域兩方地方政府：一推一拉的合力，成功逼迫意欲技術升級的企業最終走向大舉內遷。

　　具體而言，對於「遷入區域」的地方官員而言，在「晉升錦標」下，存在決策的「短期行為」傾向：一方面，政府難以通過長期培育，促進產業升級（績效不易量化）；另方面，由於尋求政績，出現「逆向尋租」──利用公共資源，補貼投資廠商（例如廉售土地、削減稅賦、放任污染等）。對轉移廠商提出極富吸引力的投資條件（投資增長的績效

容易量化）。

　　另方面，對於「遷出區域」而言，現有的「晉升錦標」則存在修訂的必要。代加工企業的產業升級尤為需要過渡時間，但地方政府熱衷於短期內見效的「騰籠換鳥」，往往使得這些「鳥」撐不到轉型升級的階段，就必須先「身不由己」的大舉內遷。但官員對上負責體制下，過強的晉升激勵有可能使「騰籠換鳥」操之過急，造成地方產業「青黃不接」的尷尬局面。

　　最後，根據作者的研究，中國大陸雖有中央政府轉型升級、自主創新的號召，但就現有的官員激勵體制下，無法實現實質性和長久的轉型升級，尤其是技術升級，使中國大陸走向自主創新的技術大國。換言之，中國大陸若想成為技術大國，則必須對現有的官員激勵機制進行修訂。否則，中央喊升級，地方卻無意輔助升級，甚至驅趕待升級企業；企業想升級卻無法升級，最後被迫遷移。如此，中央與地方政府的期望相悖，企業與地方政府的期望相悖，最終地方政府的期望成為現實。可見，轉型升級關鍵還在地方政府。

參考書目

一、中文部分

卜國琴，2009，《全球生產網路與中國大陸產業升級研究》，廣東：暨南大學出版社。

中共東莞市委政策研究室編，2010，《東莞轉型》，北京：人民出版社。

尹建華，2010，《嵌入全球價值鏈的模組化製造網路研究》，北京：中國大陸經濟。

毛蘊詩，2005，《跨國公司在華投資策略》，北京：中國大陸財政經濟出版社。

毛蘊詩、吳瑤，2009，《中國大陸企業：轉型升級》，廣州：中山大學出版社。

王雲平，2010，《產業轉移和區域產業結構調整》，北京：中國大陸水利水電出版社。

王傳寶，2010，《全球價值鏈視角下地方產業集群升級機理研究：以浙江產業集群升級為例》，杭州：浙江大學出版社。

王德祿、武文生、劉志光，2002，《區域的崛起：區域創新理論與案例研究》，濟南：山東教育出版社。

付保宗，2008，《中國大陸產業區域轉移機制問題研究》，北京：中國大陸市場出版社。

朱仁宏等，2010，《移植、升級與本土化發展：東莞石龍電子資訊產業集群成長模式研究》，廣州：廣東人民。

吳敬璉，2008，《中國大陸增長模式決擇》，上海：上海遠東。

李勇，2010，《產業集群創新網路與升級戰略研究》，上海：上海社科院出版社。

汪以洋編，2010，《廣東「雙轉移」戰略：廣東經濟轉型之路》，廣州：廣東經濟出版社。

周文良，2008/8〈產業轉移中地方官員行為的博弈分析〉，《商場現代化》，第8期（總547期），頁297-298。

林毅夫，2008，《經濟發展與轉型：思潮、戰略與自生能力》，北京：北京大學出版社。

林濤，2010，《產業集群合作行動》，北京：科學出版社。

長三角聯合研究中心，2007，《長三角研究第一輯》，上海：上海社科院出版社。

俞國琴，2006，《中國大陸地區產業轉移》，北京：學林。

科技部火炬高技術產業開發中心、北京市長城企業戰略研究所，2007，《中國大陸增長極高

新區產業組織創新》，北京：清華大學出版社。

胡衛，2008，《自主創新的理論基礎與財政政策工具研究》，北京：經濟科學。

徐明天、徐小妹，2010，《富士康真相》，浙江：浙江大學出版社。

殷醒民，2003，《中國大陸工業與技術發展》，上海：上海三聯／上海人民出版社。

耿曙，2011，〈招商之手：逆向尋租與過度招商〉，審查中論文。

耿曙、林瑞華，2008，〈解读珠三角台商逃亡潮〉，发表于「中国区域经济发展与台商未来」研讨会，国策研究院等主办，台北：4月24日。

馬子紅，2009，《中國大陸區際產業轉移與地方政府的政策選擇》，北京：人民出版社。

高抗等，2010，《經濟轉型升級與地方治理模式創新：基於浙江長興縣的個案研究》，北京：學林。

國務院發展研究中心產業經濟研究部課題組，2010，《中國大陸產業振興與轉型升級》，北京：中國大陸發展。

張維安編，2001，《台灣的企業組織：結構與競爭力》，台北：聯經。

梁文光，2010，〈雁行模式在廣東欠發達地區「雙轉移」戰略中的運用〉，《南方農村》，第1期，頁32-35。

梅麗霞，2010，《全球化、集群轉型與創新型企業：以自行車產業為例》，北京：科學出版社。

許正中，2009，《跨越：中國大陸經濟戰略轉型》，北京：中國大陸財政經濟。

陳建軍，2009，《要素流動、產業轉移和區域經濟一體化》，杭州：浙江大學出版社。

喆儒，2006，《產業升級：開放條件下中國大陸的政策選擇》，北京：中國大陸經濟。

湯明根，2010，《引擎中國大陸開發區的時代使命》，北京：中國大陸經濟出版社。

楊世偉，2009，《國際產業轉移與中國大陸新型工業化道路》，北京：經濟管理出版社。

董禮潔，2009，《地方政府土地管理權》，北京：法律出版社。

趙民、洪軍、張駿陽，2010，《招商三十六計：招商引資困局應對良策與細節》，北京：人民郵電出版社。

趙振華等，2010，《加快經濟發展方式轉變十講》，北京：中共中央黨校出版社。

劉志彪，2003，《經濟結構優化論》，北京：人民大學。

劉志彪，2006，《長三角托起的中國大陸製造》，北京：中國大陸人民大學。

劉志彪，2009，《長三角製造業向產業鏈高端攀升路徑與機制》，北京：經濟科學。

劉志彪、張傑等，2009，《全球化中中國大陸東部外向型經濟發展：理論分享和戰略調整》，北京：中國大陸財政經濟。

劉志彪、鄭江淮，2010，《衝突與和諧：長三角經濟發展經驗》，北京：中國大陸人民大學。

劉春生，2008，《全球生產網路的構建與中國大陸的戰略選擇》，北京：中國大陸人民大學出版社。

劉震濤等，2006，《招商引資：對台經濟合作方法和策略》，北京：清華大學出版社。

蔡昉、王德文、曲玥，2009，〈中國大陸產業升級的大國雁陣模型分析〉，《經濟研究》，第9期，頁4-14。

蔡昉、王德文、曲玥，2010，〈中國大陸勞動力密集型產業的區域延續〉，載鄩若素、宋立剛、胡永泰編，《全球金融危機下的中國大陸：經濟、地緣政治和環境的視角》，北京：社科文獻出版社，頁173-189。

遲宇宙，2005，《聯想局：一家領袖企業的中國大陸智慧》，北京：中國大陸廣播電視出版社。

薛湧，2006，《中國大陸不能永遠為世界打工》，昆明：雲南人民。

韓小明、周業安、蔣東生，2009，《創新型國家與政府行為》，北京：中國大陸人民大學出版社。

瞿宛文，2003，《全球化下的台灣經濟》，台北：唐山。

魏昕，2010，《富士康內幕》，重慶：重慶出版社。

魏後凱、白玫、王業強等，2010，《中國大陸區域經濟的微觀透視：企業遷移得視角》，北京：經濟管理出版社。

龔雪，2009，《產業轉移的動力機制與福利效應研究》，北京：法律出版社。

Amsden, Alice H. & Wan-wen Chu，2003，《超越後進發展：台灣的產業升級策略》，朱道凱

　　譯，台北：聯經。

Forbes, Naushad & John S. Henley, 2003，《從追隨者到領先者：管理新興工業化經濟的技術與
　　創新》，沈瑤、葉莉蓓等譯，北京：社科文獻出版社。

Stopford, John M., Susan Strange, & John S. Henley, 2003，《競爭的國家，競爭的公司》，查立
　　友、鄭惠群、李向紅譯，北京：社科文獻出版社。

二、英文部分

Altenburg, Tilman, 2011, *Industrial Policy in Developing Countries: Overview and Lessons from Seven
　　Country Cases*, Bonn: Deutsches Institut für Entwicklungspolitik.

Boutellier, Roman, Oliver Gassmann & Maximilian von Zedtwitz, 2008, *Managing Global Innovation
　　Uncovering the Secrets of Future Competitiveness*, Berlin & Heidelberg: Springer-Verlag, 3rd. ed.

Breznitz, Dan, 2007, *Innovation and the State: Political Choice and Strategies for Growth in Israel,
　　Taiwan, and Ireland*, New Haven and London: Yale University Press.

Cattaneo, Olivier, Gary Gereffi, and Cornelia Staritz eds., 2010, *Global Value Chains in a Post-Crisis
　　World: A Development Perspective*, Washington, DC: World Bank.

Fu, Xiaolan & Luc Soete eds., 2010, *The Rise of Technological Power in the South*, Basingstoke,
　　Hampshire, UK & New York: Palgrave Macmillan.

Gabriel R.G. Benito and Rajneesh Narula eds., 2007, *Multinationals on the Periphery*, Basingstoke,
　　Hampshire, UK & New York: Palgrave Macmillan.

Geenhuizen, Marina van et al. eds., 2009, *Technological Innovation across Nations: Applied Studies of
　　Co-evolutionary Development*, Berlin & Heidelberg: Springer-Verlag.

Huang, Yasheng, 2005, *Selling China: Foreign Direct Investment during the Reform Era*, Cambridge &
　　New York: Cambridge University Press.

Huang, Yasheng, 2005, *Selling China: Foreign Direct Investment during the Reform Era*, Cambridge &
　　New York: Cambridge University Press.

Jakobson, Linda ed., 2007, *Innovation with Chinese Characteristics: High-Tech Research in China*,

UK & New York: Palgrave Macmillan.

Karlson 'Charlie' Hargroves & Michael H. Smith eds., 2005, *The Natural Advantage of Nations: Business Opportunities, Innovation and Governance in the 21st Century*, London & Sterling, VA: Earthscan.

Keane, Michael, 2007, *Created in China: The Great New Leap Forward*, Abingdon, Oxon, UK & New York: Routledge.

Keller, William W. & Richard J. Samuels eds., 2003, *Crisis and Innovation in Asian Technology*, Cambridge & York: Cambridge University Press.

Kenney, Martin, with Richard Florida eds., 2004, *Locating Global Advantage Industry Dynamics in the International Economy*, Stanford, CA, Stanford University Press.

Kuchiki, Akifumi & Masatsugu Tsuji eds., 2010, *From Agglomeration to Innovation Upgrading Industrial Clusters in Emerging Economies*, UK & New York: Palgrave Macmillan.

Lu, Yongxiang et al., 2010, *Science & Technology in China: A Roadmap to 2050, Strategic General Report of the Chinese Academy of Sciences*, Beijing: Science Press.

Lundvall, Bengt-Åke, Patarapong Intarakumnerd & Jan Vang, 2006, *Asia's Innovation Systems in Transition*, Cheltenham, UK & Northampton, MA: Edward Elgar.

Mancur, Olsen, 1993, Dictatorship, Democracy and Development, *American Political Science Review*, 87: 3 (Sep.), pp. 567-576.

Mathews, John A. & Dong-Sung Cho eds., 2000, *Tiger Technology: The Creation of a Semiconductor Industry in East Asia*, Cambridge & New York: Cambridge University Press.

Mathews, John A., & Dong-Sung Cho eds., 2000, *Tiger Technology: The Creation of a Semiconductor Industry in East Asia*, Cambridge & New York: Cambridge University Press.

MeNamara, Dennis, 2009, *Business Innovation in Asia: Knowledge and Technology Networks from Japan*, London & New York: Routledge.

Nelson, Richard R. ed., 1993, *National Innovation Systems: A Comparative Analysis*, New York & Oxford: Oxford University Press.

OECD, 2008, OECD *Reviews of Innovation Policy China*, available at http://www.oecd.org/document/ 44/0,3746,en_2649_34273_41204780_1_1_1_1,00.html.

Oliveira, Jose Antonio Puppim de, ed. 2008, *Upgrading Clusters and Small Enterprises in Developing Countries: Environmental, Labor, Innovation and Social Issues, Surrey*, UK & Farnham Burlington, VT: Ashgate.

Oyelaran-Oyeyinka, Banji & Rajah Rasiah, 2009, *Uneven Paths of Development Innovation and Learning in Asia and Africa*, Cheltenham, UK & Northampton, MA: Edward Elgar.

Pan, Shan-Ling ed., 2006, *Managing Emerging Technologies and Organizational Transformation in Asia: A Casebook*, Singapore: World Scientific.

Peters, Stuart, 2006, *National Systems of Innovation: Creating High-Technology Industries*, UK & New York: Palgrave Macmillan.

Rajneesh Narula & Sanjaya Lall eds., 2005, *Understanding FDI-Assisted Economic Development*, London & New York: Routledge.

Schmitz, Hubert ed., 2004, *Local Enterprises in the Global Economy: Issues of Governance and Upgrading*, Cheltenham, UK & Northampton, MA: Edward Elgar.

Sigurdson, Jon, 2005, *Technological Superpower China*, Cheltenham, UK & Northampton, MA: Edward Elgar.

Simon, Denis Fred & Cong Cao, 2009, *China's Emerging Technological Edge: Assessing the Role of High-End Talent*, Cambridge & New York: Cambridge University Press.

Smart, Alan & Josephine Smart eds., 2005, *Petty Capitalists and Globalization: Flexibility, Entrepreneurship, and Economic Development*, Albany, NY: State University of New York Press.

UN ESCAP, 2007, *Enhancing the Competitiveness of SMEs: Sub-national Competitiveness of SMEs: Sub-national Innovation Systems and Technological Capacity-Building Policies*, New York: UN Economic and Social Commission for Asian and the Pacific.

Watanabe, Chihiro, 2009, *Managing Innovation in Japan: The Role Institutions Play in Helping or Hindering how Companies Develop Technology*, Berlin & Heidelberg: Springer-Verlag.

Zhang, Chunlin et al. eds., 2009, *Promoting Enterprise-Led Innovation in China*, Washington, DC: World Bank.

Zhang, Ming ed., 2010, *Competitiveness and Growth in Brazilian Cities Local Policies and Actions for Innovation*, Washington, DC: World Bank.

Zweig, David, 2002, *Internationalizing China: Domestic Interests and Global Linkages*, Ithaca, NY: Cornell University Press.

台商大陸投資當地化與轉型升級因應思考

劉孟俊
（中華經濟研究院經濟展望中心主任）

鍾富國
（中華經濟研究院第一研究所分析師）

摘要

在資源與營運能力的提升下，台商中國大陸子公司發展逐漸成熟、規模完備，由原先依附母公司的狀態變為更積極獨立，且隨著經濟全球化與企業國際化發展，對岸子公司擁有的資源與實力成為台灣母公司維持全球競爭優勢的一項重要支柱。

近年台商赴中國大陸已不僅為生產成本考量而已，發展當地市場、隨中下游廠商移轉、配合國內外客戶要求等，都是投資對岸的動機。而台商中國大陸子公司營運活動也在採購、銷售、行銷、研發等方面，出現當地化現象並影響台商的轉型與升級。顯現在台商子公司營運，更趨多元化、享有更高的自主權。

本研究認為：台商轉型升級有以下的思考點：確認轉型升級的需求、以中國大陸作為培養品牌的練兵場域、深度評估轉進內銷的「可行性」、人力資源對轉型升級的風險。

關鍵字：台商、轉型升級、當地化、內需市場、投資動機

壹、前言

　　台商在過去20年大規模赴中國大陸投資，起初是受對岸原料、土地、勞動力等「三廉」生產優勢吸引而投資設廠，主要的投資動機出於成本考量，經由當地生產優勢將產品銷回台灣或海外市場，形成「台灣接單、中國大陸生產」的兩岸產業分工模式。此外，跨國品牌企業對台灣代工企業下單，台商中國大陸子公司生產規模隨之擴張，最終引發產業後段製程也移轉對岸。

　　在產業鏈轉移至中國大陸的同時，將不可避免地發生供應鏈當地化。隨技術和管理資源在當地發展，台商對岸子公司的管理幹部、產品市場取向、零組件原物料採購，以及研發活動等都有當地化的現象，[1]此時子公司的角色地位已超越純粹的生產，而進一步成為經營，甚至擴及研發創新與服務當地市場的任務。

　　換句話說，早期台商赴對岸投資，絕大多數都維持母公司在台灣營業，而對岸子公司則與母公司維持密切關係，舉凡主要機器設備的購置、生產技術的支援、管理幹部的培育與外銷及行銷體系的建立等，台灣母公司幾乎主導對岸子公司的營運，[2]子公司所扮演的角色，僅止於母公司為尋求低廉的工資及生產成本而設立的海外生產據點。然而，若子公司高度依賴母公司的資源，由於空間距離以及其他不易掌握的外在因素，都將使子公司暴露於風險之中，同時也不利持續降低經營成本。

　　另一方面，中國大陸「十二五發展規劃」，將「擴大內需」列為獨立章節，希望透過完善收入分配制度，提升居民消費能力，試圖以「內需消

---

[1] 劉孟俊、林昱君、陳靜怡，「台商對外投資事業經營的當地化」，經濟前瞻（台北市），第104期，2006年3月，頁61-66。

[2] 高長、吳世英，「台商赴大陸投資對台灣經濟的影響」，經濟前瞻（台北市），第40期，1995年7月，頁40-44。

費市場」帶動經濟成長。台商樂觀看待對岸內需消費市場潛力的態度，也牽動兩岸現行的母、子公司角色的扮演。換言之，台商在中國大陸的當地化趨勢將左右我國的產業的變遷。

　　台商當地化現象，是兩岸在資源稟賦與經濟發展階段的差異下，遵循市場力量驅動的必然結果。事實上，當地化在某種程度上可代表台商「轉型升級」的象徵。例如，台商對岸子公司從製造生產轉向從事當地服務業，同時由加工出口的代工模式，轉型成為自有品牌經營的角色。而在研發當地化上，台商儘管維持著創新導向研發模式，但在生產線向中國大陸移動下，研發將更針對當地市場的偏好進行產品／製程改良，將有助於增強在內需市場的競爭力。

　　綜上所述，本研究預期台商於中國大陸的營運模式，將隨其內需消費市場的興起產生結構轉變。尤其在考量兩岸簽署ECFA後，台商中國大陸子公司將進一步經營當地內需市場。本研究除分析台商子公司經營當地化的趨勢轉變外，也將探討當地化代表的台商轉型升級過程中，台商母、子公司間主從關係變化與相關的因應思考策略。

貳、中國大陸台商當地化發展

　　台商在對岸的發展，既是對中國大陸市場的觀察、試探、進駐、紮根的過程，也是當地不斷市場化、高速成長，從而對台商產生磁吸力量的過程，更是台商在全球市場中不斷調整對中國大陸市場的定位、策略規劃及實施行動的過程。特別是，製造業雖仍是台商投資的重點，但隨著對岸投資環境日漸改善，台商投資次產業更聚焦於電子、資訊業等資本、技術密集產業發展。而潛在內需市場浮現，也導引台商產品內銷數量逐步增加，帶動投資周邊服務業的趨勢崛起。

　　隨廠商投資時間加長、協力廠商陸續跟進，使得原料、零組件、機器

設備等的採購，已逐漸減少由台灣提供，而是直接在當地取得。台商子公司的功能從外銷到內銷、從生產擴及到銷售、財務、人力、研發、設計等。似乎，當地化已成為台商轉型升級，以求順利擴張與營運的重大關鍵。包括生產、銷售、人員、研發等，均是為因應中國大陸環境需要，必須與當地結合的策略。

一、當地化的意涵與類型

　　「當地化」指企業赴境外投資時，為因應當地的特性所進行的營運調整，以回應與母國之間的歷史、文化及價值觀差異，使企業的營運管理更因地制宜地運作，也就是要具有「地方特色」。高長[3] 指出：當地化的內涵，主要表現在原材料、半成品採購、資金籌措、幹部及人才晉用、產品銷售等方面；在當地化經營管理的策略模式上，會受到地主國相關政策措施、投資項目所屬產業的特性、投資地點、投資規模等因素的影響。換言之，當地化乃是企業調整活動，以因應當地與母國歷史、文化、價值觀等差異的作法，進而使企業的營運活動更適合當地運作。

　　劉孟俊、林昱君、陳靜怡[4] 的研究將當地化分為「市場導向」、「當地採購」、「當地人才晉用」及「技術當地化」等四個面向觀察，並指出：隨經營當地化的調整，台商的經營策略已逐步地由以往防禦性的投資型態，轉向以市場擴張型態。

二、台商當地化形成的因素

　　當地化的形成，是因為某些要素足以影響企業競爭優勢。換言之，當

---

[3] 高長，「製造業赴大陸投資經營當地化及其對台灣經濟之影響」，經濟情勢暨評論（台北市），第7卷第1期，2001年6月，頁138-173。

[4] 劉孟俊、林昱君、陳靜怡，「台商對外投資事業經營的當地化」，經濟前瞻（台北市），第104期，2006年3月，頁61-66。

地化是對企業競爭優勢和經營方式的重新定位和組合。大體而言，有下列
四種力量驅使台商競爭策略的變化，分述如下。

（一）保有成本優勢，以維持競爭力

當地化策略是依靠對岸的人才、資源和組織，都盡可能以本地為主，
達到降低生產經營成本、減低市場准入障礙。同時，在直接在中國大陸當
地採購和融資，亦可免去進口中關稅、運費、匯率差異所招致的損失。

（二）提升企業市佔率

中國大陸人口眾多，平均國民收入到目前為止也穩定提高，隱含巨大
的市場，吸引眾多台商前往設廠並就地生產、銷售。換句話說，大陸市場
潛力在被確認具長期投資價值後，具類似眼光的企業會不約而同地採取行
動搶佔市場以獲得先發者優勢。後進者或實力稍遜的企業，也採取跟隨策
略。當地化則是這些企業掌握市場商機、提升市佔率的方法。

（三）降低投資風險

透過當地化，充分利用中國大陸已有的營銷網絡，打入地區市場，可
以避免地方保護主義等不利影響，規避市場風險，獲取更大的市場利益與
規模效益。此外，在中國大陸營運，必須考慮當地的社會經濟發展目標，
將自身發展與當地社經環境掛鉤（例如，遵循當地潛規則、環保規範），
展現長期投資的意願，從而獲得政府的好感與支持。台商展現高度的當地
化企圖，可能是主客觀環境下，對當地政府的一種「表態」。

（四）達成永續經營

台商在人力資源利用、技術研發與開發、管理體制、融資方式等方面
出現當地化趨勢，以利打入內銷市場，只有長久經營同時配合當地政策，

結合相關產業才能獲致成功。此外，台商當地化程度越高，表示與當地經濟及相關產業的互動較緊密，中國大陸接受台商投資可能的獲益則越顯著。

　　本研究擬運用經濟部投審會2008-2011年的「對海外投資事業營運狀況調查分析報告」[5] 資料，分析台商藉由中國大陸子公司當地化進而轉型升級的趨勢。尤其著重在「市場導向」、「當地採購」、「當地人才晉用」及「技術當地化」等面向，分析廠商的當地化水準，以及轉型升級的模式。

三、台商當地化活動的趨勢

　　依據經濟部投審會的調查資料顯示，2010年赴中國大陸投資產業有79.60%集中於製造業，服務業約僅佔20.40%；製造業又以電子零組件製造業、電腦電子及光學產品製造業為最大宗，合計約佔40%，形成「台灣接單、大陸生產」的兩岸產業分工模式。台商赴中國大陸投資，製造業比重相對較高，服務業投資能量仍舊相對較小。

　　2008年全球經濟發展受金融風暴影響，造成歐美市場需求下降，以出口為主的台商在營運上面臨極大挑戰。此時台商子公司的任務，除持續利用當地低廉成本優勢從事生產外，更進一步擴大到採購、製程改良、開發新產品、對當地供應鏈進行開發等。至此，台商中國大陸子公司，在兩岸產業鏈之間的地位不斷提升，在價值鏈中扮演的角色漸趨重要，對企業自主性也發生變化。

5　劉孟俊等，對外投資事業營運狀況調查分析報告（台北市：經濟部投資審議委員會，2008-2011年）。

（一）投資動機的改變

投審會近四年的調查顯示（參見圖1），台商赴中國大陸投資動機認為：「當地市場發展潛力大」，由2007年的26.8%上升至2010年的34.4%，「勞工成本低廉」，則由26.7%下降至22.4%。顯示中國大陸近年生產環境發生大幅變化，台商對於中國大陸內需市場的考量，已逐漸超越成本因素。此外，「配合國內外客戶要求」與「配合中下游廠商外移」，亦為相對重要的投資動機（2010年各佔11.4%與9.7%）。

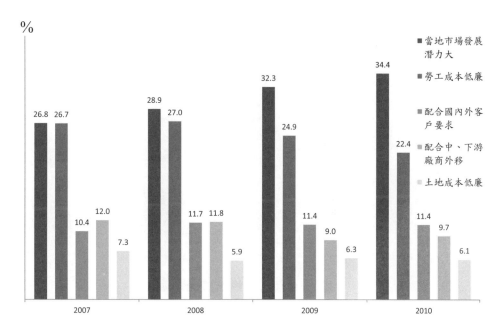

圖1　中國大陸台商投資動機

資料來源：同註5。

（二）採購當地化

廠商在對外投資初期，對原物料與零組件的採用，偏好從母國自行購買，運往地主國進行生產。不過，此種採購模式無法發揮投資效益，廠商必須調整生產技術進而採用當地生產所需的中間投入。台灣與中國大陸產

業鏈結過程中，台商赴中國大陸投資亦出現採購當地化的趨勢。

在台商投資中國大陸的初期，當地工廠在尚未健全發展，生產技術普遍低落，交貨時所提供的原物料品質常與台商預期違背，且生產期程往往不穩定。因此，赴大陸投資一段時間後，提供當地衛星工廠技術或協助訓練員工，在長期栽培訓練下，當地工廠在質與量的供應上獲得顯著改善，台商採購當地化的比例不斷提升。

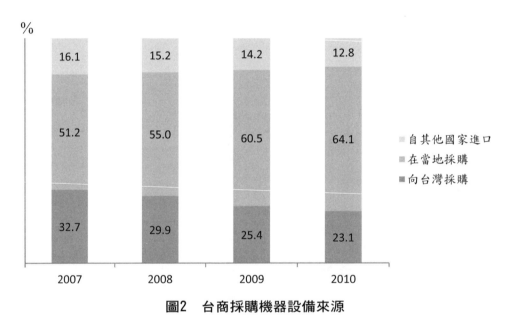

圖2　台商採購機器設備來源

資料來源：同註5。

圖2為中國大陸投資事業採購機器設備來源所佔比重。在機器設備方面，2010年對岸台商當地採購比重佔64.1%左右，僅有23.1%仍向台灣採購，顯示台商在機器設備方面，採購當地化的現象十分明顯。若與2007年資料相比，則可發現中國大陸台商機器設備採購當地化的趨勢更為加強，機器設備向台灣採購之比重由2007年的32.7%下降至2010年的23.1%，向中國大陸採購之比重，則由51.2%增加到64.1%。

　　在原料零件與半成品採購方面（參見圖3），中國大陸台商仍以當地採購為重點，採購比重約為62.1%。向台灣採購的比率由2008年的31.0%下降到2010年的27.7%。以上顯示，當前中國大陸吸引著上、中、下游廠商進駐，形成產業聚落，極有利於零組件及半成品等原物料的取得。此外，台商於中國大陸投資發展過程中，較容易建立起在地的生產網絡，在中國大陸原物料相對便宜以及運輸成本的考量下，向台灣採購比重較少，產生採購當地化現象。

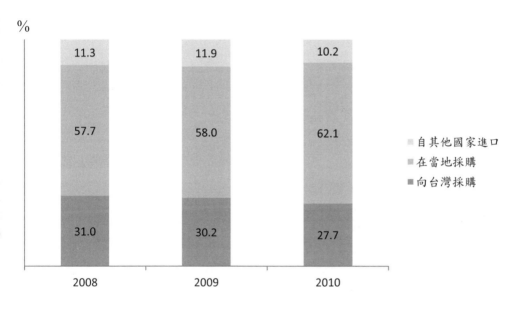

圖3　台商採購原料、零組件與半成品來源

資料來源：同註5。

　　以產業別加以分類，機器設備在當地採購之比重以製造業最高，食品製造業、化學材料製造業、化學製品製造業在當地採購之比重都高達85%以上；不同於其他製造業持續提高採購當地化，包括電子零組件製造業與電腦、電子產品及光學製品製造業等資訊電子產業，2010年不論在機器設備或原料、半成品之採購，當地採購比重仍皆較平均水準為低。顯示高科

技廠商仍較願意從台灣進口原物料。

（三）市場當地化

在產品與服務的銷售，以及市場行銷模式上，依照當地市場所需，產生當地化的發展趨勢。首先，與前述投資動機相符，台商訴求轉向當地內需市場發展。其次，在行銷管道方面也呈現當地化趨勢，母公司負責銷售份額逐漸下降，子公司行銷能力增加，以便自行銷售產品，擴展業務經營範疇。

由圖4可知，2010年中國大陸台商投資事業的內銷比重佔65.7%，較2007年增加6.3%。近年中國大陸子公司在當地銷售比重超過60%，隱含台商從以往「中國大陸出口」轉向為「內銷中國大陸」發展。2010年銷回台灣比重佔17.5%，明顯低於2007年的21.1%。

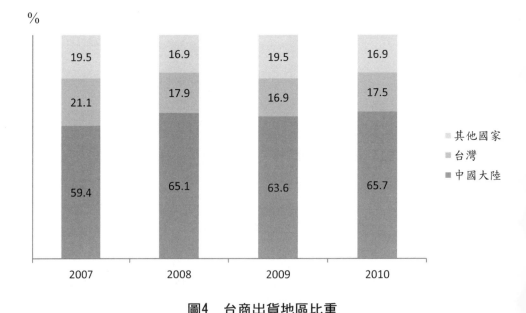

圖4　台商出貨地區比重

資料來源：同註5。

　　另一方面，傳統產業台商深耕當地市場，出現當地化銷售趨勢。反之，電子零組件製造業與電腦、電子產品及光學製品製造業產品，其回銷台灣之比例分別為30.78%及35.19%，明顯高於其他產業。說明至中國大陸投資的高科技產業台商，與台灣高科技廠商之間，仍維持一定程度的連結，兩岸產業鏈分工的態勢仍然緊密。

　　服務業則由於產業特性，多數以服務當地市場需求為主要目標，服務業銷售當地化的趨勢最為明顯，當地化的比重為88.99%，且相對於兩岸服務業層級具有一定落差的優勢，台商或許具有較大的開發機會。

　　除了產品及服務的銷售向當地市場發展，在行銷模式上也呈現當地化趨勢。2010年（參見圖5）於當地自行從事行銷活動的比例達73.5%。與2007年相比，由台灣母公司行銷的比重，由57.5%下降至52.5%，顯示台灣母公司在主導行銷策略，或是提供行銷人才方面的功能，較過去更為弱化。

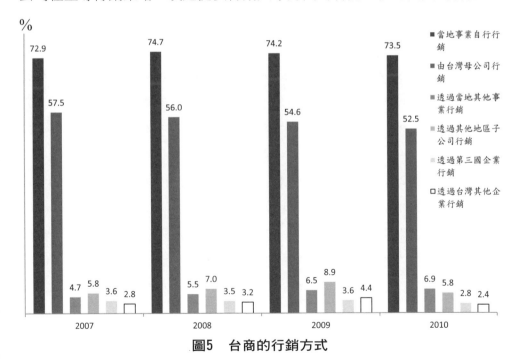

圖5　台商的行銷方式

資料來源：同註5。

　　兩岸產業在行銷鏈結呈現此種態勢，是由於過去中國大陸以「世界工廠」吸引台商投資，轉型發展為「世界市場」之際，在「Made in China」轉變為「Made for China」時，當地市場缺乏具有規劃概念的相關行銷人才，台灣母公司勢必提供行銷資源。其次，中國大陸市場過去大多以低價策略作為行銷手段，在其消費市場轉型之際，欠缺的行銷策略由台灣母公司所彌補。再者，對岸子公司在角色定位上雖朝多元化發展，但製造生產仍為子公司側重的營運內容，行銷活動則由台灣母公司進行。

　　中國大陸台商行銷功能與台灣母公司連結較深者，僅剩高科技產業中的電子零組件製造業，及電腦電子產品和光學製品製造業，此兩個產業仍有71.7%及77.0%由台灣母公司行銷產品。顯示兩岸高科技業不僅在銷售配置上產生鏈結，行銷活動上也相互結合發展。服務業則多與總體趨勢相同，以當地子公司從事行銷多於台灣母公司。

（四）研發當地化

　　經由台商中國大陸子公司的主要技術或know-how來源，可觀察其與台灣母公司在創新活動上的連結，以及研發當地化的趨勢。大致而言，對岸子公司的主要技術來源仍然為台灣母公司，其次才是當地自行研發（參見圖6）。

　　2007年與2010年的調查結果相比，台灣母公司研發的比重由86.4%下降至84.4%；由當地自行研發的比重則由28.6%上升至35.2%，顯示台灣母公司仍維持技術來源的領導地位，但研發當地化的現象已逐漸浮現。整體而言，台商在中國大陸投資事業的體質正在轉變。過去在中國大陸所僱用的員工，多為從事生產的低階勞動力，技術研發則高度依賴台灣母公司，在當地幾乎不設研發部門。

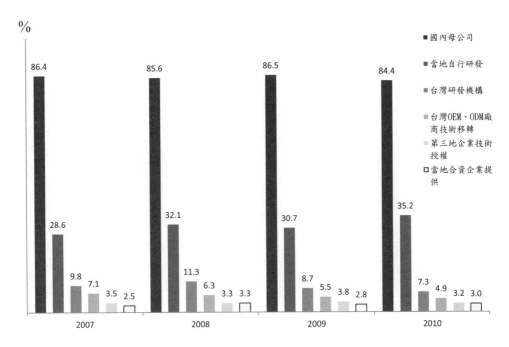

圖6　台商主要技術或know-how來源

資料來源：同註5。

　　另外在研發動機上（參見圖7），主要以降低成本與提高效率為主，比重占76.95%，顯示對岸台商在面對其他廠商激烈的競爭之下，成本與效率將成為廠商延續競爭力的關鍵所在。其次，則是提升產品品質或功能與開拓當地市場，分別占57.81%與54.3%。成本動機對於勞力密集的民生產業而言，是其進行研發創新的重要考量。反之，就服務業而言，開發新技術／產品／服務，以及開拓當地市場的研發動機，一般而言較成本與效率動機為重。

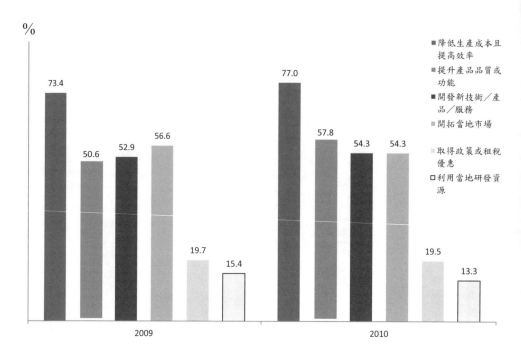

圖7　中國大陸台商研發動機

資料來源：同註5。

　　此外，在合作對象上，台商特別重視供應鏈關係的維護，傾向與供應鏈上下游夥伴合作，進而將單純的生產活動延伸至研發創新（參見圖8）。台商與客戶進行研發合作的比重高達64.2%，其次為材料供應商，比重為41.7%，再其次才是科研或技術移轉機構與大專院校（15.8%及14.2%）。與下游客戶建立研發合作，是廠商傾聽客戶需求、深化客戶關係的管道；與上游的材料供應商的研發合作，則可確保供應商滿足廠商需求，並可在第一時間獲得原物料的即時資訊。至於與其他科研機構、大專院校、甚至是技術顧問公司的合作，則可藉此獲取先進科技或外部研究資訊，藉由產學研合作機會，或可將學術研究成果應用於產品市場。

　　隨對岸專注於培養科技實力，加上經濟成長帶動的內需市場擴張，研

發當地化情形已日趨普遍。不論是傳統或資訊電子產業，其中國大陸子公司不僅擔負台商生產基地的角色，也順勢發展出業務管理、研發之功能。

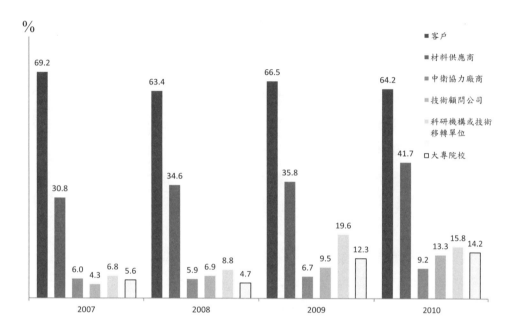

圖8　中國大陸台商研發合作對象

資料來源：同註5。

　　另外，傳統產業研發當地化的現象已逐漸浮現，此現象有別於資訊電子產業仍依賴台灣研發人員的支援。由此可知，傳統產業中國大陸子公司的組織地位及營運獨立性將逐漸提升，與母公司的連結則相對減弱。

　　綜上所述，當地化意涵所呈現的是融入一個特定地區的地方特色，包括它的區位優勢、自然資源與人文資源，地方社會經濟發展的追求導向和內在動力。區域間具有差異，使不同商品的資源因素限制性不盡相同。例如，通路差異、地區性習俗、消費者需求差異、市場結構及地主國政府壓力等，使得當地特色得以發展與創新。

四、當地化對台商轉型升級的影響

　　當地化是兩岸透過市場競爭的比較利益表現，惟雙方的比較利益並非一成不變，往往伴隨兩岸產業動態的發展和國際環境的演進而變動。透過台商投資大陸，資源得以在雙方之間做最適當的配置，充分發揮其生產力，對兩岸經濟與產業發展皆有助益與貢獻。

（一）中國大陸子公司自主性提升

　　中國大陸經濟成長模式，在政策上由「保增長」向「調結構」調整，藉由廣大的內需市場能量，使台商中國大陸子公司的營運出現多元化發展。對台商而言，對岸在內需結構、創新研發、高新科技、服務發展等各方面產生變化，由過去倚賴外銷市場的策略轉為顧及當地內需能量，使中國大陸子公司自主性提升，與台灣母公司發生「主從易位」的現象。子公司不再僅止於海外生產據點，也從事資源取得與採購、供給層面的技術與研發活動，乃至於對中國大陸內需市場的行銷開發，子公司出現多元轉型的現象。具體而言，中國大陸子公司擁有不同功能，其策略角色可區分為以下六種：[6] 境外工廠、資源蒐集型、區域生產中心、區域市場型、全球市場型、領導貢獻型。

　　子公司扮演著不同的角色與不同的營運職責，將擁有不同的自主性。[7] 當子公司有決策權力時，對中國大陸市場需求及所面臨任務環境上的裁決

---

[6] 資源蒐集型（Outpost）：海外子公司在地主國為母公司蒐集技術或知識。區域生產中心（Source）：運用當地生產要素，並獲得特殊資源與專業技術累積，發展適用於全球市場的產品。區域市場型（Server）：為降低貿易障礙、運費匯率風險等因素，針對某國家或地區區域市場的生產中心。全球市場型（Contributor）：將產品客製化、改良生產程序與產品以服務市場等任務為主。領導貢獻型（Lead）：海外子公司的角色演進伴隨著知識的累積與研發的投入，將具有創新能力，替母公司進行製程、產品等研發創新。

[7] 海外子公司的自主性定義，為本國母公司賦予海外子公司在策略及作業上的決策執行權限。

將更具效率、執行過程更具彈性與決斷力。此現象配合當地化發生時，子公司與中國大陸的連結程度越高，表示母公司的重要資源或關係網絡被子公司所掌握，導致子公司自主性提高。若樂觀看待，此舉或可減輕母公司的業務負擔，也可能因為子公司深度鑲嵌在中國大陸的網絡中，而增加獲利可能性。

（二）子公司角色多元化

　　台商中國大陸子公司的當地化模式，顯示某種共通性、當地化進程有其軌跡。大體而言，以製造業為例，台商子公司普遍以設立製造生產中心開始，隨後增設行銷中心與品管中心。之後，再增設採購中心、售後服務部門與研發及設計中心。最後，更進一步增設財務籌資中心。

　　據此，隨中國大陸子公司角色改變，兩岸間供應鏈可能發生下述變化。首先，子公司為拓展當地內需市場，發展符合當地消費所需，以及依地方風俗民情對不同產品屬性的發展，廠商通常於當地進行原物料或零組件採購。其次，對當地廠商採購比重提高，上、下游廠商可能尾隨赴中國大陸投資，有助促進供應鏈當地化發展；再者，台資企業於對岸進行代工生產、代工設計等營運活動時，為使生產成本降低，子公司將與當地企業在中國大陸建立起供應網絡，使生產成本的問題獲得改善。最後，相對於其他國家，由於台灣對外投資，多集中於中國大陸，當地出現台商聚落，供應鏈發生當地化現象自然較高。

　　子公司角色多元化的現象，也算是呼應施振榮先生提出的「主從結構」，強調是以海外據點為「主」，由其自行決策且獨立經營，充分授權給專業經理人，讓其選擇最具優勢的方面去做，而不具優勢者便交由其他關係者做。企業總部則扮演「從」的角色，負責協調與諮商的工作。

（三）強化台商的競爭力

對於傳統產業而言，利用大陸廉價資源。不但讓廠商能夠持續生存下來，甚至進一步在中國大陸當地拓展或進軍國際市場，成為多國籍的企業。投資中國大陸為台灣廠商提供國際化的資源及經驗。而且，台商在對岸市場其中一項優勢，在於擅長生產具華人特色的產品，如食品、建材、家具、衛浴設備等，這些產品帶有相當的地域和中華文化色彩，台商充分利用大陸市場逐漸創立起自有品牌，如康師傅、旺旺仙貝、統一、和成衛浴等都建立了市場口碑，在各大城市都有很高的知名度與市佔率。

除了著重技術研發外，台灣部分高科技製造業也開始自創品牌，往微笑曲線的右端移轉。近三年台灣前十大品牌的品牌價值逐年增加，由2009年73.2億美元，成長至2011年115.2億美元（參見表1）。其中有不少是深耕中國大陸多年的台商，顯示即便對岸的產業競爭環境日趨激烈，台商仍在自創品牌和國際化經營方面有一定的成果和優勢。

表1　台灣國際品牌價值

排名	2009 名稱	品牌價值（億美元）	2010 名稱	品牌價值（億美元）	2011 名稱	品牌價值（億美元）
1	宏碁	12.4	宏碁	14.0	宏達國際電子	36.1
2	趨勢科技	12.4	宏達國際電子	13.7	宏碁	19.0
3	華碩電腦	12.3	華碩電腦	12.9	華碩電腦	16.4
4	宏達國際電子	12.0	趨勢科技	12.3	趨勢科技	12.2
5	台灣康師父食品	9.2	台灣康師父食品	10.7	台灣康師父食品	11.9
6	中國旺旺控股	4.2	中國旺旺控股	4.8	中國旺旺控股	7.4
7	正新橡膠工業	3.5	正新橡膠工業	3.9	巨大機械工業	3.4
8	巨大機械工業	2.6	巨大機械工業	2.9	正新橡膠工業	3.4
9	聯強國際	2.6	聯強國際	2.8	聯強國際	3.2
10	合勤科技	2.2	創見資訊	2.4	研華股份有限公司	2.4

資料來源：各年度台灣國際品牌價值調查，中華民國對外貿易發展協會。

（四）作為其他外資企業共同佈局中國大陸市場的策略夥伴

台商子公司藉由中國大陸發展內需市場所產生的消費能量，赴中國大陸進行多元發展。子公司從母公司獲得營運投資資源擴大並與其他外資企業共同佈局中國市場。台商擁有多年赴對岸發展經驗，產業鏈出現鏈結，且長期耕耘中國大陸市場後已有相當深度的當地化現象。

其他外資企業以台商子公司作為進軍中國大陸內需市場的策略夥伴，彼此獲得資源互補，共同進行市場開發。海外企業在資金、技術、專業知識上具有優勢，若雙方整合各方面資源，以策略聯盟或合資成立新公司的方式進入對岸內需市場發展，對雙方更為有利。

參、台商與我國政府的因應思考

台商在國際供應鏈環節、新興產業乃至於中國大陸內需市場，均面對著外商、挾國家資源的中國大陸國企、具成本優勢民企的強勁競爭，對岸經濟結構轉型帶來的生產成本提升、產業轉移要求，更使台商經營壓力逐年升高。台商在轉型升級上可進一步關注議題與採行的措施如下。

一、台商的升級轉型

（一）確認升級轉型的需求

就單一企業而言，若由於台灣經營環境改變，個別企業在境內難以生存，而外移到中國大陸尋求事業的第二春，此為相當實際之作法。如此，不僅反應比較利益，同時也顯示基於產品生命週期的更替，不得不進行的兩岸產業分工調整。

因此，台商的外移，不論其只是想要規避生產要素之成本劣勢，或單純地想分享對岸的廣大市場，若未能真正地尋求企業改頭換面之道，則其

外移也僅能單純的延長其生存時間。雖然台商的韌性、產品的品質與較為先進的經驗技術，均是過去成功立足的原因。然而，面對快速變化的中國大陸經營環境，對於台商乃至於我國政府而言，如何創造轉型的空間，毋寧是更為重要的關鍵議題。台商所向來引以為傲的「靈活度」，仍是保證其在對岸持續存活的重要優勢。

首先，在轉型的思維上，應更著重長期的轉型經營轉軌調整的速率和效益為何？台商應盡速轉型以便擺脫中國大陸景氣循環的威脅，找到新的經營利基。譬如，司空見慣的「改行轉業」，有的台商從製造業轉型為「奢侈品」進口商；若選擇「專注本業」，則可帶領單一或一群台商在本業內，由產品組裝，轉型為上游尖端材料製造；「逆向思考」的經營策略新佈局，也是可以嘗試的方向。面對全球經濟疲軟的狀況，非但不減縮本業經營，反而逆勢擴大投資，專挑其他同行棄守的資產，進行「低價抄底」，提前掌握下一波經濟復甦的商機。

其次，台商的轉型策略可更細緻化地依據該地不同的產業結構，重新調整自身的生產策略，倘若不持續尋求轉型，則台灣的夕陽產業移到中國大陸，一樣是夕陽產業。具體而言，台商轉型應更側重與台灣現有產業的連結性，從兩岸產業發展的高度，全局性和全方位思考，最好能徹底重組的經營結構，以強化台商抵抗諸如景氣循環、政策搭幅度變動等風險的能力。因此，一些簡單、浮面的「轉型升級方法」不一定適合。例如，台商過去僅專精工廠營運，因此像「廠主變店東」、「工業企業跨足服務業」等轉型作法，並不適用於所有台商。因此，轉型升級的執行，無論是想延續事業的第二春或是滿足晉身國際的雄心壯志，皆必須掌握當地經濟結構的特點，並以台商特有的靈活性改變工廠的生產方向，以便在詭譎多變的市場中獲利，延續生存。

（二）以中國大陸作為培養品牌的練兵場域

台商在對岸的生產工廠，對進軍內銷市場而言具地利之便，但知名度明顯不足。大部分台灣科技業者在對岸，仍舊以代工製造為主，較少經營品牌與通路。惟，品牌與口碑的建立市場開拓有其影響力，當品牌為消費者所認同，欲購買特定商品即聯想某品牌。如此，類似條件的商品，即使台商品牌的定價更高，尚可被消費者接受。建立品牌形象後，後進廠商分食市場也相對困難。

台商可積極參與我政府對品牌與通路經營的輔導，以便跟上中國大陸經濟發展的腳步，龐大的中國大陸消費市場機會是給有品牌的廠商。中國大陸龐大的內銷市場可以為台商企業提供打響品牌的場域，惟可能仍非獲利的保證。

（三）深度評估轉進內銷的「可行性」

中國大陸13億人口及日益增進的消費水平，市場「潛力」無窮，成為全球企業的兵家必爭之地。惟，中國大陸零售商業和服務業的市場，事實上尚未發展到可以讓大多數企業輕易獲利的程度。由對岸GDP的相關數據可以約略推論。2012年上半年中國大陸GDP成長，居首的是第二產業（工業），而非第三產業（服務業）。前者成長8.3%，後者僅成長7.7%。此外，代表消費力的「社會消費品零售總額」，年成長率為14.4%，較去年同期下降了2.4%。顯示長久以來的擴大消費內需政策，尚未穩定發揮效益。換句話說，台商大舉投資開闢通路、主打內銷，其所面對的風險與經營製造相比似乎並無較低。

此外，若從中國大陸的稅收結構間接探尋對岸內需的消費力的強弱，也可以得到類似的結論。2010年中國大陸個人所得稅收入為4,837.1億人民幣，佔總稅收的比率為6.61%（參見圖9），占GDP比率為1.16%。

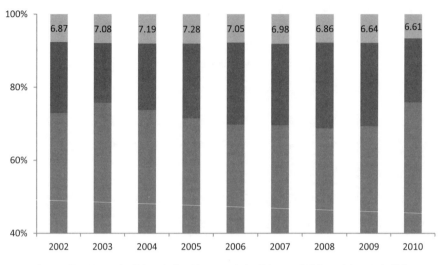

圖9　中國大陸的稅收結構

資料來源：各年度中國統計年鑑。

　　中國大陸歷年個人所得稅的成長率，也呈現較不穩定的趨勢。因此，中國大陸大部分消費者的消費能力，受制於所得不高的因素，而遭到限制。基於此因素，大部分台商無法用高價格銷售商品，而成本壓縮也已達到極限，即便「以量取勝」，也難以獲得相對利潤。

　　總之，面對幅員廣大、消費型態迥異的中國大陸市場，台商除非具有特殊區域性之市場利基，無論從主觀（廠商的資金、成本結構、技術、產品差異化等）或客觀（中國大陸的消費者所得）條件觀察，台商企業競爭內需市場上似乎是相對不樂觀。恐怕還是必須提升廠商的產品或技術層次，尋求產品差異化，以免因為沒有新產品，與中國大陸商品無差異化，因而喪失了競爭力。

（四）人力資源對轉型升級的風險

人力資源對中國大陸台商轉型升級的影響相當顯著。中國大陸大部分產業的工資年成長率在9%-10%，預計未來四至五年內工資仍將保持成長的趨勢。2011年的工資成長率達到全球金融危機爆發以來的最高水準。勞動力短缺推動了工資上漲，產生「路易斯拐點效應」（中國美國商會，2011）[8]。

此外，對岸勞動力市場的一大特點是主動離職率居高不下，如何留住員工依然是一項重大挑戰。2010年主動離職率為近10年來最高，達到了20%（圖10），且未來可能繼續呈現上升趨勢。很多製造和服務企業，尤其是依賴低工資勞動力企業的離職率非常高。此現象在每年的春節後尤其明顯。

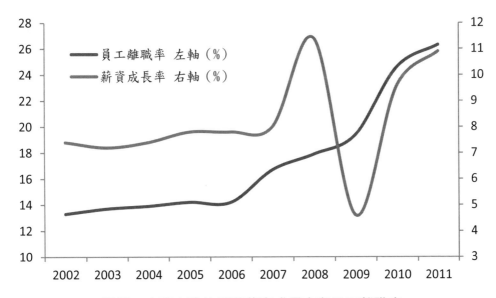

圖10　中國大陸的勞動薪資成長率與員工離職率

資料來源：中國美國商會（2011）。

---

[8]　中國美國商會，美國企業在中國2011白皮書，北京市，2011年，頁127。

綜合上述，中國大陸熟練勞工緊缺的市場現狀對台商企業如何吸引、留住和激勵管理人才皆帶來重大挑戰，影響其關鍵性人才的需求與獲得。此問題已對台商的轉型升級形成阻礙。

二、對台灣政府的因應建議

（一）強化台商與台灣的連結

目前中國大陸台商的發展，因為當地化的緣故與台灣產業發展連結趨於弱化，導致降低台商參與我國經濟發展與產業轉型的機會。從執行輔導政策的角度觀察，短期可持續透過相關團體，運用政府的力量向中國大陸傳達台商經營困境並要求有所回應，以免台商在對岸的競爭與影響力快速消退。

中長期，則應強化我國現有台商輔導措施。李冠樺（2012）[9] 指出「台商聯合服務中心」，若與日韓等國作法相比，尚有強化空間。例如，可善用在中國大陸據點（日本貿易振興機構與大韓貿易投資振興公社），協助當地企業發展。提供如市場調查、智財權問題處理、人才培育，甚至貨幣清算協助等服務。

以市場調查而言，日韓對其在中國大陸的企業，不僅提供經營環境商情，更針對不同地區發展差異，提供不同之經營資訊，降低企業貿然投入市場之風險。甚至透過市場研究，主動選定值得發展之地區、產業，引導企業投資行為，並向母國政府提出佈局建議。隨著兩岸經貿團體正式互設據點，建議可擴充其功能，提供更細緻化之資訊與多樣化服務，並扮演更積極之角色。

---

[9] 李冠樺，「借鏡日韓降低台商投資風險」，聯合報，2012年7月27日。

（二）持續降低兩岸跨境營運的交易成本

台商企業在昆山、蘇州、深圳等地建構了高科技產業的產業群聚，相關的原物料廠商大都已佈建完成，在上中下游進行垂直整合的同時，代表著原料及零組件的來源也相對的當地化。會由台灣進口的大部分都是在對岸沒有辦法採購的精密零組件、設備。因此，接近市場所能夠提供的及時性，對於上游的生產者而言是相當重要的。

台商之所以傾向於在中國大陸當地採購原物料，在意的無非是經濟利潤的極大化。經濟因素本身固然極為重要，但兩岸政府的政策亦扮演一定的角色。雙方政府可以利用各式政策手段，增加或減少企業在特定層面的成本，以達成政策工具所期待的結果。

因此，我國政府應設法運用兩岸現有的對話機制，嘗試針對兩岸之間的運價、貨物運量、關稅、中國大陸的加值稅、進出口審查、通關綠色通道等議題進行協商，以降低兩岸跨境營運的交易成本，可在一定程度上減低台商持續將產業鏈外移、當地化的誘因。

（三）「整合」相關配套措施，吸引台商回流

近年陸續進行的兩岸政策鬆綁，包括放寬40%投資上限、兩岸重點城市包機直航、陸客來台、簽訂投資保障協議等，各種有利因素下，強化了台商回台投資的意願，可能減緩台商到中國大陸投資的急迫性。

下一步，要持續吸引台商回台投資，仍必須回歸到制度層面，著重在制度設計與重塑的整合。唯有整合金融機構融資貸款、研發補助諮詢、政策性優惠貸款諮詢、工業區土地租金優惠及協助解決技術升級轉型問題、規劃投資特區，給予優惠條件、解決勞工短缺問題等，並先吸引龍頭企業回台投資，才有可能進一步吸引周邊台商回流。否則，由於台商缺乏回台投資意願，則我國政府所提的相關規劃，自然不會影響到台商的投資決策。

案例分享

東莞台商輔導案例與經驗分享

羅懷家
（台灣區電電公會副秘書長）

　　我們跟東莞台商協會合作，是最辛苦的，也是最成功的，這種革命感情是沒辦法說的。各位了解到，在大陸政府那邊，如果把他們的政府要錢來台商這邊做工作，多難的事情！但是東莞台商協會做到了，那這是非常非常了不起的地方。公協會如何把錢拿到，能夠服務台商，非常不容易的工作。所以不管是葉會長、謝會長，都是我們了不起的前輩，我一直要跟他們學習。

一、東莞台協轉型升級最早應變

　　台商的輔導轉型升級，他是要有一定的高度跟先知才能來做。否則的話你根本不知道未來會怎樣，你怎麼來先做這個部分？所以在2008年6月的時候，葉春榮會長，那時候就找我，我們合作做一個未來轉型升級的活動。

　　第一，世界會發生甚麼事情？該如何因應？有甚麼方法可以做？我們在東莞開一個八百人的研討會，非常成功。那時候，我記得石齊平教授提出，未來的世界，廠商一定會停關併轉，中小企業尤其是勞力密集產業、出口型的產業一定受到影響。那事實發展也是如此。我們對於那次是由葉

會長所辦，為了對於所有演講者的重視，謝會長一起到台灣來接大家到那邊去。所以你看東莞台商協會有這種高度跟眼光是值得佩服的，在整個金融風暴正式爆發以前就開始做。

　　第二，我也強調，因為電電公會是一個使用者，怎麼會來做台商輔導？其實我們是以一個「組合者」（Organization）的角度來做這塊。所以我們必須要了解廠商的問題，我們才能做這樣輔導，我還特別提到，王寶吉先生是過去華新麗華東莞廠廠長，所以了解企業的運作跟需要；由他來協助和輔導當地企業的轉型升級，就是駕輕就熟才能夠做下去。

　　第三，我想特別的就是說，這整個拿到相關的預算來協助廠商來做，那是需要大家來群策群力。其實大廠不太需要協會來幫忙，他自己就可以做；我們真正幫助的是中小企業的發展。那在這個裡面的話，事實上我們在讓東莞整個認識這件事的重要性，跟台商合作這件事上非常重要。這個合作的結果他們也很滿意，所以本來要做一年的轉型升級，從2009年到現在，各位可以看到他還繼續再做下去。所以顯然，這個是有成效的，而且他願意付錢，繼續做這個東西，那我覺得這個團隊是優秀的，我們把這個事情做好。所以在這個裡面的話，我們也第一個讓他理解到台商的重要性。所以我們不斷告知他，說這個台商的產業鏈，做好產業鏈轉型升級的話，不只是對他好，其實我告訴我們政府，他是台灣力量的延伸，而且是擴大全球影響力。而且兩岸經貿往來它是一個穩定、發展與和平的一個重要力量。我們怎麼樣把它做鏈結起來，是一個非常有意義的工作，對大家發展更為有利。所以這個情況下的話，我們就是一直在推動這個部分。那當然是說大陸這個環境的變化的話，以東莞來講，他自己的檢討是這個樣子：第一個，自有品牌太少；第二個，他的產業結構全部靠外向；第三個，他偏重製造業；第四個的話，他都是中小型企業；第五個，他都是憑投入增加而產出增加的。

二、東莞製造業危機和挑戰並存

在這情況下，繼續發展的問題在哪裡？第一，以大量消耗資源來換取經濟成長的模式，難以為繼；第二，東莞製造業在全球產業格局中，處於相對低端，已經沒有力量再繼續進行下去了；第三，後續的競爭國家的力量大量產生，所以他的相對優勢大量下降，那在這個裡面的話，東莞本來在裡面用的低端製造優勢，隨著勞工成本上升、能源各方面因素影響，他已經逐漸喪失。所以這時候東莞他想出來的方法：第一，透過引進台灣產業服務業的機構，來協助他轉型升級；第二，鼓勵現有加工貿易企業延伸產業鏈，甚至轉內銷；第三，以台灣松山湖高科技園區為依託，來彌補產業鏈的缺失；第四，透過台博會，大麥客的希望引進銷售的部分；第五，透過東莞工研院、科技大學來技術創新，跟人才培育，他是整套的措施理念，那我們尋求我們能夠幫助中小企業的部分來著力、來發展。所以在這裡面的話，事實上各位資料裡面也可以看到，我們也是針對民生型的企業、中小企業，資本密集，跟技術密集的企業。

我們在協助廠商的過程裡面，我們也檢討自己，我們在大陸產業發展，其實已經呈現弱化的現象。第一，我們出口的數字，就大陸進口數字，我們可以跟韓國比；韓國進口數字大量增加，相對我們都比他來得少；第二，就是說，台灣對大陸出口的話，成長率低於主要貿易國家，台灣在主要貿易國家中的佔有率也是節節下滑。在大陸他已經建立一個工研院，所以他對台灣的需要也下降。大陸的政府鼓勵跟市場建立，很多外商都在大陸設立研發中心，包括TOYOTA；第三，台灣企業在大陸裡面越來越大，很多在設立研發中心、企業總部都一個一個在設立，所以這時候如何能加強兩岸產業鏈的有效結合？其實轉型升級是重要的；如何把台灣這種研發的資源、創新的資源，跟大陸這個我們的企業做結合？這是非常重要的。

當然我們都會想如何轉型。轉型的話，如果規模太小，資源、資金不

夠的話，很難做。那轉向內需的話，轉內銷不是這麼容易；移往他地的話，也不是這麼容易做、對外面也不了解，所以在這個時候的話，如何來做？那我這時候介紹兩個部分：大陸怎麼做？台灣怎麼做？大陸事實上國台辦在結合工業總會，跟我們的台企聯有做，那當然，科技部在執行這計畫，因為我個人也參加科技部這整個計畫，但我覺得說真正實質效果是相對有限的。因為高高在上，其實廠商需求不容易了解。那實際上地方來做的話，東莞的地方各位可以看到，區域移轉、技術升級、市場開發、品牌通路、資金跟顧問輔導。特別要推崇葉會長，要求東莞市政府在減少企業費用方面，東莞台協是做了很大的工作，我們很多地方的台協都羨慕不已。

實際上東莞在做這部分的話；第一，以中小企業的台資企業為重點；第二，把當地企業的優惠用在台資企業；第三，台辦做一個結合，能夠有效合作，這是別的地方比較少見的。再過來四個平台，特別是輔導平台、產品內銷平台、融資支持平台，還有是協調平台。前面幾個平台各位從字義上面可以了解，那協調平台是由於跨部門，很多事情很難做，那必須台辦出來能夠協助幫忙我們解決這些問題，我想是四個平台中最重要的。那輔導金額跟補貼原則，這個是另外一個重點，因為講「到底需要甚麼？」需要專家來看，那這個專家來看的話，地方政府願意出錢，我們沒有增加所有台商的費用，這個部分我們就跟輔導廠商做一個結合，那我們實實在在的協助廠商來做這件事。

三、輔導績效有數據分析

輔導的成果，整個東莞台協大概輔導了三百家廠商，所做所為我們可以看到。那實際上來講，庫存下降百分之三十、庫存佔用資金下降、提高庫存資金的週轉次數、降低庫存清點的誤差、延期交貨減少、採購期縮短、停工待料減少、製造成本降低百分之二十二、管理人員減少百分之

十、生產能力提高至百分之十到二十五，在這個裡面我們所做的就雲端服務的部分、ERP管理的部分、製程管理的部分、品質管制、人才培訓，這些都是我們對於台商，在協助他轉型升級重要的一個工作。所以在這個裡面的話我們特別就是可以看到，實際上東莞產生的實效。當然我們在這也不能忽略我們政府所做的，就台灣政府所做的部分，當然是說因為我們在台灣特殊的政治情況，我們不希望這個輔導的費用用在台灣的部分，這是我們現在實際上有的壓力。所以這時候台灣資金到東莞台商相對是比較少的，但是還可以繼續擴大。那東莞台協我們都不斷的呼籲如何把這個產業鏈，作為全球競爭力的一環，因為未來的戰爭全部是品牌對品牌、團隊對團隊、國家對國家戰爭。這個裡面的話，一定要政府繼續支援我們，我們才有力量，繼續來做。

表1　電電公會在東莞協助轉型升級作法

2008年與台商協會共辦轉型升級研討會
自2009年東莞市政府開展台資企業轉型升級輔導工作
• 2009-2011年，公會共簽署協定115家，完成診斷95家，深入輔導67家，市政府為企業資助金額人民幣1200萬。 • 2011-2012年上半年，公會簽署診斷協定60家，完成診斷37家，深度輔導24家，輔導結案38家。市政府為企業資助資金人民幣共1,550萬。
目前東莞聯絡處主要輔導企業的專案有
• 企業ERP管理，制程管理，品質管制，人才培訓。 • 其中企業ERP管理項目佔整個輔導的87%。

資料來源：王寶珏，東莞轉型升級現狀檢討及未來發策略。

表2　東莞輔導效益顯示

1	庫存下降30%-45%
2	降低庫存資金佔用20%-50%
3	提高庫存資金週轉次數50%-80%
4	降低庫存盤點誤差，控制在1%-2%
5	延期交貨減少80%
6	採購提前期縮短50%
7	停工待料減少60%
8	製造成本降低22%
9	管理人員減少10%
10	生產能力則提高10%-15%

根據2011年的統計：參加轉型升級輔導的企業中，中小型企業居多。在目前輔導之前87家企業整個輔導的投資額由原來的23.7億增長至24.95億，改善增加1.88億。內銷也由輔導前的10.8億增加至12.2億。整個納稅額度也有輔導前的1.6億增加至1.88億。有形效益約5,838萬元，未來三年產生效益約9,301萬元。

資料來源：王寶玨，東莞轉型升級現狀檢討及未來發策略。

　　電電公會是在合作協助東莞的台商，昆山的台商有七成是外銷的，我們去大陸投資的台商有四分之一在江蘇、九分之一就在昆山。所以針對這部分，我們也協助他，在東莞做類似的工作：第一個，培訓，每個禮拜做，我們也跟東莞一樣，做電子性的博覽會。只有我們自己做，我們才能把台灣廠商擺在門口；我們如果參加大陸的展覽，台灣廠商怎麼可能擺在門口？所以要我們自己去做的原因在這個地方，我立刻可以把這個品牌全部都建立起來。我們把未來台灣是怎樣的社會展示給東莞看，比如說這個電子化、雲端計算，我們很多智慧城市，我們都搬到東莞去讓他們了解到下個階段，小區建設應該怎麼做？這都是我們雲計算的服務在裡面。那這裡面其他的，事實上我們在昆山的地方，除了電子化服務，我們也處理物流，台灣跟大陸，明年還有日本，只要KEY-IN一次，所有報關都在一

起，這就是通關便捷化的部分。我們也協助他做低碳、節能的部分。我們也希望把這些東西移到東莞來協助他們做這個節能減碳的部分，我想這是電電公會實實在在，在做這一塊。我們也感謝東莞台協的大力支持，我們會做好這塊，讓台灣的廠商在兩岸中間繼續成長、繼續茁壯。

台資企業轉型案例：石頭記與徐福記

洪明洲

（中國文化大學推廣教育部教授）

中國歷經30年的改革開放是歷史上罕見的經濟發展變局，到大陸投資的台商躬逢其會，他們身處變局，身受變局衝擊，經歷過去所未有的變局。很多台商順勢而起，也有不少台商深陷困境，台商如何因應這一歷史性變局，如何轉型，有些為何能轉型成功，有些為何無法轉型，或者轉型失敗？一直是媒體與學術探討的熱門主題。

過去研究台商在大陸轉型案例，因限於大陸投資歷史短，投資成果難展現，常只就短期（1-5年）時間進行觀察，很難深入理解台商長期因應環境變局的特殊能耐，更無法獲知投資的真正成效。為此，本文採較長期（20年）的觀察，以個案研究兩家台資企業：石頭記珠寶公司與徐福記食品公司（以下簡稱石頭記與徐福記），希望對東莞或廣東地區台商因應大陸過去20年環境變局的成功之道，提出較具論證的說明。

兩家台資企業共同點是投資大陸的起始與結果，但轉型過程截然不同。兩家企業都以東莞為第一站投資發跡地方，且都在各自行業領域闖出名號，形塑全國性「馳名商標」品牌（結果）。但兩家在20年間，幾乎採取完全不同的經營策略，一家（石頭記）離開東莞另覓發展（但仍然在廣州省內），不斷跨業轉型躍進，另一家（徐福記）以東莞為經營總部，長

期專注（食品）本業，不斷創新本業經營。

　　相對於自始到大陸投資作內銷，一直以東莞為經營基地，穩健進行經營體質強化的徐福記，石頭記的轉型變化相當劇烈。早期它跟隨眾多台商到東莞投資，從事飾品加工外銷，隨後轉內銷，自建連鎖通路，自創品牌，再跨入文創、旅遊……。比較兩家公司在相同的地理區位環境（廣州省），各自因應20年相同的變化環境，應該能對台商在劇烈變化環境從事轉型創新，提出更好的理論註解。

一、環境變局的轉型戰略

　　過去20年（1992-2012）中國大陸歷經的變局可以用「十倍速變化」來形容：環境變化規模龐大到超越企業熟悉範圍之外，而變化力量較過去強十倍。十倍速變化使企業「不但失去控制權，而且不知到如何找回控制權」[1]，組織面對這種混亂、未知，過去管用的管理經驗可能都不靈光，經營者必須面對混亂、矛盾、無法判定環境變化走向的情境。他們一方面要緊守日益萎縮的市場，一方面又要冒然投入稍有曙光的商機；一方面想轉型變革，一方面又堅守過去成功的經驗模式。

　　當十倍速變化來臨前，企業會面臨策略轉折點，它由兩條曲線構成，一條曲線在往下降，一條在往上升，經營者必須辨明兩條曲線的變化，準備捨棄正在往下降的曲線，轉移到另外一條正在上升的曲線。此時很多商機常存在混亂與矛盾之中，經營者必須從看似不相干、彼此衝突的事物中，求取平衡或進行轉型變革。

---

[1] Andrew S. Grove（王平原譯），10倍速時代，大塊文化出版公司，民85年，45頁。

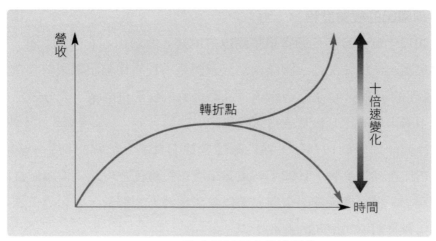

策略轉折與十倍速變化

　　在變革時代，策略制定不是只經由企劃，而是經由學習，其中，最主要的是改變思考方式，要求組織成員利用知識（而不是經驗），來尋求一連串的行動與最終願景目標的連結關係，這種過程就是「學習」。當組織產生一種主動積極的學習氣氛，企業即能改變與發展到另一新的策略方向，反之，組織若無法建立此一學習氣氛，任何變革策略終將失敗。

　　所以策略制定與學習不是分開的，它們是合而為一的，經營者必須針對可控制的事物，發展新的遠景，鼓勵組織成員學習不可控制的混亂、複雜事物。他們必須不斷嘗試抓住新的商機，並擔起改變員工思考方式與做事方法的教育責任，建立組織全員對未來的共同願景。

　　石頭記與徐福記兩家台商提供本研究很好的觀察個案，兩家公司都面臨策略轉折點，且都放棄正在往下降的曲線（製造、外銷），選擇正在上升的曲線（通路、品牌），成功因應環境變動，最後都以強韌品牌力深耕大陸內銷市場。它們的轉型過程提供深入了解台商在大陸劇烈經濟變局下所作的學習。本文首先介紹徐福記的經歷，再描述石頭記的轉型過程。

二、徐福記的經營歷程

2012年瑞士食品巨頭雀巢集團以17億美元收購徐福記60%股權，加入雀巢集團，使徐福記進入國際食品巨頭體系，利於徐福記繼續做大做強，成長為百年品牌。這是迄今台資食品廠最大的國際併購案，充分顯示徐福記在中國市場的經營根基獲得國際肯定。

徐福記創始於1978年，在台灣經營徐記食品，徐福記食品、安可食品、巧比食品等品牌，1992年廣東省東莞市投資創立「東莞徐福記食品有限公司」，總經理徐乘與家族兄弟以務實穩健方式經營，率領經營團隊，締造年營業額達20億元的食品王國。

看準中國傳統新年接待賓客的年糖市場，抓對中國人過年喜慶節日必須採買的新年糖，徐福記切入此一細微，卻少有對手的市場，它的新年糖和酥心糖深獲消費者喜歡，成為消費者必須採買的年貨首選。1995至1996年，徐福記第一次遭受打擊，各種魚目混珠的糖果威脅徐福記的正宗品牌，經銷商紛紛轉向假貨商進貨。

為了擺脫假貨威脅，1997年徐福記在大賣場推出專櫃銷售，銷售管道也從以前的批發移到商場超市。徐福記最先引進了國外的桶式陳列專櫃，這種專櫃的陳列形式非常靈活，可以自由拼湊，其陳列面積也可以隨著賣場的需要進行隨意更改，完全迎合了大型賣場的要求，同時也為廠家節約了大量的開發成本。此外，為配合賣場專櫃的銷售，徐福記改變產品包裝與售價，產品採相同定價，全部用小包裝，直接堆疊於專櫃上，讓顧客抓取。徐福記直接找賣場洽談專櫃的陳列與擺放，為賣場設計更好的年糖採買環境，也創造更大的銷售業績。

徐福記在開展大陸市場初期就確立了與大型超商賣場合作的戰略。但這一階段，大陸經銷商的零售佈建尚處於開發階段，徐福記體認到依靠經銷商的力量遠遠不夠。隨後，沃爾瑪、家樂福等國際連鎖超市紛紛湧入國內市場，徐福記因擅於與國際賣場打好關係，而獲得極佳戰果，進而拉高

同行進入市場的門檻。

　　賣場看中徐福記的專櫃設計能力與獨特銷售技巧，提供更大專櫃空間，徐福記順勢擴張產品線，推出居家生活餅點，產品涵蓋餅乾點心、沙琪瑪、巧克力和果凍布丁等系列，款式超過600多種，快速佔領各大賣場的貨架空間，擴張原先以過年喜慶節日為訴求的市場，使徐福記成為消費者來超市常態必買的糖果餅點。

　　在終端控制方面，廠家可以更加直接地了解到終端的各種最新需求，進而在第一時間進行有效調整。糖果銷售的季節性非常明顯，大部分產品專櫃均採用臨時擺放形式，比方在3-7月的糖果銷售淡季，很多品牌的專櫃陳列面積只有旺季的一半，到了10月中下旬，各糖果品牌才開始擴大產品陳列面積，這就要求廠家在淡旺季分別使用不同的陳列專櫃。針對這一情況，而國內的其他品牌，在最近兩年才開始接受這一專櫃形式，並進行大面積的應用，其更新速度遠落後於徐福記。

　　1997年徐福記集資美金3200萬元，成立BVI徐福記國際集團，結合新加坡TRANSPAC（匯來集團）管理基金、仲華海外投資基金與台灣徐福記食品公司及香港徐記洋行，控股東莞徐福記食品有限公司、東莞徐記食品有限公司、台灣徐福記食品有限公司、安可食品有限公司、泰國徐記兩合公司及香港徐福記貿易有限公司等事業體，總部設立於廣東省東莞市。

　　2002年，徐福記成為美國零售巨擘沃爾瑪的合格供應商資格，2003年開始透過沃爾瑪在全球3000多個超級市場，對全球供貨，使徐福記成為國際食品大廠，提升競爭地位。公司亦成為中國大陸出口全球最大的糖果供應商，外銷遍及全球5大洲。

　　運用海外資金的挹注，徐福記穩健地擴充生產設備，東莞擴大為三個廠，總佔地面積超過40萬平方公尺，擁有35個大型現代化生產車間，120多條自動化生產線，300多台尖端的高速包裝設備。生產線全部採自動化流水，搭配現代化品管系統，嚴格控制產品品質，每一製造流程工序都必

須經過三個層級主管的檢驗，以確保產品的品質與安全。此外，東莞設有一個先進的大型焚化爐，將全國各地的過期產品運回總部進行燒毀，嚴格禁止過期產品再流入市面。

為了讓產品與服務貼近消費者，徐福記在全國設立了100多個銷售分公司，產品銷售網路覆蓋全國三、四線級以上城市的現代化與傳統管道，年貨糖果專櫃近萬個。除東莞3座生產基地外，徐福記也在浙江湖州、河南駐馬店、成都投資設廠，並建置物流基地，三個生產基地與東莞總部形成互補，東莞作為高速自動化的生產中心，湖州是華東地區生產供貨中心，駐馬店是靠近原材料的生產基地，成都是西部市場的供應基地，。

三、石頭記的轉型歷程

1990年台灣圓藝珠寶公司到大陸東莞雁田鎮投資，從事來料加工的外銷生意。20年來公司大力轉型，從代工（圓藝）轉為自創品牌（石頭記），從製造業跨入服務業，逐漸建立文創、旅遊事業王國，它的每一段轉型都在極度不確定情境，極少人敢嘗試，但靠董事長蘇木卿的判斷、信念、執著，從很多艱難決策中，逐步締造全新事業版圖。

當蘇木卿從事飾品外銷加工時，他感受到公司必須轉型，他藉由到大陸各地參加展銷活動，來收集資訊，找出改善經營困境的對策。在大陸各地參加兩百多場展銷活動，有一次，在青島珠寶商展，一位女士買了人民幣100元的瑪瑙鐲子，她認為是假貨，因為價格低得離譜（當時每支瑪瑙手鐲市價要人民幣萬元），蘇木卿提出保證，產品若是膺品，假一賠百，因此贏得顧客信任，他從這裡看到大陸內銷自創品牌的商機。

有一次，在青島珠寶商展，一位女士買了人民幣100元的瑪瑙鐲子，她認為是假貨，因為價格低得離譜（當時每支瑪瑙手鐲市價要人民幣萬元），蘇木卿提出保證，產品若是膺品，假一賠百，因此贏得顧客信任，他從這裡看到大陸內銷自創品牌的商機。

原來銷售人民幣100元的真品瑪瑙鐲子，被認為是假貨。他要讓顧客相信他所銷售的珠寶飾品都是真品（預期），但當時現狀卻是：消費者不相信他所銷售的珠寶飾品是真品，於是他開始構思在大陸自創品牌的商機，開設連鎖店，運用品牌行銷向顧客進行宣傳，就是要拉近兩者差距的決策做法。

1997年，中國寶玉石界第一個商業品牌「石頭記」正式註冊誕生，運用這個商標，開始在各大城市推展加盟連鎖。透過醒目招牌，開架銷售、獨特飾品陳列……等革命性做法，市場耳目一新。不同於其它飾品店將昂貴珠寶鎖在櫥窗內，防止偷盜，蘇木卿認為讓顧客可以方便地拿取、試戴、選購，真切感受產品價值，效益絕對高於偷盜的風險，果然，每年近乎倍數成長的業績證明他的想法正確。

2004年底，公司以1500萬人民幣標下中央電視台黃金時段廣告，廣告打出後，各地要求加盟的商家絡繹不絕。2007年第一千家加盟店成立，「石頭記」並獲頒「中國馳名商標」。在打品牌與蓋工廠之間，台商都會選擇後者，因為品牌建立要靠砸錢打廣告，廣告效果不若蓋廠房具體實際。

「假使一億人民幣可以辦一座工廠，『石頭記』一年投入的廣告費可以投資兩座工廠」，廣告花費如此巨大，蘇木卿仍然選擇投資品牌，而非工廠設備。在仿冒大行其道的中國，廣告投資效益很低，蘇木卿卻用不同想法來看待：「有人仿冒，才能堅信『石頭記』是名牌」。

除了無形品牌價值資產外，「石頭記」的有形資產也非常雄厚，這歸功於2002年，蘇木卿在廣州市花都區買下遠超過當時需要的土地（130畝）來興建廠房，以紅樓夢為主題的未來模糊廠區概念是他購地、擴充事業版圖的考量，砸下人民幣1,000多萬元買下工業區土地，當時蒙受很大風險，現今卻獲利好幾倍。

2004年，只用一半土地興建的「石頭記工業園區」正式啟用，園區有廠房、倉庫、辦公樓、員工宿舍、會議廳、招待所……建築物美侖美奐，

員工在花園般的環境工作，訪客也彷彿置身於旅遊景點，這對來自全國各地洽公、訂貨的連鎖店加盟主特別重要，加添他們對「石頭記」品牌的認同與信心。

工業區另一半土地用於興建全世界第一座礦物園，構想來自蘇木卿2006年到奧地利知名水晶工廠施華洛世奇Swarovski總部參觀，它投資的水晶博物館給蘇木卿很大啟發，讓他體會文化才是品牌最深層的意涵。「石頭記」必須有某種獨特文化，必須用某些特定元素（石頭）來形塑品牌價值，並且不斷詮釋此一價值。於是，「讓石頭自己說故事」成為下一階段決策的主軸。

2007年開始規畫一系列「寶石文化」，包括用各類石頭做成栩栩如生的滿漢全席佳餚、遠古時代留下的木化石森林、外太空的流星隕石、琥珀牆、傳國玉璽、紅珊瑚、水晶觀音、通靈寶玉等。2009年8月「石頭記礦物園」開始對外營業，由地上石雕公園和地下奇石世界兩大部分組成，地上的石雕公園開放免費參觀，地下奇石世界收費。

投資近一億人民幣的礦物園，開張營運後遊客很少，但蘇木卿認為決策正確，投資是賺錢的。首先，單就園區珍藏的寶石過去三年的增值，就足以再蓋一座礦物園。其次，若計算每天從很少遊客人數帶來的口碑、品牌忠誠，讓每年公司呈等比率減少的廣告支出，礦物園的投資報酬率應該很驚人。

這座結合博物館、餐飲、休閒觀光與購物機能的礦物園，已經成了廣州花都旅遊新景點。2011年4月石頭記礦物園被評鑑為中國國家級四A旅遊景區，和張家界龍王洞處於四A同級旅遊景區，這些成就為「石頭記」的未來開拓一條更廣闊的路。蘇木卿腦中已浮現以下構想：「未來，整合石頭記兩個園區（工業園區與礦物園區）與附近工廠，形成一個更大市集，繼續朝五A旅遊景區目標邁進，讓花都變成廣州珠寶的重鎮，此外，還要在北京、上海、瀋陽等著名旅遊勝地，複製石頭記文創園區，最後回故鄉台灣落腳」。

東莞大麥客經營理念與挑戰

葉春榮

（東莞大麥客董事長）

　　大麥客商貿公司是東莞台商協會牽頭打造的，以集體品牌開拓內銷市場的商貿平台，也是東莞市政府積極推動台商轉型升級的重要成果。

　　台商轉戰大陸內銷市場，面臨最大難題就是沒有品牌和缺乏銷售渠道。東莞台商協會發起成立「大麥客」批發倉儲公司，便是希望能夠幫助台商建立品牌，搭建內銷新渠道。

　　東莞「大麥客」是台商「抱團」（相互結合，共同合作）發展，共同創建品牌拓展內銷的創新舉措。其主要特點是建立加工貿易產品集中銷售的平台，以集體資金打通內銷管道，以集體品牌「T-Mark」破解大部分加工貿易企業缺乏內銷品牌難題，採取不收取進場費、上架費、管理費的「三不政策」優勢，為企業降低內銷通路成本。

一、大麥客的經營理念

　　國際金融危機發生後，以往以外銷為主的台商企業面臨國際市場疲軟和人民幣升值的困境，亟需調整市場結構，開拓大陸內銷市場，實現從OEM向ODM、OBM的轉變。為搭建企業內銷平台，東莞自2010年起連續舉辦三屆「台博會」，共吸引100多萬人次進場參觀採購，充分印證了台

商產品在大陸內銷市場的適銷性。為使短暫的展會變成常態的銷售，打造永不落幕的「台博會」，東莞台商協會集資3億元台幣啟動建設大麥客商貿公司。

東莞台商協會邀請會員、廠商入股，讓股東成員都可以把自己的產品拿到大賣場來進行銷售，讓貨主既是股東，又是貨源方，能確保供貨穩定、價格合理。

大麥客以「立足東莞、輻射中國、行銷全世界」為發展藍圖。大麥客的經營理念是創造三贏:「廠商讓利、經銷商獲利、消費者得利」。讓消費者「買得開心、用得放心、吃得安心」。

二、大麥客的五大創新營運模式

大麥客與眾多大賣場有何不同？其最大的差別在於大麥客的五大創新營運模式:

（一）大麥客不收上架費、推廣費、條碼費

由於大多數的通路商比較強勢，廠商進入賣場的各種成本很高，台商還沒賺錢，就被通路商剝了好幾層皮，以致台商透過賣場開拓內銷市場的意願並不高。大麥客與其他通路商最大的不同是不要求上架費、推廣費、條碼費等各種不合理的費用。大麥客與供貨商成為夥伴關係，不僅不收取上述費用，同時還視實際需要向廠商買斷商品自行推廣商品。因此，大麥客協助台商擺脫外銷代工宿命，轉戰內需市場的機會更高。

（二）大麥客協助台商集體打品牌（T-MARK）

過去台商以來料加工的方式從事外銷出口，目前想轉型發展內銷市場，但由於沒有自己的品牌無法打入內銷市場，但建立品牌對個別台商而言談何容易呢？透過大麥客平台，不僅可以為台商打自己的品牌，還可以

為沒有自己品牌的台商集體打（T-MARK）品牌。

（三）大麥客成立「東莞加工貿易產品訂購中心」——永不落幕的台
博會

　　大麥客三樓設立近9,000平方公尺的「東莞加工貿易產品訂購中心」，定期舉辦零供對接、全國採購商大會、專題展覽，集中展示東莞品牌產品，並為企業提供進口、檢驗檢疫、電子標籤、物流等一條龍服務，協助外資企業解決內銷管道不足的問題。

（四）大麥客生「小麥客」的連鎖經營模式

為更好地延伸銷售功能，大麥客在社區設立「小麥客」，主要銷售市民日常生活用品，兩者結合形成完整的內銷平台體系。目前已有5家小麥客進駐社區營業，每家店面積200至500平方公尺，涵蓋2,000多種熱銷商品，初步形成了集群效應。

透過小麥客連鎖經營，加盟者不用投入太多的資金即可創業。商品由大麥客負責統一提供，小麥客可根據店面大小、當地消費者偏好等資訊，上架陳列適合當地暢銷的商品。透過小麥客螞蟻雄兵的力量，可以很快的將國外暢銷品、台灣名品、台商名品、大陸本地優質商品、當地農產品，推廣到廣大的消費者。

（五）打破傳統賣場與供貨商的作法，共創合理的營商環境

大麥客視實際需要，從供貨商處一次性買斷所採購的商品，也就是說，大麥客一次性用現金向供貨商結清貨款，這樣做的一個最大好處就是降低商品採購成本，最終受惠的是消費者，消費者可以更低的價格購買商品。

此一模式打破傳統賣場欺壓供貨商的作法，賣場與供貨商共創合理的營商環境，供貨商將會更願意與大麥客往來合作，願意以更優惠價格供貨。同樣的，大麥客將以更低的價格回饋消費者，可以創造商品更高的周轉率，達成賣場、廠商及消費者「三贏」的局面。

三、大麥客協助台商外銷轉內銷成果

目前，大麥客自創品牌（T-mark）有208項，協助廠商創聯合品牌（廠商自有品牌＋T-mark）有78項。售賣產品近6,000種，其中35%為東莞本地台商外銷轉內銷自有品牌商品，30%為珠三角其他城市台商企業優質名牌商品，20%為台灣引進精緻商品，15%為國外進口著名品牌商品。

已入場銷售的東莞台商企業有360家，商品2,280種。

四、大麥客的挑戰

　　大麥客有好的經營模式和經營理念，但大麥客的推廣不能固守台灣原有的經驗，要結合大陸的消費心理、消費習性和消費文化。大麥客的創新營運模式能否成功的關鍵在於：產品能否得到大陸消費者的認同；商品品項是否充足；商品是否差異化；商品是否具備價格競爭力；賣場營運本土化做的是否深入。

轉型升級思路與因應

江永雄
（皇冠企業集團董事長）

　　皇冠我跟大家介紹一下，大概1985年就進大陸市場，現在大概全世界百分之六十的名牌都是我們ODM加工的，主要是旅行箱。那我到大陸也超過25年，1987年我就去大陸了，我們政府是11月2日開放，我8月7日就進去，如果按台灣的法令，當時被抓到應該就是通匪了，還好沒抓到，所以現在應該25年過了期限。我想這個現在已經有大概將近30年的時間，整個大陸現在我想就算你投入20倍的資金，也創立不了一個皇冠，這有他的時空環境背景。

MIT大陸市場有賣點

　　今天大家都在談一個整合糾團的概念，大陸叫做「紮堆」，台灣叫「糾團」。政策跟制度同樣來講的話，的確台灣人更需要的是政策，不是制度。我舉一個簡單的例子，我想各位在場的知不知道，大陸增值稅是在1994年1月1日執行，我們在1993年被要求去開一個發票增值稅的說明會，當時是在三鄉鎮中山室開會，結果開會的時候因為所有大部分是內資，所以上台講的官員是講廣東話，從頭到尾都是講廣東話，我在那邊聽了老半天實在聽不懂，所以我就舉手，我說：「不好意思，你說的那個我聽不

懂」，他用很彆腳的普通話回答我：「不要說你不懂，我都不懂啊。」我是說他講的內容可不可以用普通話來講，他是說那個內容他也不懂，這不是笑話是真實的事情。葉會長講的大麥客這個MIT（台灣製造），現在大陸急須擴展大陸內需市場的情況下，其實MIT是很有機會在大陸做起來的。

我們最近在北京建立起來的一個「台灣意象」，我就開玩笑講：「我們是皮包不賣，賣肉包」，現在是「賣麵線，比賣電線好」。所以現在大陸市場很需要我們一些台灣的概念跟思維，有很多政府現在要找我們要建立像「台灣意象」這樣概念的一個地方。我說坦白話，以台商的力量根本做不到這件事情，這個要由誰來做？這個一定要中華民國政府來去找中華人民共和國政府來談，這是最重要、最重要的一件事情。我們的政府如果出面派代表去，大陸不管是地方政府也好，中央政府也好，包括今天謝長廷去廈門，全部都把他包圍起來，一堆人都歡迎他，不是像陳雲林來的時候，夾道不是歡迎是抗議。我們舉一個很簡單的例子來講，大陸現在的思維是甚麼？他現在發展內需，他不管是用美國、用歐洲、用韓國，日本就不用講了，日本最近已經被暫時除名了。用他們的東西來講，只有對大陸內需有幫助而已，其實對其他的部分並沒有幫助。可是如果他的內需用到的是台灣的東西，那就是叫一石二鳥，又可以幫助台灣內需；又可以落得一個幫助台灣人民優良政策的美名，對他來講當然願意做這樣的事情。所以我認為政府現在首當其衝的是甚麼？我這兩天其實有向謝會長報告，我說其實政府讓「鮭魚返鄉」這個名詞用得非常的差。鮭魚目的就是下卵，下完就要死了，你叫台商回來把卵下一下然後就死在這裡啊？這個鮭魚返鄉是不對的，我說我們要弄清楚你怎樣讓台商回來？讓台商回來我說實在話，台商過去在大陸賺得都是辛苦錢，都是賺代工的錢；我們剛去的時候、80年代的時候，台灣一個工人大概相當於大陸15到20個工人的工錢；現在差不多是1.5到2，如果再把稅金甚麼的全部都加上去，幾乎是差不多

了，為甚麼台商不回來？

政府角色與職能發揮具功能性

　　有幾個問題要解決，其實政府的ECFA簽得很好，但是簽得很好沒有錯，有簽沒有做是不對的。ECFA很好啊，大陸進來東西免稅，從台灣賣過去又免稅，這樣的優勢，而且用MIT這個名稱你是可以增加百分之十五到二十的價差。就是說你是台灣製造的，你會得到更多，為甚麼台商不回來？我們就說給你土地，給你政策，工人的問題到現在還沒有解決，外勞脫勾的事情王主委下來以後還沒有決定是不是要脫勾。那我想在這麼多個問題裡面我們要去思考一個問題，「台商為甚麼要回來？」這個是一個很重要的思維。我就講了，如果我們的政府講好去跟對岸政府談說：「我在你每個城市，每個地級市（現在地級市是266個）我都建立一個MIT的專賣城，裡面就是賣MIT的東西。」那在大陸的台商看到一定說我要進去，那就很簡單啊，MIT是甚麼？叫做台灣製造，你回台灣製造我就讓你進來。這是一個很簡單的事情，當然我講這部分只是針對內需市場的部分，包括謝會長講的外銷，那是另外一件事情。就這麼簡單一件事情，我想不會花政府很多錢，而且這是很容易的事情，還可以跟當地的台商結合。現在有126個台商協會，各地都有台商協會，其實可以跟台商協會一起合作，說要在這個地方一起建立MIT的專賣城，當地台商都可以告訴你「政府給你那塊地是不對的，那塊有問題，我告訴你哪一塊才是對的」。所有的台商都知道怎麼來跟政府配合做這件事情，所以政府該做的事情是這件事情，而不是在那裡用口號喊半天。

　　我想，省市是這樣，所有的事業單位，不管你是說老闆也好，事業主也好，很重要的是你有沒有想過，你自己到底有甚麼競爭優勢？我舉一個例子，我有一個朋友他是做人參浣腸，他就跟我講：「聽說你在大陸關係不錯，你可不可以幫我這個東西賣到大陸去這樣子？」我說：「你的東西

有沒有特色？比如說通下去比較不會痛？或者會比較順暢？或者比較沒有刺激性？」這是一定要問的啊，他想了一下他說：「好像沒有耶？」我就跟他說：「沒有，那你有沒有和別人不一樣的地方？」他說沒有，他們傳統就是那樣做，那我跟他說，就別賣去大陸或是換個東西做，因為大陸那邊賣的東西比你便宜得多，如果你沒有特色你根本賣不進去。所以我覺得你要知道自己的優勢，然後在未來這個產業上你的發展有沒有適應力？還有就是你人力、物力、財力的配套，你有沒有到位？

兩岸產業合作與創新服務機會大

再來，要審視這個環境，就是說政府政策，包括台灣政府政策和大陸政府政策從甚麼地方你都可以知道很多政策，所以剛才談「十一五」、「十二五」這些都是政策的問題，包括台灣黃金十年，立法院委員很多在質詢我們官員甚麼是黃金十年？沒有官員回答得出來，官員都不知道我們百姓怎麼知道？這就是我們最大的問題。我想大陸現況，我在大陸待了25年，有一些東西想跟大家分享，就是「穩定永遠強過經濟，為了民族情感可以暫停經濟」，這句話出現在最近的釣魚台事件上面，就可以很清楚說明這件事情。穩定永遠強過經濟，但為了民族情感，他永遠可以把經濟停掉，不跟日本貿易、不到日本去旅遊、不做這些。台灣思維到大陸不能用，因為我們的民主定義跟大陸的民主定義不一樣，台灣要求的自由是全面自由，我說真的，美國都沒有這麼自由，台灣比美國還自由，應該講說是自由過頭；大陸的民主定義是甚麼？就是朱鎔基講的，中國民主跟世界民主不一樣，我給他寫了一個順口溜叫做：「屋不破，碗不落，三餐吃個夠」，這個就是大陸需要的自由。所以我覺得我們最好的方式是和大陸結合來共同發揮創新、創意跟服務，這是台灣人可以做的。

日本踩紅線的結果，就是日商掉了百分之四十的銷售。經濟發展是硬道理，現在是美國加日本等於中國，在講經濟上面的事情是這樣，所以現

在大陸經濟已經跟全球化掛勾，這個不需要爭論；台灣在大陸的優勢憑甚麼。我覺得生產方面一定要強調這五樣東西。你要做大陸內需市場你一定要制定三個目標：一個短期、一個中期、一個長期的；短期的，比如說明年的計畫你今年就要做好，再來做一個三到五年的計畫、一個十年的計畫，一定要做成這樣的計畫你才有辦法去做東西。然後你要成立分支機構，絕對不是一個單位控制全中國，按照中國的幾個區共同把它分開，華東、華南、華中、華北、西南、西北、東北；你市場要去尋訪，要派很多人去看你市場的情況，而不只是用很簡單的數據來看這些東西；教育訓練，就是要新產品、新思路的教育；然後訂貨會在大陸是非常重要的，春季通常就已經發佈秋季的東西，秋季就是發佈明年的東西，訂貨會就是要這樣做。然後品牌要延伸要擴散，就是像我們做旅行箱要往旁邊去擴散我們的產品。這四個很重要，如果沒有這四個條件不要去大陸，就所謂四本，本來是三本後來加一本；三本就是本錢、本事跟本人，你要有足夠的團隊、金錢跟老闆的意願；我後來又加了一個本家，現在到大陸絕對不要一個人去，老婆孩子要帶著去，不然你很困難。

命運掌握在自己思維與手中

　　最後這一個，是我每次講一定要和大家分享的，就有一個少年非常聰明，他抓了兩隻麻雀去問村里的智者說：「這麻雀是死的還是活的？」智者就講說：「我說，如果牠是死的你把他雙手一鬆就飛走了；我說牠是活的你把牠雙手一掐就死了。」他說：「你不回答，你不是一個智者。」智者就跟他說：「生死掌握在你手上。」今天跟大家報告一件事情，其實你所有的思維，都在你自己的頭腦裡面，死跟活都在你手上。

幼教服務業轉型升級策略與思考

吳文宗
（三之三國際文教機構董事長）

　　最近有個標題「如何活著走出中國」，應該改成「如何走出風暴」。這些年來經濟全球崩壞，物價上漲，大家都過得很苦悶，因此近來台商圈都在談如何「轉型」、「升級」，希望儘快走出經濟風暴。

　　我們1988年成立，今年滿25年。經過統計，臺灣中小企業在臺灣的壽命平均大約是十三年，超過十三年沒有倒閉已經很不錯了，但我們在臺灣二十五年經過三次的轉型，後來在零三年就到大陸去了。你問我為甚麼到大陸去？我有一句話：「在臺灣等死，在大陸找死」。請問各位哪一種死比較好死啊？為什麼我會這麼說？因在我那個年代出生率大概百分之四，大概三十萬到四十萬左右，現在出生大概十九萬，大陸一年生一千七百多萬，一邊少子化嚴重，另一邊是出生率高，所以我在零三年的時候連一個人都不認識的情況下，就一個人跑到大陸去。常常有人問為甚麼我要到大陸去，我都會說：「在臺灣等死，一點機會都沒有了，去大陸找死，還有機會。」

　　去大陸到現在已經十年了。初期在大陸轉型大概有兩次機會；一次在〇三年我去的時候，大概是以開發〇到六歲幼稚教育為主，然後我延伸至〇到十二歲的教育產業，這是第一階段工作。到〇九年轉型定位為服務事業，所以就分成三個單位；一個叫幼教服務事業、一個叫兒童育樂事業、

一個叫雲端服務事業。

教育多元化與服務理念

　　我想大家比較少接觸教育，我就簡單跟大家介紹一下內容。一個是教育服務朝多元化、一個是科技化，這兩個都是比較夯的，因為我們政府現在提出「三業四化五亮點」，大家都會背，人家以為是行政官員的通關密語，其實不是，是希望我們製造業服務化，那服務業做甚麼？就科技化和國際化，傳統產業做特色化，我想這大家都聽到，但是對一個中小企業或對一個其它產業來講，怎麼樣算是科技化是很難的事情，所以我想跟大家分享我們在大陸事實上分三階段。首先教育要轉型為多元化，我們的核心價值是教育，那「教育＋什麼＝？」出版跟教育放在一起有點困難，懂出版不懂教育，懂教育不懂出版。我們剛好在台灣做了十幾年的出版，就把這兩個結合起來等於「生命教育繪本館」，在大陸推展。下一個是教育加體驗；我常跟很多人講，我們從商品經濟進入服務經濟，現在進入體驗經濟，所以我們把教育加上體驗，在大陸建立叫做「大未來兒童城」，這是我們在蘇州工業園區，有4,800平方公尺的第一家，在○九年開的，裡面很多台商企業贊助，包括元祖、桂冠、曼都、巴布豆、象王等，裡面有體驗館，體驗做蛋糕、沙拉之類的。另外在鄭州我們有16,000平方公尺的大未來兒童城，2011年10月開幕，我們和河南廣電總局合作。它結合我們最傳統的親子樂園，加上我們教育性的英語村和體驗館都在這裡面呈現。河南當地特色少林寺也放進來，讓孩子體驗到一天和尚的角色，所以很特別的。

教育服務和科技結合

　　第二是科技化，我們在大陸推廣3e，意即我們要把教學 e 化，管理要 e 化、家長服務要 e 化，因為所有八〇後、九〇後的家長都是習慣使用智慧型手機、IPAD跟筆電等 e 化產品，所以未來在科技化的過程，會結合臺灣科技公司，共同研發內容。目前大陸有約十四萬家的幼稚園，會成長到二十萬家到三十萬家左右，所以B2B可以做；至於B2C，開發家長APP服務系統，除安全服務及家園聯繫這一塊的服務外，我們會加上現在家長最頭痛的教養問題，所以我們期望能聯合兩岸的親子專家製作〇到六歲的教養方案，錄製10到15分鐘的教養知識，提供給家長參考。所以未來我這邊要特別呼籲一下，我們剛剛跟電電公會在講，我們經濟部上個月到上海找我們連鎖業談一個問題，就是說怎樣幫台商的連鎖業，把科技化應用在上面，應用ERP、CRM等部分，連鎖業的老闆都不甚瞭解、連鎖各行業都需要跟科技做結合，所以在座的科技業怎麼樣幫助我們連鎖業發展，我想對我們未來在大陸的競爭跟升級轉型有一個最大的貢獻啊！

　　第三，我想我們也走上文化創意產業，就是說現在兩岸對文化創意產業非常的重視，就是說不管是臺灣政府也好，大陸政府都很重視，所以我們投入教玩具的開發、吉祥物的開發，還有我們希望在全中國建立手工坊，把這些有關手工的部分放在我們大未來兒童城裡面，這就是我第三個跟大家分享的。

　　剛剛葉會長談到要轉型不轉行，各位你知道摩斯漢堡誰做的啊？在臺灣誰做的啊？各位知道是東元電機對不對。各位知道寶萊納是誰做的？南僑化工做的；所以我在大陸是和一個台商合作的，大約是一九九〇年代就在大陸一個做襪子的台商，10年前也就是在2000年的時候我碰到他，他想轉型。我在大陸一點關係都沒有，可是他在大陸有十年的關係，所以我們一下就結合起來。他在大陸要轉內銷、轉向以後，他現在已經不做襪

子了，開始跟我做教育了。所以我覺得每個台商不要老是說政府要負責任啊，身為一個經營者，要主動去想如何轉型升級，自己不去想，別人拉還拉不動。所以我說轉念、轉向，第三個真的要轉型啊；既要轉型也要轉行，因為我覺得太多成功的案例。

產業運作多角化經營

各位知道現在超商也在賣衣服，SEVEN也在賣發熱衣服；百貨公司擴大它的主題餐廳，大超市也做藥莊、賣熟食，量販店也賣小包裝，所以現在每個零售業都在大混戰，為甚麼在大混戰？因為每個都在想轉型升級，他最強的是在接觸客戶而不是產品，但是各位都知道這幾年我們都是以代工為產業結構，不重視品牌、不重視通路，就是只重視技術；所以這轉型在十年前我們不談，十年後再談的話已緩不濟急，所以有人說三成台商已倒閉、三成是在苦熬啊，甚至有人更預言未來十年裡面，十萬個台商有五萬個要倒閉。

十年前我跟政府講，為甚麼我們這些台灣的連鎖品牌都代理美國品牌？一年要付500萬美金的授權金給美國、外國，為甚麼台灣不能輔導一些有能力的、做全世界授權的品牌？十年後我們經濟部再提出一個連鎖行業的躍升計畫，十年前跟十年後的光景在大陸從事連鎖行業授權的，那難度有多高？所以我一直說這個轉念、轉型真的非常非常重要，我們每次在談，一個經營者，一個企業經營者，要主動的有這個想法，然後要主動的去積極結合。像我們現在在結合台灣很多科技業和文創產業，來幫助我們教育業做轉型。假設你在那邊等政府給政策，那真得是太慢了，我們自己也要付一大半的責任。第三個要三創，各位知道我們每個企業都要有不同創業的人，比如說我們要做兒童城，那一定有人要去做老闆，要去創業，創業之後要做一個MODEL，創業以後要創富、要創價，創價VALUE而不

是PRICE。這是我認為很重要的三創，因為三之三嘛，你不知道三之三甚麼意思？三之三很簡單講，三歲之前三歲之後，一生裡面最關鍵的六個年齡段叫三之三，很好記。

台商轉念、轉型和團結重要

　　最後我想跟大家做一個結論，臺灣人在大陸臺灣都非常的拼，非常努力，從早到晚，沒有假日，但臺灣人不團結，都是單打獨鬥，一方霸主，談到都是你先犧牲我再犧牲，不然我就不跟你犧牲；老台商騙新台商，所以各位我常羨慕溫州人，他們為甚麼這麼團結？不簽合同就可以互相合作。所以我覺得台商不是不行，只是相互之間的信任不夠，所以在大陸的台商連鎖業我們常常開會，怎麼樣讓老闆之間互動起來，建立信賴關係？像我學校通路都讓其它連鎖業來分享，像震旦行現在在做兒童傢俱，我就把我們幼稚園中高收入的家長集合起來，讓震旦行他們去宣導兒童傢俱。所以大家先把通路share出來；把客戶share出來，最後才會互利啊。所以最後做個總結，我們除了要三轉三創以外，最後要三互啊，要互動、互助，最後要互利。

調研報告

大陸台商在地化發展與轉型升級[1]
——珠三角、長三角、海西地區的台商調研報告

李保明　黃秀容[2]

（清華大學台灣研究所台資企業研究中心）

摘要

　　台資企業是大陸經濟中的特殊群體，面對國際經濟環境變化和大陸經濟轉型，台資企業需要在逆境中轉型升級。本研究在Dunning的跨境生產折中理論和Birkinshaw & Hood的子公司演變理論基礎上，提出跨境投資公司轉型升級的「環境—能力—戰略」分析框架。

　　運用對珠三角、長三角和海西地區91家台資企業在地化發展，和轉型升級調研資料，得到以下結論：(1)台商發展面臨「三岔路口」——繼續堅守、轉型升級或關廠撤資；(2)台商在地化發展——合而不融，台商逐步嵌入當地產業鏈，與當地企業合作密切，但是在股份合作、技術來源和融資方面仍保持獨立性；(3)台商轉型升級——涅盤重生之策，對內銷市場陌生和缺乏內銷人才是台商轉型的最大障礙，在轉型升級方向上，台商偏向于通過「加強研發，提高技術層級」，實現產品升級；(4)兩岸政府的政策，期望能有更加切實和完善的政策支持。

關鍵字：台資企業、倒逼機制、在地化發展、轉型升級、珠三角

---

[1]　本研究得到全國台灣同胞投資企業聯誼會的委託和支援。

[2]　作者李保明為北京清華大學台灣研究所台資企業研究中心主任，黃秀容為北京清華大學台灣研究所台資企業研究中心研究助理。

壹、引言

　　隨著大陸經濟發展方式轉型，加上國際經濟形勢影響，大陸產業和企業開始轉型升級。在這一轉型升級的浪潮中，大陸台資企業面臨的問題尤其突出，主要是因為台資企業在大陸賴以生存和發展的條件發生重大變化。一是勞動力成本提高和招工難現象出現，沿海地區企業一線工人的工資較上世紀90年代初，增長達10倍左右[3]；二是國際市場萎縮，海外訂單大幅減少。[4] 這種變化給以大陸為生產基地、產品出口海外的經營模式帶來挑戰，使得幾年前就提出的台商轉型升級戰略，變得更加迫切。

　　經過幾年的努力，台資企業轉型升級的情況如何？實質性的困難是什麼？政府與企業如何聯起手來，推動企業和產業轉型升級？作者受全國台企聯委託於2011-2012年，分別於台商集中的惠州、東莞、深圳、上海、昆山、廈門、福州和泉州進行訪談和問卷調研。本文基於這次調研實證資料，分析企業轉型升級的機制、關鍵因素、能力和困難障礙，以提出政府支援台資企業轉型升級的對策建議。

貳、台資企業在地化發展與轉型升級的機制分析

一、台商投資大陸的優勢

　　根據鄧寧的生產折中理論（The Eclectic Theory of International

---

[3] 上世紀90年代初，大陸外企一線工人收入400元人民幣左右，相當於50美元，現在企業為一個工人負擔的成本（包括工資和勞動保障支出）在3,000到4,000元人民幣之間，相當於500美元，相比擴大10倍。

[4] 據全國台灣同胞投資企業聯誼會的調查（2011年），珠三角地區台商海外訂單下降40%，其他地區台商海外也有相當的降幅。

Production），台商投資大陸及其演變遵循所有權優勢（Ownership）、區位優勢（Location）和市場內部化優勢（Internalization）的OLI模式發展。

　　台資企業在大陸的所有權優勢是什麼？技術領先、精細化管理、產品新品質好、國際市場、資金雄厚，這些都曾是台資企業（對於大陸本地企業）的相對優勢。經歷三十餘年的發展，這些優勢仍存在嗎？哪些發生了變化？哪些被大陸民營企業所超過？

　　大陸的區位優勢是什麼？勞動力充足價格低廉、土地廣闊、水電價格低廉、政府政策優惠、市場潛力大，這些是否仍是大陸的區位優勢？是否還有其他優勢？台資企業是否有能力充分利用這些優勢？

　　台資企業的內部化優勢是否依然成立？大陸經濟發展、科技進步、企業技術與管理水準提高，以及大陸商業環境的改善，台灣企業是否依舊將生產與運營的各個環節全部內部化，還是將部分外包給大陸民營企業，進行實質性的經營合作與股權合作？

　　研究台資企業的發展演變，這些都是重要的觀察角度。本文亦進一步分析台資企業的演變，觀察台資企業的在地化發展過程和經營方式的轉變（轉型升級）。

二、台資企業在地化發展

　　在地化發展是跨國公司跨國，或跨境投資發展的一個行為特徵。即利用當地資源、融入當地與當地企業無差別化的發展過程。一般來講，跨國公司跨境投資的項目初期往往是單一功能，例如製造中心、銷售中心或者售後服務中心等，但是隨著與當地聯繫的增加和當地發展機會的增加，投資專案的功能逐漸提升，投資企業的組織逐步完善，投資企業的決策層次逐步提高，發展成為具有獨立決策能力的地區營運總部。

　　根據Birkinshaw and Hood（1998）的研究，跨境投資的子公司發展取

決於三個方面的因素：一是母公司的授權，即任務指派和資源支援（包括資金、技術、人才等），二是子公司本身的能力發展與積累，三是當地的條件，包括當地資源、技術進步、市場潛力與政策支持，以及子公司利用當地資源條件的能力。他們進一步指出：子公司興衰演變的五種類型，即母公司驅動投資發展（Parent-Driven Investment, PDI）、子公司驅動業務擴展（Subsidiary-Driven Charter Extension, SDE）、母公司主導撤資（Parent-Driven Divestment, PDD）、子公司失敗引致的萎縮（Atrophy through subsidiary neglect, ASN）和子公司驅動的業務增長（Subsidiary-Driven Charter Reinforcement, SDR）五種類型。

三十年來，大陸台商發展演變是一個在地化發展過程，從當初單一製造功能，發展到品質控制、技術研發、市場開拓，甚至獨立決策的完整企業，其興衰源自母公司授權、自身發展能力，以及當地條件的變化等因素相互作用。

三、台資企業轉型升級的方式與因素

轉型升級是企業根據市場環境變化，所做出的經營方向和經營方式的調整，是企業自覺自願行為。20世紀90年代末，格列夫（Gereffi, 1999）將其引入全球價值鏈（Global Value Chain, GVC）分析模式，認為它是一個企業或經濟體，提高邁向更具獲利能力的資本和技術密集型經濟領域能力的過程。具體的講，就是由微笑曲線的利潤率的中間部分到兩端的升級，向左朝向研發、高端產品的方向發展，向右則是向行銷、品牌建設等服務方向發展。具體地講，企業轉型升級有四種模式，即(1)生產過程升級（process upgrading），透過對生產過程的調整重組，提高效率、降低成本，實現過程升級；(2)產品升級（product upgrading），引進更先進的生產線，推出新產品或改進老產品，增加產品的附加價值；(3)功能升級（functional upgrading），增加新功能或放棄現存的功能，例如從微

笑曲線的生產環節向研發、行銷等高利潤環節跨越，從OEM到ODM、OBM的轉換，就是遵循功能升級的路線；(4)跨產業升級（intersectoral upgrading），企業將原來所處產業的專門知識應用於另一種產業，實現跨產業的轉換，形成新的利潤增長點。

國際金融危機後，台資企業的轉型升級具有以下特殊性。一是台資企業是跨境投資企業，多數在台灣或海外有母公司，有資金和技術來源，企業經營受台灣或海外影響或控制，這點與大陸本土中小企業顯著不同；二是多數台灣企業是歐、美、日本企業的代工企業，本身沒有品牌、沒有自己的行銷管道，大陸台資企業作為台灣企業的生產基地，更是處於代工製造的末端環節，這點與其他跨國企業的投資企業不同，後者本身有自己的品牌，比如韓國的三星電子、現代汽車等有自己的品牌；三是台資企業產品以出口為主，關鍵零部件來自台灣或其他台灣地區；四是台資企業多數為中小、勞動密集型企業，缺技術、融資難，經不住市場變化和勞動力成本提升。以上特點決定，台資企業在這次金融危機中受到較大衝擊，而且大陸勞動力成本上漲進一步惡化其經營狀況，台資企業轉型升級的壓力最大。

台資企業轉型升級，經營環境亦有巨大變化。對台商轉型升級的觀察，從企業面臨的環境變化入手，構建「環境──能力──戰略」的分析框架。

企業環境。企業所處的經營環境包括(1)經濟環境，比如消費者收入和消費習慣影響企業的產品需求，人力資源、原材料和融資條件等均影響企業的成本，這些都是經濟環境；(2)政策環境，政府鼓勵或限制企業經營活動的政策措施。

經營環境的突然變化，通常是促使企業轉型升級的引發因素，其作用機制包括：（一）環境倒逼機制，即環境改變給企業帶來壓力，逼迫企業進行轉型升級，以適應變化了的環境。例如，國際金融危機使得歐美居民

財富下降，歐美購買力減少，以歐美為主要市場的企業面臨壓力，不得不考慮開拓國內市場或生產更高級產品替代之；（二）環境誘導機制，通常是政府的鼓勵政策誘使企業進行轉型升級，比如國際金融危機後，東莞、深圳等地方政府出台一系列政策，鼓勵當地企業轉型升級；（三）環境制約機制，通常是一些難以迅速改變的制度、習慣和社會文化制約企業轉型升級，比如台資企業反映大陸內銷市場管道不暢、收款困難，動搖企業轉內銷的信心；仿冒產品多亦降低企業擴大研發進行技術升級的投入。

能力（capability）與核心競爭力（core compentence）。Amit和Schoemaker（1993）認為企業資源（resource）是企業擁有或可以控制的生產要素，企業能力（capability）是企業透過組織方式，配置資源達到預期效果的能力水準（capacity）。Birkinshaw和Hood（1998）提出企業演變是企業能力積累或消耗的結果，企業能力可以具體到各個功能領域，如生產計畫調整、纖維光學研發和物流管理，也可以更廣泛到全面品質管制、系統集成、創新與政府關係等。企業能力是「黏性的」（sticky），是其他企業或其他類型企業難以複製的，形成企業的核心競爭能力（Prahalad and Hamel, 1990）。例如，富士康集團的核心競爭力是「速度、品質、技術、彈性、成本」。[5]

企業能力是企業轉型升級的基礎，是決定企業轉型升級方向和轉型升級能否成功的決定因素。

企業轉型升級能力可分為四個領域：(1)生產製造能力，包括生產管理水準、產品品質管制、先進技術等；(2)研發創新能力；(3)市場拓展能力，包括品牌、行銷管道、開拓新市場能力等；(4)與政府關係，包括享受政策優惠、影響政策，以及規避政策制約的能力。

企業戰略定位（mission）。儘管企業經營的目的是利潤最大化，是

---

[5] 富士康網站http://www.foxconn.com.cn/EnterpriseCulture.html。

最大化地提升企業的價值。但是，在每一階段，企業或企業的部分（分子企業）都有具體的戰略定位，也是企業的戰略使命，或稱為企業經營的價值導向。比如，台灣鴻海集團透過「全方位成本優勢」理念，打造全球最大的3C到7C製造商[6]，低成本製造則是鴻海集團的戰略定位和競爭優勢。而韓國三星集團的目標是"Inspire the World，Create the Future"，具體計畫「力爭2020年收入達到400億美元，並成為世界五大領導品牌之一」[7]，可見與鴻海集團不同，品牌的打造和維護是三星集團的重要戰略定位。

　　鴻海與三星的戰略定位不同，其發展和轉型升級的方向也不相同。鴻海集團積極向大陸內地延伸，旨在降低製造成本，維持成本優勢，而三星集團則是不斷開發新產品，強化品牌影響力。例如，三星開發的智慧手機，迅速成長為世界知名品牌，市場佔有率迅速上升。

　　事實上，有些企業的戰略定位很明確，長期穩定，但也有一些企業的戰略定位不明確，經營方向跟隨市場與環境改變而調整。實際上台商投資大陸的目的已發生變化，從降低生產成本為主，向擴大市場為主轉變。2010年台商投資大陸調查，36.39％為降低成本，32.9％是佔領大陸市場，另有20.42％是配套廠商或客戶要求投資的。[8]

　　企業是否進行轉型升級？以及企業轉型升級的方向？與公司的戰略定位有密切的關係，符合企業戰略定位發展的轉型升級方向是企業主動推動的，不符合企業戰略定位的轉型升級方向，企業不會推動實施，或僅是試探性推動，待觀察的效果，再做戰略調整。

　　基於以上分析，以上三個因素對企業轉型升級的影響方向與方式如下：

---

[6]　鴻海集團經營理念 http://www.foxconn.com.tw/BusinessPhilosophy.htm。

[7]　三星企業的遠景與使命http://www.samsung.com/cn/aboutsamsung/corporateprofile/visionmission.html。

[8]　《2010年度對海外投資事業營運狀況調查分析報告》，中華經濟研究院，2010年12月。

台資企業轉型升級「環境─能力─戰略」分析框架

	因素描述	在轉型升級中的作用
環境因素	環境倒逼	激發企業轉型升級
	環境引誘	引導企業轉型升級
	環境制約	延緩或阻礙企業轉型升級
能力因素	生產製造	對轉型升級作用不明顯
	研發創新	有利於企業的技術提升和新產品開發
	市場行銷與服務	有利於企業外銷轉內銷、創立品牌、轉型銷售服務業
	與政府關係	有利於政府鼓勵的升級方向
戰略使命	低成本、大規模製造	企業轉移，尋求更低成本
	生產高端產品或零件，提升附加價值	推動技術提升、新產品方向升級
	佔領和擴大市場	推動內銷、創立品牌、銷售服務的轉型升級

參、調研結果分析

一、調研企業總體情況

　　根據台資企業投資大陸的時間和分佈密度，本研究選擇珠江三角洲、長江三角洲和福建的台商集中區開展調研，由當地台商協會召集台商座談、填寫問卷，拜訪當地政府和相關研究部機構並做重點訪談，從另一側面瞭解台商發展中的問題和當地的政策方向。

（一）樣本區域分佈

　　本研究共回收有效問卷91份，企業分佈於長三角、珠三角、海西區及大陸其他區域，其中長三角企業23家，佔樣本總量25.3％；珠三角企業26

家，佔樣本總量28.6%；海西區企業30家，佔樣本總量33%；其他沒注明地區12家，佔13.2%。見表1。

表1　樣本區域分佈表

區域分佈	企業數	分佈比例（％）
長三角	23	25.3
珠三角	26	28.6
海西區	30	33.0
其他	12	13.2
合計	91	100

（二）樣本主要集中在製造型企業

在91家企業中，製造型企業佔到近九成，農林牧漁業佔1.1%，服務業佔12.1%。在製造企業中，電子及電氣製造企業最多，有22家，佔到樣本總體的24.2%，其餘是紡織業和基本金屬製造，分別有9家，各佔9.9%。

在「其他」行業中，主要都是玩具、家具、製鞋等傳統製造業，有個別生產服務業，例如IC設計。

表2　樣本行業分佈表

行業分佈	企業數	分佈比例（％）
農林及漁牧業	1	1.1
運輸工具製造業	1	1.1
食品及飲料製造業	2	2.2
化學品製造業	3	3.3
非金屬及礦產物製品製造業	3	3.3

行業分佈	企業數	分佈比例（％）
機械製造業	4	4.4
塑膠製品製造業	5	5.5
基本金屬製品製造業	9	9.9
紡織業	9	9.9
電子及電器製造業	22	24.2
服務業	11	12.1
其他	21	23.1
合計	91	100.0

（三）樣本企業在大陸經營平均年限超過**12年**，**71％**的企業經營**10年**以上，經營**5年**以下的僅佔**13％**

在這些企業中，在大陸經營15年及以上的企業49家，佔樣本總量的53.9％，其中，經營時間在10至14年的企業有16家，佔樣本總量的17.6％，兩者合計佔到71.5％。經營時間在5-9年的企業有13家，佔樣本總量的14.3％；經營時間在1-4年的企業有13家，佔樣本總量的14.3％。

表3　台資企業在大陸經營年限統計表

經營年限	企業數	所佔比例（％）	累計比例（％）
1-4年	13	14.3	14.3
5-9年	13	14.3	28.6
10-14年	16	17.6	46.2
15-19年	26	28.6	74.8
20年及以上	23	25.3	100.0
總計	91	100.0	

（四）樣本企業規模主要集中在中小型企業，**2010年平均產值7.89億
　　　元，平均員工人數1,409人**

　　根據大陸企業劃分標準，從企業的產值來看，有3家企業年產值不足
300萬元人民幣，為微型企業，所佔比例4％；15家企業產值在300萬元
至2,000萬元人民幣之間，為小型企業，所佔比例20％；40家企業產值在
2,000萬至4億人民幣元之間，為中型企業，佔到53.3％；17家企業產值在4
億元以上，為大型企業，佔22.7％。從這一分佈看，樣本中77％為中小微
型企業。

表4　樣本產值規模統計表

企業規模（產值）	企業數	所佔比例（％）
微型企業（300萬元以下）	3	4.0
小型企業（300-2000萬元）	15	20.0
中型企業（2,000萬-4億元）	40	53.3
大型企業（4億元及以上）	17	22.7
合計	75	100.0

　　從員工人數來看，20人以下的微型企業有8家，佔9.4％，20至300人
的小型企業有35家，佔41.2％，員工在300人至1,000人的中型企業有28
家，佔32.9％，員工在1,000人以上的14家，佔16.5％。中小微型企業總共
佔到約80％以上，擁有相當大的比重。

表5　樣本員工規模統計表

企業規模（員工）	企業數	所佔比例（％）
微型企業（20人以下）	8	9.4
小型企業（20-300人）	35	41.2
中型企業（300-1,000人）	28	32.9
大型企業1,000人及以上	14	16.5
合計	85	100.0

（五）樣本中74％的企業具有加工貿易業務，平均加工貿易比例達到44％，接近一半

所有企業中，有52家企業具有加工貿易業務，佔樣本總數的74.3％，其中以加工貿易為主的（50％及以上）的企業有37家，佔這類企業的71％以上。

表6　加工貿易比例

加工貿易比例	企業數	所佔比例（％）
1-10％（不含）	3	5.8
10-30％（不含）	7	13.5
30-50％（不含）	5	9.6
50-80％（不含）	6	11.5
80-100％（不含）	10	19.2
100％	21	40.4
合計	52	100.0

二、台資企業在大陸在地化發展狀況

台灣企業在大陸投資發展二十餘年，投資企業出現不同程度的在地化

發展趨勢。以下問題，從大陸台資企業用人（幹部）、產業鏈、技術來源、股權結構、資本融資、享受優惠政策，以及組織結構完善和決策權層次等方面，評價台資企業的當地語系化程度與水準。

（一）台資企業中大陸籍幹部平均佔到71.7％，其中大陸籍幹部達到80％以上的企業接近一半（47.5％）

在調研企業中，陸籍幹部成為企業的主要管理力量，有28％企業的幹部在地化程度超過90％，近一半（47.5％）的企業幹部在地化超過80％，僅有11％的企業仍以台籍幹部和外籍幹部為主。也許「陸籍」幹部的層級不高，但是從數量上看，台資企業幹部當地語系化程度已經達到較高水準。

表7　台資企業使用陸籍幹部比例分佈

陸籍幹部比例	企業數	所佔比例（％）	累計比例（％）
90％以上	23	28.0	28.0
80％-90％	16	19.5	47.5
60％-80％	25	30.5	78.0
50％-60％	9	11.0	89.0
0-50％	9	11.0	100.0
合計	82	100.0	

（二）企業產品內銷比例平均為45.1％，而且企業內外銷分佈兩極化，內銷為主（60％以上比例）企業佔42.0％，外銷為主（60％以上）的企業佔52.3％，內外銷平衡企業佔9.1％

在企業產品銷售當地語系化方面，調研企業內銷比例平均45.1％，仍是以外銷或返銷台灣居多，平均達到54.9％。而且企業內銷、外銷比例呈

現極端分佈，以外銷為主的企業居多，佔到52.3％。

表8　台資企業產品銷售市場分佈

市場分佈	大陸市場	台灣市場	海外市場
所佔比例	45.1	10.4	44.5

表9　台資企業產品外銷比例統計表

內銷比例	外銷比例	企業數	所佔比例（％）
80%以上	20%以下	26	29.5
60%-80%	20%-40%	12	13.6
40%-60%	40%-60%	8	9.1
20%-40%	60%-80%	12	13.6
20%以下	80%以上	30	34.1
合計		88	100.0

（三）台資企業原材料、半成品採購在地化程度明顯提高，達到
　　66.44％，而且採購以大陸為主（60%以上）的企業佔到68.8%

　　大陸台資企業的原材料、半成品採購當地化程度較高，達到
66.44％，台灣採購22.27％，海外10.75％。而且在當地化採購比例的分佈
中，多數企業集中到以當地化採購為主的區域（大陸採購比例在60%及以
上的），共有62家，佔全部樣本的72.9％。

表10　台資企業原材料、半成品採購管道分佈表

市場分佈	大陸	台灣	海外
所佔比例	66.44%	22.27%	10.75%

表11 台資企業原材料、半成品採購統計表

大陸採購比例	台灣或海外採購比例	企業數	所佔比例（％）
80%以上	20%以下	42	49.4
60%-80%	20%-40%	20	23.5
40%-60%	40%-60%	4	4.7
20%-40%	60%-80%	11	12.9
20%以下	80%以上	8	9.4

（四）台資企業關鍵和主要技術來源以台灣為主，其次為企業內部研發，大陸提供一般技術

台資企業技術來源，尤其是關鍵技術和重要技術首先來源於台灣母公司和台灣科研機構，其次是台資企業內部研發。一般技術或不重要的技術方面大陸企業和科研機構、以及海外提供較多。從總體上看，海外提供和內部研發，對大陸企業或科研機構的依賴程度不高。表12表示企業選擇每項來源的頻數。

表12 台資企業生產經營技術來源及其重要程度

技術層級	台灣母公司或科研機構提供	海外提供	企業內部研發	大陸企業或科研機構提供	合計
非常重要	47	10	37	5	99
比較重要	14	16	23	16	69
以上兩項合計	61	26	60	21	168
一般	12	19	8	22	61
不重要	4	7	2	13	26
極不重要	2	3		3	8
以上三項合計	18	29	10	38	95
合計	79	55	70	59	263

（五）台資企業仍以獨資或與外資合資為主，具有大陸資金股份的企
　　　業很少

在股權結構方面，調研的台資企業中，台資和外資絕對控股（股份
70%以上）的企業佔到92.1%；大陸資金入股達到控股比例（50%以上）
的佔到5.6%。其中，台資與外資擁有100%股權的企業比例近85%。

表13　樣本企業股權結構統計表

台、外資股權比例%	企業數	所佔比例
20	1	1.1%
40	1	1.1%
50	5	5.6%
70	1	1.1%
78	1	1.1%
80	1	1.1%
89.52	1	1.1%
92	1	1.1%
95	1	1.1%
98	1	1.1%
100	75	84.3%
總計	89	100.0%

（六）企業的融資管道以母公司支援為主，利用大陸銀行貸款比例較
　　　小

台資企業目前在大陸生產經營所依賴的融資管道，更多是靠台灣母公
司支援。有22家企業完全依靠台灣母公司支援，佔27.2%，在大陸銀行完
全沒有貸款的企業有47家，佔到近六成比例，依靠大陸銀行融資（比例超
過60%以上）的僅18家佔22%，亦即只有五分之一的台資企業利用大陸銀

行作為主要融資管道，而更多的只是利用台灣母公司支援和台灣海外銀行貸款，如表14所示。

表14　台資企業各種融資管道所佔比例統計表

大陸銀行貸款比例（%）	台灣母公司支援（%）	台外資銀行貸款（%）	企業數	所佔比例
0	0	0	10	12.3%
	0	100	5	6.2%
	20	0	1	1.2%
	50	50	5	6.2%
	60	40	1	1.2%
	70	30	1	1.2%
	90	10	2	2.5%
	100	0	22	27.2%
5	0	0	1	1.2%
10	50	40	1	1.2%
	60	0	1	1.2%
15	—	—	1	1.2%
20	60	20	1	1.2%
30	0	70	1	1.2%
	20	50	1	1.2%
	30	0	1	1.2%
	50	10	1	1.2%
	—	20	1	1.2%
	70	0	1	1.2%
	—	—	1	1.2%

大陸銀行貸款比例 （％）	台灣母公司支援 （％）	台外資銀行貸款 （％）	企業數	所佔比例
50	0	50	3	3.7%
	50	0	1	1.2%
60	10	0	1	1.2%
	40	0	1	1.2%
70	0	30	1	1.2%
	30	0	1	1.2%
80	0	20	2	2.5%
90	0	10	1	1.2%
100	0	0	11	13.6%
合計			81	100.0%

（七）與大陸內資企業合作方面，主營業務和副營業務合作的企業佔
72.5%，體現兩岸企業間的合作趨於密切

台資企業與內資企業的合作較為密切。僅主營業務上有合作的企業
有48家，佔總體的48.4%，僅副營業務上有合作的企業有22家，佔總體的
24.2%，僅後勤保障方面有合作的企業有9家，佔9.9%，無合作的企業14
家，佔15.4%。

表15　台資企業與大陸企業合作密切程度

項目	企業數	所佔比例（％）	累計比例（％）
主營業務合作	44	48.4	48.4
副營業務合作	22	24.2	72.5
後勤保障方面合作	9	9.9	82.4
無合作	14	15.4	97.8
（未選擇）	2	2.2	100.0
總計	91	100.0	

（八）在享受政府優惠政策方面，與大陸企業相比，台資企業認為
　　　享受「更優惠」或「平等」的比例為**38.5％**，僅「享受部分優
　　　惠」或「根本沒有優惠」的佔**58.3％**

　　對於享受政府優惠政策，台資企業感覺與大陸企業不平等，認為獲得
「更優惠」待遇和「平等」享受的分別有4家和31家，合計35家，佔總體
的38.5％；認為僅「享受部分優惠」和「根本沒有優惠」的分別為28家和
25家，合計53家，佔總體的58.3％。兩者差距懸殊，體現台商在享受優惠
政策方面與大陸企業存在顯著差別。

表16　台資企業與大陸本地企業享有政策優惠與服務的比較表

項目	企業數	所佔比例（％）
更優惠	4	4.4
平等	31	34.1
享受部分優惠	28	30.8
根本沒有優惠	25	27.5
（未選擇）	3	3.3
總計	91	100.0

（九）與大陸本地企業相比，台資企業的優勢主要是生產技術先進、
　　　產品品質高和經營理念先進

　　與大陸本地企業相比，台資企業認為：生產技術、產品品質、管理理
念是台資企業突出的三大優勢。其中，生產技術先進最為突出，有36家企
業選擇為第一優勢，佔40％；其次是產品品質高，有25家企業選擇，佔到
27.8％。綜合前三項選擇，產品品質高、生產技術先進和經營理念先進、
管理水準高為台資企業超越大陸企業的三大優勢。由此顯示，台資企業的
優勢主要集中在生產製造環節過程。

表17　台資企業與大陸同行企業比較的優勢

項目	第一優勢	第二優勢	第三優勢	合計	所佔比例（％）
生產技術先進	36	12	6	54	21.3
產品品質高	25	30	7	62	24.5
人才豐富	1	4	7	12	4.7
品牌知名度高	7	6	7	20	7.9
經營理念先進、管理水準高	8	21	17	46	18.2
掌握市場銷售管道	6	8	15	29	11.5
當地政府重視		2	6	8	3.2
企業規模大、實力強	2	1	7	10	4.0
其他	5	3	4	12	4.7
合計	90	87	76		100.0

（十）與大陸本地企業相比，台資企業的劣勢主要是生產經營成本高、內銷管道不暢和難以充分享受優惠政策

與大陸同行相比，台資企業認為，「生產經營成本高」最明顯，有48家企業首選此項，佔55％；其次是「內銷管道不暢」，首選此項企業18家，佔20.5％。「難以享受政策優惠」也是台資企業認為的相對劣勢。除此之外，還有「對當地法規掌握運用差」和「不適應當地商業文化與商業模式」是台企的弱項。

表18　台資企業與大陸同行企業比較的劣勢

項目	第一劣勢	第二劣勢	第三劣勢	合計	所佔比例（％）
生產經營成本高	48	10	10	68	29.1
內銷管道不暢	18	19	7	44	18.8
對當地法規掌握運用差	7	6	13	26	11.1
難以享受政策優惠	4	22	13	39	16.7
不適應當地商業文化與商業模式	5	12	12	29	12.4
與當地企業打交道難	2	7	7	16	6.8
其他	4	3	5	12	5.1
合計	88	79	67		100.0

（十一）台資企業組織結構趨於完善，功能逐步齊全，在地化發展趨
　　　　勢明顯

多數台灣企業開始投資大陸時先設「製造生產中心」，然後隨著大陸
投資公司的發展，功能逐步完善。調研資料顯示，設立「製造生產中心」
的台資企業有74家，比重佔樣本總量84.1％；其次是「品管中心」，設立
的企業有64家，佔樣本數72.7％；資料顯示，設立「研發與設計中心」的
企業與設立「品管中心」的企業數量相同，有64家，佔樣本數的72.7％。
再次是「採購中心」，設立的企業都是63家，佔樣本的72.4％。其餘，設
立「行銷中心」、「營運總部」、「售後服務部門」、「財務籌資中心」
的企業數分別為53家、50家、43家和28家，佔樣本數的60.9％、57.5％、
50.6％和32.2％。可見，除「財務籌資中心」外，其餘功能部門的設置率
均超過50％。也就是說，大陸台資企業的功能設置已日益完善。

大陸台資企業組織結構和功能演化，與台資企業的代工製造和出口的
特點相關。首先設立「生產製造中心」和與之匹配的「品管中心」、「研
發設計中心」和「採購中心」，是為了利用大陸廉價勞動力資源、降低生

產製造成本；「行銷中心」和「售後服務中心」設置相對較少是因為台資企業出口多，市場在海外；其餘的「營運總部」和「財務籌措中心」更多的是企業總部的職能，設置相對較少，是因為有台灣或海外母公司。

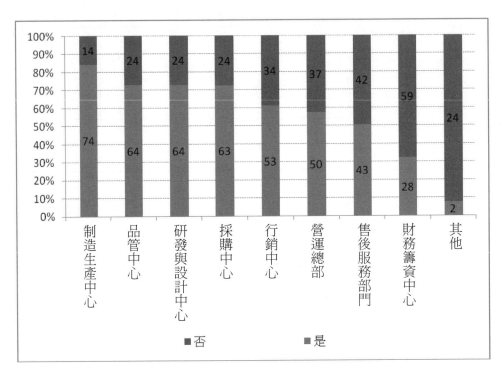

圖1　台資企業在大陸設立的主要功能部門情況

在對設立部門重要性的評價中，「製造生產中心」排名第一，其次是「研發與設計中心」，再次是「品管中心」。這一評價與台資企業以生產製造為中心，向通路擴展和內銷轉型的時期特點相符合。

表19　台資企業在大陸設立主要部門及重要性評價

	非常重要	比較重要	前兩項合計	一般	不重要	合計
營運總部	39	9	48	1	1	50
行銷中心	33	15	48	2		50
製造生產中心	44	17	61	1	1	63
財務籌資中心	16	10	26	2		28
品管中心	40	13	53	3	1	57
研發與設計中心	42	13	55	3	1	59
售後服務部門	24	14	38	1		39
採購中心	35	18	53	4		57

（樣本總體為87，即所有回答此題的樣本87份）

（十二）台資企業的決策權層次分佈，擁有生產相關方面決策權的企業較多，約佔40％；其次是財務籌措和中層幹部任用的決策，約30％企業擁有此權利；最後是建立合資關係和公共關係方面決策，只有約20％左右的企業擁有這些權利

　　在調研的91家台資企業中，67家企業在台灣有母公司，約佔樣本總體的四分之三。

　　在67家具有母公司的台資企業中，其擁有的權利層次分佈狀況如表20所示，分三個層次。首先是「生產製造」、「現有產品的銷售與定價」和「新產品的開發與研發」方面，約40％的大陸台資企業擁有主導決策權；其次是「財務資金籌措」和「中層幹部任用」方面，30％左右的大陸台資企業擁有主導權；最後是「建立合資、合作關係」和「公共關係」方面，只有20％左右的擁有這些決策權。

表20　大陸台資企業主導決策權分佈

決策權範圍	企業數	所佔比例
生產製造	24	38.1%
現有產品的銷售與定價	24	38.1%
企業中層幹部的僱傭與薪酬決策	18	28.6%
新產品的開發與研發	24	38.1%
企業財務資金籌措	21	33.3%
建立與企業的合資、合作關係	13	20.6%
公共關係	12	19.0%

三、台資企業轉型升級方向與影響因素

面對大陸內外環境的變化，台資企業面臨新的挑戰和機遇，是轉型升級還是其他選擇。以下問題就台資企業面臨的困難、發展趨勢，轉型升級方向和困難，以及兩岸政府的支持政策等方面進行評估。

（一）近兩年，台資企業擴大經營規模的佔61.5%，也有26.4%的企業在壓縮規模

過去兩年來，台資企業在大陸經營規模擴張的有56家，佔樣本企業的61.5%，其中「迅速擴張」的有8家，佔樣本總體的8.8%，「有所擴張」的48家，佔樣本的52.7%。經營規模縮小的企業有24家，佔樣本總體的26.4%，而「迅速縮小」的台資企業為7家，佔樣本總體的7.7%。

所以，總體上看，台資企業在大陸經營仍處穩定增長趨勢，但也應看到超過1/4的企業經營規模在縮小，值得警惕和認真研究。

表21　近兩年台資企業在大陸經營規模變化情況

變化情況	企業數	所佔比例（％）	累計
迅速擴張	8	8.8	8.8
有所擴張	48	52.7	61.5
沒有變化	11	12.1	73.6
有所縮小	17	18.7	92.3
迅速縮小	7	7.7	100.0
合計	91	100.0	

（二）近兩年，台資企業的經營毛利率減少，微利化趨勢明顯

從資料發現，近兩年毛利率「快速增加」的企業僅1家，「有所增加」的企業有22家，由此合計利潤增加的企業有23家，佔調查樣本的25.5％，約1/4。而毛利率「快速減少」的有17家，「有所減少」的40家，由此合計利潤減少的企業有57家，佔樣本總數的63.3％。毛利率「沒有變化」的僅10家，佔樣本數的11.1％。

由此顯示，台資企業大陸生產經營微利化趨勢明顯，以量的擴大換取毛利率下滑成為台商發展趨勢。

表22　近兩年台資企業在大陸經營時毛利率的變化情況

變化情況	企業數	所佔比例（％）	累計
快速增加	1	1.1	1.1
有所增加	22	24.4	25.5
沒有變化	10	11.1	36.6
有所減少	40	44.4	81.0
快速減少	17	18.9	100.0
合計	90	100.0	

（三）面對現實，轉型升級成為台資企業的發展趨勢，同時少部分企
　　　業呈現向內地轉移、海外轉移和關廠撤資現象

從資料看，台資企業未來的發展方向為「擴大規模」和「維持現狀不
變」的分別為25家和18家，合計43家，佔樣本數的47.8％，不足一半。選
擇轉型升級的企業29家，佔樣本總體32.2％，約1/3，轉型升級成為企業
深化發展的重要方向。選擇「向內地轉移」的有11家，佔樣本的12.2％，
「向海外轉移或撤資」的有7家，佔樣本的7.8％。

資料顯示，台資企業經營面臨較大挑戰，僅有不到一半的企業維持或
擴大規模，其他企業面臨轉型升級、遷移或關廠撤資的選擇。從調研過程
中，我們了解到珠三角一帶的台資企業有部分有向粵北或內地轉移，但由
於產業鏈完善度低、產業配套不足等原因，一些轉移出去的企業又回到了
原地。轉移失敗的擴散效應，也使得其他一些實力並非太強的企業放棄了
選擇轉移的途徑，而是就地轉型升級。但是，7.8％的企業選擇遷出大陸
或關廠，值得認真對待。

表23　台資企業發展趨勢

前景目標	企業數	所佔比例（％）	累計
擴大規模	25	27.8	27.8
維持現狀不變	18	20.0	47.8
轉型升級	29	32.2	80.0
向內地轉移	11	12.2	92.2
向海外轉移或撤資	7	7.8	100.0
合計	90	100.0	

（四）「勞動力成本上漲」、「原材料價格上漲」和「大陸企業競爭
　　　壓力」是台資企業面臨的三大困難，人民幣升值也給企業經營
　　　帶來壓力

調研中，台資企業反映的首要困難是「勞動力成本上漲」，44家企業

首選此項，佔比49%；其次是「原材料價格上漲」，首選此項的企業14家，佔比16%；再次是「大陸企業的競爭壓力」，有8家企業首先此項，佔比9%。

從企業前三項困難的總數看，結果也大體如此，只是「人民幣升值壓力」凸顯出來。而受歐美市場萎縮造成「國際市場訂單減少」、「融資困難、融資成本高」並不如預期那麼嚴重，在資料中沒有凸顯出來。根據本研究對企業管理者的深訪，台資企業也認為企業最大的壓力，並不是感到訂單減少，而是拿到訂單沒有足夠的工人和成本太高沒法順利生產，甚至被迫少接單。在融資方面，台資企業在大陸貸款很少，也不利用大陸的民間資本，更少涉及「高利貸」，企業負債率相對較低。如前面調查問題所述，遇到融資問題，相當多的企業考慮台灣母公司的資金支持，這樣也間接減少了融資的難度。

表24　台資企業在大陸經營遇到的困難

	首要	次要	第三	企業數	所佔比例（％）
勞動力成本上漲	44	16	8	68	26.7
廠房租金、水電費用上漲	1	8	5	14	5.5
原材料價格上漲	14	22	15	51	20.0
國際市場訂單減少	5	6	7	18	7.1
國際訂單壓價	2	4	4	10	3.9
融資困難、融資成本高	4	5	9	18	7.1
人民幣升值壓力	5	14	14	33	12.9
大陸企業的競爭壓力	8	6	15	29	11.4
加工貿易的政策變化	1		2	3	1.2
其他	5	4	2	11	4.3
合計	89	85	81		100.0

（五）「加強研發、提升技術層次」、「向通路延伸」、「創立品牌」和「外銷轉內銷」是台資企業轉型升級的四大主要途徑

調研資料顯示，53家企業選擇「加強研發、提升技術層次」，作為正在實施或者即將實施的轉型升級的途徑，佔樣本總數的60.9%；其次是「向通路延伸」和「創立品牌」，分別有36家和34家企業選擇，佔樣本總數的41.4%和39.1%，再次是「外銷轉內銷」，31家企業選擇此項佔35.6%。20家企業選擇「轉行」作為轉型升級的途徑佔23.0%。

調研顯示，台資企業的轉型升級仍是圍繞原先業務逐步向外擴展，尤其是「加強研發、提高技術層次」是升級原先產品和技術，選擇「轉行」的比例最少，這與我們深度訪談結論一致，許多台商反映「轉行」猶如新的創業，風險巨大。

表25　台資企業認可的轉型升級的方向

轉型升級方向	企業數	所佔比例
外銷轉內銷	31	35.6%
創立品牌	34	39.1%
加強研發、提升技術層次	53	60.9%
向通路延伸	36	41.4%
向其他行業轉型	20	23.0%
其他	1	1.1%
合計	175	

（六）「人才匱乏」、「內銷管道不暢」是影響台資企業轉型升級的最重要因素

在影響台資企業轉型升級的因素中，「人才匱乏」位居第一，37家企業將其列為作為「關鍵因素」，30家企業將其列為「主要因素」，合計67家；其次是「內銷管道不暢」，22家企業認為其是「關鍵因素」，28家企

業認為是「主要因素」，合計50家；再次是「政策體制障礙」和「資金緊張、融資困難」，選擇它們為「關鍵因素」的企業均為16家，選擇它們為「主要因素」的企業分別為25家和22家，合計分別為41家和38家。最後是「缺乏技術」，選擇其為「關鍵因素」和「主要因素」的企業數分別是22和13家，合計35家。

　　實地訪談中顯示，企業轉型升級的內銷管道拓展、市場行銷模式的建立、品牌的策劃都需要新的人才，原先以製造為中心的人才結構不符合轉型升級的需要；另外，台商反映，以前做外銷使用的管道拓展方式，在內銷市場上幾乎行不通，主要包括訂單的簽訂週期、貨款的回收、代銷模式、退換貨模式等，台資企業在這些方面與下游經銷商談判都處於劣勢；「缺乏技術」也制約台資企業轉型升級，但可以透過加強研發和向台灣母公司、海外機構購買獲得；至於「資金緊張、融資困難」，實際上，許多台資企業在大陸貸款意願並不高，原因一是利息比較高，二是貸款和還款手續複雜，不太適應。

表26　阻礙企業轉型升級的因素（樣本總體為90）

	關鍵因素	主要因素	合計	排名
缺乏技術	22	13	35	5
人才匱乏	37	30	67	1
資金緊張、融資困難	16	22	38	4
內銷管道不暢	22	28	50	2
政策體制障礙	16	25	41	3
其他	1		1	6

（七）兩岸政策與服務有效促進台資企業發展和轉型升級，而且大陸
　　　政府的政策要優於台灣政府的政策

　　調研資料顯示，認為大陸政府政策「非常有效」和「有些效果」的台資企業有63家，佔樣本比例的75.0%；認為台灣當局的服務「非常有效」和「有些效果」的企業有52家，佔樣本比例的63.4%，兩者的比例均超過60%，說明兩岸的政策對於促進台資企業發展和轉型升級是有效果的，受到台商的肯定。

　　由於台資企業位於大陸，感覺大陸中央政府和地方政府的政策更直接一些，台灣當局提供的服務透過仲介服務機構作用於企業，台商對於大陸政策的肯定相對更多一些。

表27　企業對兩岸政策與服務的評價

	非常有效	有些效果	前兩項合計	佔比	無效	佔比
大陸政府的政策	10	53	63	75.0%	21	25.0%
台灣當局的服務	11	41	52	63.4%	30	36.6%

四、珠三角地區台商轉型升級面臨的問題

　　珠三角地區是大陸最先對外開放的地區，經濟最為發達，但面臨的問題也多，突出的是資源環境壓力大和產業結構調整迫切。珠三角地區台商特點突出，表現為企業數目多、傳統產業多、「三來一補」形式多、外銷比例大，轉型升級有以下突出特點。

（一）台商受國內外經濟形勢和市場環境衝擊最大

　　在國際環境方面，受國際金融危機和歐債危機的多重影響，海外訂單下降明顯，對於以加工貿易為主的珠三角台資企業衝擊巨大。多位台商反映，2011年海外需求下降30-40%，企業營業額下降40%，企業規模迅速

縮小。而且比金融危機影響更嚴重的是，歐美日等主要訂單國的消費人群消費習慣的改變，從原來的一次性消費、浪費型消費、過渡型消費，向節約型、重複使用型轉變。以聖誕樹為例，過去的美國消費者每年都要購買新的聖誕樹，自從2008年金融危機過後，他們也開始重複利用舊的聖誕樹。這種改變導致海外訂單的長期低迷，不再只是危機時期的下降，將打擊出口導向企業長期發展的信心。

　　在內部環境方面，大陸「十二五」進行的經濟結構調整，和普遍提高居民收入政策，對傳統產業、勞動密集型台商造成巨大壓力。首先是勞動力成本的增加，從2008年至2011年，廣東省最低工資標準3次共上浮在32%-43%左右，而2011年實際招工的基本工資都在1,500元以上，加上員工的加班費等，深圳的一線工人工資在3,000元左右，惠州的一線工人工資也在2,500元左右。其次，招工難成為共性問題，在珠三角地區更為嚴重。2008年金融危機時，政府幫助企業遣散一部分工人回鄉後，一些代工大廠已轉向內地投資，很多回鄉的工人在當地就業，使珠三角一帶勞動力的供給缺口嚴重，儘管工資上漲，但合適的工人依然難招到。第三是電力能源緊張，拉閘限電影響企業生產。珠三角地區電力緊張，「開5停2」、「開10停3」等措施，影響企業生產和訂單的及時完成。

表28　珠三角三地最低工資標準統計

單位：元

城市	2008年	2010年	2011年
深圳	1,000	1,100	1,320
東莞	770	920	1,100
惠州	670	810	950

資料來源：本研究整理。

（二）「三來一補」類企業轉型升級問題複雜，需要配套政策支援

　　珠三角「三來一補」類企業轉型多屬「加工廠」轉為「三資企業」，雖然政府鼓勵企業就地轉型、不中斷生產，但是台商仍擔心轉型過程中的土地租用、關稅清算、勞工安置和社保問題。

　　第一，土地與廠房租用問題。許多台資加工貿易型企業，租用當地村鎮的集體用地，僅投資建設廠房，從事加工生產，並沒有取得土地的所有權。隨著城市的發展，土地升值的幅度提升超過預期，從利益回報的角度來講，當地的村鎮也不願意再繼續租借土地給這類企業，而是希望把土地轉為商用，在短期內獲得更多回報。如果企業轉型，企業的身分發生轉變，土地租約很可能中斷，或者重新續約，那麼企業將面臨不能再租到土地，或者高價租用土地的選擇。若是前者，土地擁有者收回土地是否對廠房建設進行補償，還沒有統一的標準，台商也擔心得不到合理補償；若是後者，則企業租用土地的成本必定增加。因此，台資加工貿易型企業在土地租用問題上，處於弱勢地位，擔心轉型後利益受損。

　　第二、廠房內部機器設備的抵扣問題。根據原先鼓勵「三來一補」政策規定，來料加工企業的機器設備進口沒有繳納關稅，一旦企業轉型，就必須在海關辦理這些機器設備的關稅清繳，尤其是機器設備還在海關的監管期限內的，關稅清繳的數目可能很大。同時，企業能夠接受的固定資產抵扣年限與海關認可的抵扣年限也有出入，一旦補繳稅款，將是一筆較大的數目。

　　第三、原物料關稅清算。許多台資加工貿易企業未設立在保稅區內，倉庫貨物也未得到全面的監管，又因產品加工的工藝也參差不齊，原物料損耗並不一致。根據海關手冊的規定，進料與出料一致的原則，並且檢測辦法多以稱重為主，這就造成進料多，出料少的問題，一旦原物料要清算，損耗部分很可能會被納入到清算的範圍，那麼企業需要繳納的稅金數目就不好估算。

　　第四、僱用人員的合同及社保問題。許多台資加工廠來大陸投資時間都在十年以上，按照2008年實施的新《勞動合同法》相關規定，如果轉為三資企業，企業要與老員工簽訂無限期合同，對於企業的下一步發展帶來很大壓力。同時，這些僱用工人的社會保障等費用，原先都是以工繳費的形式交給當地政府或者當地的村鎮企業，一旦企業轉型就涉及到所有僱用工人社保金補齊的問題，企業有很大顧慮和擔心。

　　基於以上諸多問題，「三來一補」台資企業轉型問題，憂心忡忡，很多在觀望和等待。雖然廣東省政府2008年已下發《關於促進加工貿易轉型升級的若干意見》，明確提出「到2012年，不具備法人資格的來料加工廠基本完成轉型」，但是還有許多「三來一補」加工企業在等政策的末班車，希望維持原狀態或政府給予更好的配套政策。

（三）台商對於轉型升級成功的信心不足

　　調研中，珠三角地區台資企業對於轉型升級成功的信心不足，主要在於：一是對大陸消費習慣的不熟悉和內銷管道不暢、收款困難的困擾，習慣於外銷和專注於生產加工的台商轉做內銷相當於重新創業，對大陸內銷管道不暢、信用環境差的擔心使得台商不敢輕易轉型。就如一位台商所言：「不轉型是等死，轉不好就是找死」。

　　二是大陸智慧財產權保護問題，擴大研發投入、進行技術升級可以提高產品等級和附加價值，但是台資企業擔心新技術和新專利得不到保護，各種「山寨版」現象顯示大陸智慧財產權保護不到位。所以，企業在擴大研發投資方面有顧慮。

　　從深圳、東莞和惠州調研情況看，台商認識到現在的經濟形勢和投資環境，顯示已經與二十年前完全不同。一是賺錢已經不那麼容易，不是有人力、有廠房就能經營下去的，那樣賺錢的機會已經一去不復返；其次是選擇簡單的異地轉移也不容易，本身轉移的成本相當大，轉移地的勞動力

成本也不低，而且沒有珠三角這麼完善的產業配套。就地轉型升級是一條較好的發展道路。

從一些成功的案例觀察，轉型升級需要資金、人才、經驗和技術等多種要素，而這些正是規模小的加工貿易型企業所缺乏的。加工貿易型台商反映，在來大陸投資之前就從事加工，來到大陸又繼續做加工，有的企業做一個產品甚至已經做了40多年，讓他們轉型，他們會做什麼？他們做不了通路，也做不了品牌。有的已經嘗試過做通路，但代價很大，尤其是做內銷通路，不熟悉環境、不熟悉談判技巧、不熟悉交易規則等等，讓台商交了昂貴的「學費」。

因此，從國際和國內環境看，台商已經認識到轉型升級的必要性，但出於轉型升級能否成功的擔心，以及轉型升級過程中的問題，使其仍猶豫徘徊。

（四）台資企業未來發展形勢嚴峻

「企業二代接班人」問題使得猶豫徘徊中的台商發展「雪上加霜」。當初來大陸創業的台商現在年齡都在60歲左右，基本上都處在退休的年齡，需要第二代接班，但是二代子女往往在國外學習，在優厚的環境生活，他們不熱心接班管理家族產業，更不習慣在相對艱苦的環境、不熟悉的傳統產業裡打拼。如何勸說和選擇二代接班人，也是困擾台資企業持續發展的一個問題。

種種問題困擾珠三角地區台資企業發展。據一位惠州台商講，「未來4-5年，惠州的台資企業會死一半」；東莞和深圳的情況也類似，台商估計2011年有20%的企業倒閉。

前面的調研問卷統計結論，也表明珠三角地區台商未來發展形勢嚴峻，需要認真對待。

肆、結論和政策建議

　　根據前面的調研問卷分析，結合座談會和實地考察，關於台資企業在地化發展、轉型升級得到如下結論和建議。

一、結論

（一）台商發展新的「三岔路口」：繼續發展、轉型轉移或關廠撤資

　　近兩年，大陸投資環境發生巨大變化，對台商影響最大的是勞動力成本上漲、原材料價格上漲、人民幣升值，以及來自大陸企業的競爭壓力。國際環境中，國際經濟萎靡導致出口訂單下降，對出口型台商經營造成困難。綜合來看，大陸台資企業未來發展呈現以下趨勢。

1. 製造企業經營微利化趨勢明顯，開始依靠量的擴大獲取利潤。調研企業中毛利率下降和快速下降的比例佔到63.3％，規模擴大和迅速擴大的也佔到61.5％，呈現出依靠量的擴大彌補毛利率下降的經營模式。

2. 在新的形勢下，台資企業面臨繼續發展、轉型轉移或關閉撤資的「三岔路口」。大陸過去那種低廉勞動力成本和出口大幅擴張的時期已經過去，面對形勢變化，所調研企業有47.8％選擇維持現狀或擴大規模，44.4％的台資企業選擇轉型升級和向內地轉移，也有7.8％的企業選擇關廠撤資、轉移海外。

3. 珠三角地區，台資企業經營困難較為突出。由於傳統產業和加工貿易型企業集中，企業毛利率下降和訂單減少嚴重威脅台資企業生存，加上「二代」不願意接班的問題突出，有台商協會會長指出：未來四到五年，惠州、東莞等地會有一半的台企倒閉。應該說，這一地區的台資企業轉型升級的需求非常迫切，但是也有很

多台商對轉做內銷信心不足，認為轉內銷的時機已過，或不適應大陸銷售管道和市場環境。尤其是來料加工型企業面臨就地轉型的許多實際問題，比如原先沒有土地證，必須重新高價獲得土地，廠房內部機器設備的抵扣和原物料關稅需要與海關清算，還有員工僱用合同和社保問題等，使得來料加工企業顧慮重重，而不敢輕易轉型，很多企業在無奈中堅持等待。

4. 其他地區雖沒有珠三角地區問題突出，但也存在類似問題。長三角面臨缺工、缺錢、缺電、缺水、缺原物料等問題，其中蘇州地區高科技和大型企業較多，產業配套完善，面對勞動力成本上漲企業，選擇以設備自動化替代勞動力，提高效率來應對；上海地區台商轉型做服務業意願強烈，但是由於對大陸信用環境差和智慧財產權保護不力的擔心，轉型十分慎重，不敢輕易行動。海西地區台商反映基層管理和執法不規範，企業額外負擔大，但是台資企業開拓內銷市場較早，與當地聯繫緊密，面臨轉型升級的問題相對較少。

（二）台商轉型升級：涅磐重生之策

面對大陸投資環境變化，許多企業已開始主動轉型和升級，也有企業徘徊觀望。事實證明，轉型成功的企業都在大陸獲得很好的發展，如深圳的艾美特、福建泉州的凹凸精密機械都成為大陸市場的佼佼者。但是，面對國際經濟的突變和大陸勞動力成本的迅速上漲，一些台商被迫轉型升級，似乎沒有準備好。

1. 台商對於轉型內銷市場信心不足、意願不強。

台商對於內銷市場信心不足，一是缺乏開拓內銷管道的人才，原先專注於生產製造領域，人才結構和經驗都在生產製造，開拓內銷市場需要新的人才，不知如何招募和培養；二是對內銷管道不了解，尤其是內銷的信

用環境，讓台商望而卻步；三是部分台商仍留戀於過去製造領域和國際市場的輝煌中，期待國際市場再度繁榮的機會。比如，一些在國際市場佔有率很高的台資企業，儘管國際需求大幅下降，且長期內難以恢復，但是轉型的意願並不強烈，不敢輕易轉型。

2. 在轉型升級方向上，台商偏向於透過「加強研發，提高技術層級」，實現產品升級。

在調研的企業中，「加強研發，提高技術層級」是企業轉型升級的主要選擇，佔到60.9％，超過一半。對於轉行做其他行業（如服務業）則意願不足。這表明，中小型製造業台商受知識、技術、經驗、市場熟悉度、精力等限制表現謹慎，轉型升級仍以原先加工領域的升級為主。

3. 兩岸政府政策有效地促進台資企業發展和轉型升級，獲得多數台商的認可。

對於兩岸政府的政策，均有2/3以上的台商給予肯定，認為是很有效或有些效果的，但是，仍期望出台進一步的措施和提高服務水準。譬如，珠三角地區政府與當地台協會合作，請進台灣的產業服務機構為台商進行輔導，對企業改善經營狀況和轉型升級產生了較好效果；長三角地區政府積極為台商服務，協調解決台商遭遇的缺工、缺電等問題，保障台商生產經營活動的正常運行。

面對新形勢，台商需要轉型升級才能永續經營。也許轉型升級的路途遙遠，也許會遇到許多苦難，只有堅定信念，透過台商與兩岸政府攜手奮鬥，可以達到重生的彼岸。

（三）台商在地化發展：合而不融

70％以上的被調研企業在大陸經營十年以上，逐步融入當地產業鏈，在地化發展程度提高，但在股權合作、企業決策權、管理和融資方面，在地化程度較低，呈現出以下特徵：

1. 台商逐步融入當地產業鏈，台商與大陸企業合作日益密切。

首先是原材料採購的當地化程度逐步提高，原材料、半成品本地採購平均比重達到66.44%。其次是近一半台商在主營業務方面，與大陸企業已有實質性合作，加上副營業務，超過七成台商與大陸企業有業務合作，這與原先台資企業自成體系、內部循環的狀況有很大改變。

2. 台商仍偏重獨資和與外商合資，與大陸企業合資合作甚少。

據調研，台資和外資絕對控股（股份70%以上）的企業佔到92.1%；有大陸資金入股且達到控股比例（50%以上）的企業僅數家，佔到5.6%。

3. 台商融資以母公司支援為主，利用大陸銀行融資較少。

調研資料顯示，六成以上的企業在大陸銀行完全沒有貸款，其中27.2%的企業完全依靠台灣母公司支援，依靠大陸銀行融資（比例超過60%以上）的僅佔到22%。

4. 台商對於大陸企業的競爭力在減弱。

與大陸企業相比，台商在生產成本和內銷管道方面的劣勢明顯，僅憑生產環節的技術和管理優勢難以繼續保持競爭力，來自大陸企業的競爭壓力愈來愈大。

5. 台資企業組織結構日趨完善，但是母公司賦予的大陸台資企業決策　權層級仍然較低，這也是制約企業轉型升級因素之一。

台資企業正經歷從生產製造環節，到行銷、採購、資金籌措和營運總部的功能完善，但是母公司賦予的權力仍集中在生產和銷售方面，資金運作、人才任用和建立合資關係的決策權仍然掌控在母公司手中。以往母公司與子公司之間「台灣決策、大陸執行」的模式仍沒有太大改變，大陸台資企業仍然缺乏自主性，這也是轉型升級困難之所在。

二、建議

　　台資企業是兩岸關係發展和兩岸經濟合作的重要參與者，為大陸經濟發展、勞動就業和外貿出口做出了貢獻；作為台灣企業的對外延伸，大陸台資企業為台灣股東帶來頗豐的利潤，也透過兩岸貿易順差，支持了台灣經濟發展。在新的形勢下，兩岸政府應攜手，協助台資企業克服發展困難。

（一）對大陸方面的建議

　　隨著台資企業逐步融入大陸經濟體系，大陸的政策和環境對台資企業發展影響最為直接和關鍵。大陸可以在政策鼓勵、資金支援、深化體制改革和協調指導等方面，協助台資企業轉型升級，實現新的跨越。

政策調整與創新

1. 在加工貿易和台資企業集中的兩大「加工貿易轉型升級示範區」——廣東省東莞市和江蘇省蘇州市，針對加工貿易型台資企業轉型升級中的實際困難，需要認真研究，進一步加大海關、人力社保、稅收等政策先行先試的力度，為企業轉型升級提供良好的環境。

2. 國家商務部會同國家發改委、工業和資訊化部、人力與社會保障部等六部委於2011年12月發佈《促進加工貿易轉型升級的指導意見》（商產函〔2011〕448號），相關部門部門要督促地方政府在指導意見的範圍內，儘快出台針對台商的轉型升級優惠和鼓勵措施。

3. 利用大陸政府採購計畫，按一定比例或定額方式定向台商採購，幫助台商開拓內銷市場。

4. 在大陸下一步的家電下鄉計畫，以舊換新等財政補貼範圍中，對台商產品給予優先考慮。

5. 在國家各項科技計畫，包括中小企業創新基金等支援專案中，建立台資企業平等參與的機制，促進台資企業研發升級。

6. 在政策上，進一步加大對台資企業自主研發、創立品牌的支持力度，鼓勵台資企業在大陸設立研發中心、行銷中心和營運總部。

加大資金支持

7. 在國家部委、地方政府和行業組織等多層次、多管道籌措建立專門的內銷擔保基金，降低台資企業外銷到內銷的風險，化解其轉型升級的擔心顧慮。

8. 進一步擴大銀行等金融機構面向台資企業的定向融資額度，支持企業轉型升級。

9. 引導大陸銀行等金融機構完善融資服務，改善對台資企業服務模式，比如逐步實現由「先還後貸」向「先貸後還」的模式轉變，方便企業平穩經營。

10. 支援台資銀行在大陸儘快開展業務，為台商轉型升級提供融資支援。

加強協調指導和政策輔導

11. 引導台資企業與大陸民營企業的協調發展，促進其產業鏈、供應鏈上的銜接，避免盲目競爭。

12. 支持協會、培訓機構對台商給予定期的政策培訓和輔導，幫助其了解大陸宏觀政策方向和各類產業鼓勵政策。譬如大陸「十二五」規劃、稅制改革、戰略新型產業發展政策等，協助其適應大陸政策環境變化。

13. 宣傳轉型升級的成功案例和成功經驗，提高台資企業對大陸經濟發展和轉型升級的信心。

深化改革、創造良好的發展環境

14. 深化流通領域改革，整頓流通管道亂收費，打破行政壟斷，保障

銷售管道暢通。

15. 鼓勵資訊平台建設，研究並定期發佈市場需求，引導企業生產，避免生產銷售的盲目性。

16. 加大智慧財產權保護力度，透過機制調整改善信用環境。

（二）對台灣方面的建議

大陸台商在資金、技術、市場和管理等多方面透過台灣的母公司和有關機構與台灣經濟、產業發展保持密切關係，台灣方面的政策對大陸台商轉型升級也至關主要，為此建議：

1. 逐步放寬台商投資大陸的技術限制和對大陸（台商）產品進口限制，讓企業根據市場有效原則，佈局兩岸，這樣既有利於台商技術升級，也可提高台商轉型升級的成功率。

2. 進一步支援相關產業服務機構對台商轉型升級的輔導、擴大輔導的覆蓋面，尤其是大陸政府和機構合作，聯合服務台商，提高服務效果。

（三）對兩岸政府交流與合作的建議

最近幾年來，兩岸官方互動良好，無論是「兩會」定期會談，還是「經合會」的ECFA協商，都為兩岸官方合作促進台商轉型升級，提供了良好平台。為此建議：

1. 兩岸聯合成立「促進台商發展委員會」，吸引台商和「台協會」參加，加強台商轉型升級的兩岸政策磋商與協調，機構可放在ECFA的「經合會」下。

2. 透過「促進台商發展委員會」，就台商關注的切身利益開展交流與合作，譬如避免雙重課稅、保護台商利益等方面。

參考文獻

Amit, R., & Schoemaker, P. J H, 1993, "Strategic assets and organizational rent," Strategic Management Journal, Vol. 14, 33-46.

Bell, M., & Albu, M., 1999, "Knowledge Systems and Technological Dynamism in Industrial Clusters in Developing Countries." World Development, 1999, 27(9): 1715-1734.

Birkinshaw, J., & Hood, N., 1998, "Multinational subsidiary evolution: Capability and charter change in foreign-owned subsidiary companies," Academy of Management Review, Vol. 23, No. 4, 773-795.

Churchill, N. C., & Lewis, V. L., 1983, "The Five Stages of Small Business Growth," Harvard Business Review, Vol. 61, No. 3, 30-50.

Gereffi, G., 1999, "International Trade and Industrial Upgrading in the Apparel commodity Chains." Journal of Inte rnational Economics. Vol. 48, 37-70.

Gereffi, G., Humphrey J., & Sturgeon T., 2005, "The Governance of Global Value Chains," Review of International Political Economy, Vol. 12, No. 1, 78-104.

Humphrey, J., & Schmitz, H., 2000, "Governance and upgrading: Linking Industrial cluster and global value chain research." IDS Working Paper 120, Brighton: Institute of Development Studies.

Humphrey, J., & Schmitz H., 2002, "How does insertion in global value chains affect upgrading in industrial clusters?" Regional Studies, Vol. 36, No. 9, 27-101.

Prahalad, C. K., & Gary Hamel, 1990, "the Core Competence of the Corporation," Harvard Business Review, Vol. 68, No. 3, 79-91.

Sanchez, R., 2004, "Understanding competence-based management Identifying and managing five modes of competence," Journal of Business Research, Vol. 57, 518-532.

Steinmetz, L. L., 1969, "Critical Stages of Small Business Growth," Business Horizons, Vol. 12, No. 1, pp. 29-36.

Teece, D. J., Pisano, G., & Shuen, A., 1997, "Dynamic Capabilities and Strategic Management."

Strategic Management Journal, Vol. 18 , No. 7, 509-533.

毛蘊詩、吳瑤，2010，《中國企業：轉型升級》，中山大學出版社，廣州。

李保明、黃秀容，「台資企業在地化發展與轉型升級研究報告」，全國台灣同胞投資企業聯誼會，2012年1月。

楊桂菊，2010「代工企業轉型升級：演進路徑的理論模型——基於3家本土企業的案例研究」，《管理世界》，2010年第6期，32-42。

劉震濤、李應博，「台資企業在世界經濟不確定性因素影響下的轉型升級」，《國際經濟評論》，2007年7-8月。

劉志彪，「全球價值鏈中我國外向型經濟戰略的提升」《中國經濟問題》，2007年第1期，9-17。

劉志彪，「我國東部沿海地區外向型經濟轉型升級與對策思考」，《中國經濟問題》，2010年第1期，15-22。

瞿宛文，「台灣後起者能藉自創品牌升級嗎？」，《世界經濟文匯》，2007年5期，41-69。

論　壇　18

INK PUBLISHING

大陸台商轉型升級
──策略、案例與前瞻

主　　　編	陳德昇	

發　行　人	張書銘
出　　　版	**INK** 印刻文學生活雜誌出版有限公司
	新北市中和區中正路800號13樓之3
	電話：(02) 2228-1626　　　　傳真：(02) 2228-1598
	e-mail：ink.book@msa.hinet.net
	網址：http://www.sudu.cc
法 律 顧 問	漢廷法律事務所 劉大正律師

總　經　銷	成陽出版股份有限公司
	電話：(03) 358-9000（代表號）　傳真：(03) 355-6521
郵 撥 帳 號	19000691 成陽出版股份有限公司
製 版 印 刷	海王印刷事業股份有限公司
	電話：(02) 8228-1290

港澳總經銷	泛華發行代理有限公司
地　　　址	香港筲箕灣東旺道3號星島新聞集團大廈3樓
	電話：(852) 2798-2220　　　　傳真：(852) 2796-5471
	網址：www.gccd.com.hk

出 版 日 期	2013年9月
定　　　價	350元

ISBN　978-986-5823-27-6

國家圖書館出版品預行編目（CIP）資料

大陸台商轉型升級：策略、案例與前瞻／陳德昇主編.
-- 新北市：INK印刻文學, 2012.08
　　300面；17×23公分. --（論壇；18）

ISBN 978-986-5823-27-6（平裝）

1.國外投資　2.企業經營　3.文集　4.中國

563.52807　　　　　　　　　　　102015344